Veröffentlicht von
DREAMSPINNER PRESS

5032 Capital Circle SW, Suite 2, PMB# 279, Tallahassee, FL 32305-7886 USA
www.dreamspinnerpress.com

Geschmacksache
Urheberrecht der deutschen Ausgabe © 2020 Dreamspinner Press.
Originaltitel: Taste
Urheberrecht © 2011 Mickie B. Ashling
Original Erstausgabe. April 2011
Übersetzt von Jutta Grobleben.

Umschlagillustration
© 2011 Reese Dante
http://www.reesedante.com
Die Illustrationen auf dem Einband bzw. Titelseite werden nur für darstellerische Zwecke genutzt. Jede abgebildete Person ist ein Model.

Deutsche ISBN. 978-1-64405-795-7
Deutsche eBook Ausgabe. 978-1-64405-794-0
Deutsche Erstausgabe. Januar 2020
v 1.0

Gedruckt in den Vereinigten Staaten von Amerika.

GESCHMACKSACHE
MICKIE B. ASHLING

Wie üblich gilt mein Dank den wenigen Menschen,
die meine literarischen Bemühungen unterstützen.

DANKSAGUNG

JEANNIE, MEINE Freundin und Zeichensetzungs-Guru. Danke für deine Unterstützung und Hingabe. Durch dich ist es so viel leichter.

Ann, Jackie, Lyn und Sharon. Kritiker, die sich nie scheuen, mir zu sagen, wenn ich einen Fehler gemacht habe, und mir den Kopf tätscheln, wenn ich es nötig habe.

Marita, die außergewöhnliche Videomacherin. Dein Talent inspiriert mich. Danke, dass du es mit mir teilst.

Reese Dante. Dein Auge fürs Detail ist legendär. Vielen Dank für mein wunderschönes Buchcover.

Zu guter Letzt den wundervollen Leuten von Dreamspinner Press, die immer da sind, wenn man sie braucht. Danke!

1

„DAS SCHMECKT wie ein Stück Himmel, nicht wahr?", rief Lil aus und genoss einen Bissen des Erdbeerkäsekuchens, den er sich gerade in den Mund gesteckt hatte. Als er keine Antwort erhielt, drehte er sich zu Jody und Clark herum, aber er stellte fest, dass sie erneut getrennt worden waren. Nicht überraschend bei den vielen Leuten, die den Stand von Ed's Cheesecake belagerten.

So ging es schon fast den ganzen Tag. Sie suchten und verloren einander immer wieder in der Masse der Touristen und Einheimischen, die der Hitze und den Warteschlangen beim jährlichen Taste of Chicago-Festival getrotzt hatten. Als Jody vorgeschlagen hatte, dass sie hierherkamen, hatte er Lil vor den Unannehmlichkeiten gewarnt, aber er hatte auch in höchsten Tönen von der jährlichen Veranstaltung in Chicago geschwärmt. Einmal im Jahr, im Hochsommer, machten Einwohner von Chicago und Besucher aus den angrenzenden Staaten sich auf den Weg zum Grant Park, wo die größte Essensmesse im Mittleren Westen stattfand. Hunderte Verkäufer bauten Stände auf und boten eine Vielzahl an lokalen Spezialitäten an, ebenso exotische Gerichte, die von der gemischten Bevölkerung der Stadt Chicago zeugten. Es war die perfekte Gelegenheit, eine kleine oder große Portion zu kosten, je nach Appetit und Budget, während man durch die endlosen Gänge mit ihren Verlockungen spazierte. Eine weitere Sache, für die das Festival fast ebenso bekannt war, war die Musik. Bekannte Sänger und Musiker traten auf der Petrillo Music Shell und anderen Bühnen im Laufe des zehn Tage dauernden Festivals auf dem Gelände auf.

Es war drückend heiß, schwül, laut und so voll, dass man von den Menschenmassen über die Wege geschwemmt wurde wie von einer menschlichen Flutwelle. Lil war abenteuerlustig gewesen und hatte eine breite Auswahl an Essen in seinen hochgewachsenen, schlanken Körper geschaufelt, der trotz seines Alters immer noch jungenhaft wirkte. Er hatte einen Maiskolben probiert, ein Stück Pizza, Rindfleisch italienischer Art, das in Soße geschmort worden war, koreanisches Bulgogi, philippinische Eierrollen, und sogar gegrillte Putenkeule, aber das meiste hatte er weggeworfen und sich lieber an seinen Samosa gehalten, der ihn an einem Stand mit ostindischen Gerichten gelockt hatte. Dort hatte er sich eine Weile aufgehalten, hatte das Gemüse Biryani und das Hähnchencurry probiert und die Geschmacksexplosion genossen, während seine Geschmacksknospen von den feurigen Gewürzen attackiert worden waren.

Jody und Clark hatten den Großteil der Zeit mitgehalten, aber sie hatten sich in der Menschenmenge verloren, nur um sich ein paar Minuten später wiederzufinden. Wie erwartet entdeckte er das Paar ein paar Stände weiter.

1

„Bist du immer noch nicht satt?", fragte Clark und sah zu, wie Lil ein weiteres Mal von dem Schokoladenkäsekuchen probierte.

„Ich muss mich jeden Moment übergeben", sagte er und verzog das Gesicht. „Man sollte meinen, dass es hier ein Zelt gibt, wo man kotzen oder sich einen Einlauf verpassen lassen kann, damit man sich in einem Akt von gefräßigem Verlust der Selbstkontrolle weiter vollstopfen kann."

Jody versuchte, ihm die kleinen Teller abzunehmen, aber Lil zog die Hand zurück. „Süßer, hör auf! Wer weiß, wann ich wieder eine solche Gelegenheit bekomme?"

„Du weißt doch, dass du jederzeit willkommen bist, uns zu besuchen."

„Jody, als ich zum letzten Mal hier war, war es hier wie in Sibirien. Ich werde in den Wintermonaten nie wieder einen Fuß in diese Stadt setzen, es sei denn, Clark spielt im Super Bowl und ihr richtet ihn aus."

„Na ja, das kann passieren."

„Sieh dich hier nur um", sagte Lil und betrachtete die Menge. Fast jeder versuchte auf seine Art, der unerbittlichen Sonne zu entgehen. Shorts, Tank Tops, Bikini-Oberteile, kurz abgeschnittene Jeans waren die Bekleidung erster Wahl. „Bei dieser Hitze ist schwer zu glauben, wie kalt es im Winter wird."

„Ich weiß", meinte Jody und nickte. „Die Freuden des Mittleren Westens. Wenn dir das Wetter nicht gefällt, warte einfach ab, denn es wird sich in spätestens einer Stunde ändern."

„Es ist nicht so unberechenbar, oder, Clark?", fragte Lil.

„Es ist ziemlich beschissen", verkündete Clark. „Das Wetter ist das schlimmste daran, hier zu leben. Alles andere finde ich toll."

„Also das hoffe ich doch. Immerhin hast du deinen Vertrag gerade erst um zwei Jahre verlängert."

„Man hat mir ein Angebot gemacht, das ich nicht ablehnen konnte", meinte Clark mit einem Grinsen. „Aber unabhängig vom Geld spiele ich gern für die Bears und Jo-Jo liebt seinen Job."

„Ja, ihr suhlt euch in Zufriedenheit."

Jody und seinen Partner Clark, der heißeste Sportler der Welt, so glücklich zu sehen, ließ Lil glauben, dass Liebe alles besiegen konnte. Sie waren durch die Hölle gegangen, um zusammen glücklich zu werden, aber es war jeden traumatischen Moment wert gewesen. Nach allem, was sie durchgemacht hatten, waren die beiden nun Schwulenikonen und Vorzeigebilder für die Macht der Liebe.

Lil und Jody hatten sich in Stanford ein Zimmer geteilt und waren trotz ihrer unterschiedlichen Persönlichkeiten gute Freunde geworden. Jody war ein schüchterner, verklemmter Neuling, der keine Ahnung gehabt hatte, was es bedeutete, ein schwuler Mann zu sein, als Lil ihn zum ersten Mal getroffen hatte. Sie waren ein seltsames Paar: Jody war ernst, entschlossen und hatte einen dichten Stundenplan, um sein Medizinstudium abzuschließen. Lil, der in seiner Profession, der Architektur, ebenso brillant war, wusste, wie man seine Ziele erreicht und dabei

Spaß hat. Er war flamboyant und unübersehbar schwul, wohingegen Jody zwar geoutet war, aber sich eher im Hintergrund hielt. Sie ergänzten sich gegenseitig und brachten im anderen das Beste zum Vorschein. In ihrer Collegezeit waren sie gute Freunde geworden. Jetzt, fast fünfzehn Jahre später, waren sie wie Brüder.

Lil gönnte seinem Freund sein Glück, aber er fehlte ihm. Es war nicht mehr dasselbe, seit das Paar vor zwei Jahren die Bay Area verlassen hatte und in die Windy City gezogen war, nachdem Clark einen Vertrag bei den Chicago Bears unterschrieben hatte. Lil besuchte sie so oft wie möglich, aber er befand sich ebenfalls auf dem Höhepunkt seiner Karriere und er hatte gerade erst einen lukrativen Vertrag mit einem hochklassigen Bauunternehmer von der East Bay abgeschlossen. Individuell gestaltete Lampert-Blaupausen waren sehr begehrt, nachdem er für die Verwendung von Solarenergie, um die Villen in den Hügeln von Danille, Kalifornien zu heizen und kühlen, ausgezeichnet worden war. Lils Geschäft boomte und er hatte nicht oft Zeit für Besuche. Im Privatleben war er immer noch solo, denn er hatte den Richtigen noch nicht gefunden. Nicht, dass er es nicht versucht hätte. Liebe fehlte dem attraktiven Brünetten, der seit Jahren helle Strähnchen trug, wodurch er so blond war, wie die Figuren in der Werbung von Coppertone. Doch sie verbesserten seine gesamte Erscheinung. Kornblumenblaue Augen und ein goldener Hautton komplettierten das Bild eines erfolgreichen Kaliforniers, der immer noch vor *Joie de Vivre* strotzte, trotz seines Alters. Ein Alter, das Lil zu schaffen machte, seit er vor ein paar Monaten siebenunddreißig Kerzen auf seinem Geburtstagskuchen ausgepustet hatte.

„Oh, seht mal, Eiscreme! Holen wir uns eine Waffel oder so etwas", versuchte Lil sie zu überzeugen. Dann packte er Jodys Hand und zog ihn mit sich.

„Lil, ich kann unmöglich noch etwas essen", protestierte Jody.

„Dann warte hier, während ich mich umsehe, okay?"

„Sicher, Babe. Tu dir keinen Zwang an."

Lil zwängte sich durch die Menge und versuchte, näher an den Stand zu kommen, auch wenn die Leute in Viererreihen davor standen. Schließlich schaffte er es zu der hölzernen Theke. Er schaute sich das Angebot an und entschied sich für eine Waffel mit Vanilleeis und Schokoladensoße.

„Kann ich Ihnen helfen?"

Lil wandte den Blick von der Tafel ab und wollte schon seine Bestellung aufgeben, als er sich dem Gesicht zu der Stimme gegenübersah und vergaß, was er hatte sagen wollen. Vor ihm stand der hinreißendste Mann der Welt. *Heilige Scheiße!*

„Äh ... Haben Sie Vanille?"

„Sicher", sagte der Mann und lächelte. Der Brünette hatte stachelige Haare und Augen so dunkel wie Kohle, umrahmt von weichen Wimpern, die so dicht waren, dass sie unecht wirkten. Sein struppiger Bart umrahmte einen üppigen, roten Mund, der praktisch *Küss mich* schrie. Er trug ein Tanktop, das sich eng an die harten Muskeln seiner beeindruckenden Brust schmiegte. Doch was wirklich

Lils Aufmerksamkeit erregte, war das Tattoo, das den rechten Arm des Mannes wie ein Ärmel in leuchtenden Farben bedeckte.

Jesus, Maria und Josef.

„Ihre Bestellung?"

„Du, wie auch immer ich dich bekommen kann." Die Worte waren aus Lils Mund entkommen, bevor er sie aufhalten konnte.

Der Brünette lachte, dabei entblößte er wunderschöne weiße Zähne, die sein perfektes Gesicht nur noch weiter verbesserten. Lils Puls beschleunigte sich und sein Schwanz wurde durch diese prächtige Erscheinung zum Leben erweckt.

„Möchtest du eine Waffel?"

„Ja, bitte." Lil war überrascht, dass er überhaupt reden konnte. Sein Mund fühlte sich an wie die Sahara zur Mittagszeit.

Der Schönling drehte sich um, um eine Waffel zu holen, dann beugte er sich vor, um die Eiscreme herauszuschöpfen. Dadurch bekam Lil einen Ausblick auf seine Rückseite. Er trug weiße Shorts. Die logischste Wahl, um seine gebräunten und durchtrainierten Beine zu präsentieren, von seinem runden Hintern, bei dem Lil sich am liebsten über die Theke beugen und in jede Arschbacke beißen wollte, gar nicht erst zu reden. Seine Beine waren von dunklen Haaren bedeckt. Sehr anziehend für jemanden, der auf Bären stand oder in diesem Fall Cubs.

„Bitte sehr." Er reichte Lil die Waffel. „Kann ich sonst noch etwas für dich tun?"

„Ich könnte einen Stadtführer gebrauchen", meinte Lil grinsend.

„Wo kommst du her?"

„San Francisco."

„Cool", rief der Mann aus. „Da wollte ich schon immer mal hin."

„Es ist eine tolle Stadt. Darfst du eine Pause machen? Dann kann ich dir Bilder meiner Stadt zeigen."

Der Eiscreme-Typ schaute auf die Uhr. „Tatsächlich habe ich bald eine dreißigminütige Pause. Wo wollen wir uns treffen?"

Im Ernst? IM ERNST? „Ähm, ich bin da drüben bei meinen Freunden." Lil deutete zu Jody und Clark.

„Ist das nicht Stevens?"

„Du kennst dich mit Football aus?"

„Jeder in Chicago kennt die Bears."

„Das stimmt wohl. Warum treffen wir uns nicht am Picknickbereich da hinten?", schlug Lil vor und deutete in Richtung des kleinen Wäldchens, das er vorhin entdeckt hatte.

„Können wir machen."

„Wie heißt du?" Lil musste es einfach wissen.

„Grier."

„Ungewöhnlich."

Der Mann zuckte mit den Schultern und lächelte ihn erneut an. „Das ist eben mein Name. Wie lautet deiner?"

„Lil."

„Kurzform von Lily?"

„Blödmann", sagte Lil lachend. Ihm gefiel das neckende Lachen. „Es ist die Kurzform von Lyndon Lyle Lampert."

„Was für ein Zungenbrecher."

„Ganz genau", erwiderte Lil. *Oh Gott, er ist hinreißend.*

Lil kehrte zu seinen Freunden zurück, die das Balzritual beobachtet hatten.

„Hast du dir einen Twink eingefangen?", wollte Jody wissen, der Lils erfreutes Lächeln bemerkte.

„Ich denke, als Fang kann man es nicht bezeichnen, Jody. Eher eine Kostprobe."

„Du bringst Taste of Chicago auf eine ganz neue Ebene", warf Clark ein.

„Und was ist falsch daran?"

„Gar nichts, Lil. Aber sei vorsichtig", sagte Clark. „Du weißt nichts über diesen Kerl."

„Und er weiß nichts über mich", konterte Lil, „dennoch ist er bereit, das Risiko einzugehen und sich uns für ein paar Minuten anzuschließen."

„Na los, suchen wir etwas Schatten", schlug Clark vor. Seine für gewöhnlich goldene Haut bekam nach so vielen Stunden in der Sonne langsam einen Sonnenbrand. Sie fanden eine Stelle unter einem großen Baum, den ihnen eine fünfköpfige Familie zusammen mit ihrer Decke überlassen hatte.

Lil ließ sich neben seine beiden Freunde fallen, die sich zufrieden ausgestreckt hatten. „Das ist vielleicht ein Leben", sagte er und verschränkte die Arme hinter dem Kopf. „Wer hätte gedacht, dass es in dieser Stadt so atemberaubende Männer gibt?"

„Wir geben uns Mühe", meinte Jody trocken.

„Dann gib dir Mühe", sagte Clark und duckte sich, um Jodys Schlag auszuweichen.

„Wer hat etwas von Schweinereien gesagt? Wir werden uns nur unterhalten."

Jody schaute auf die Uhr. „Ich wette, bis morgen um diese Zeit warst du mit ihm in der Kiste."

„Dein Wort in Gottes Gehörgang."

„Ich kenne mich mit Gottes Gehörgang nicht aus, aber ich glaube an deine überlegenen Verführungskünste", erwiderte Jody lachend.

„Ich weiß nicht, Jody. Ich bin kein Jungspund mehr."

„Um Himmels willen. Du bist siebenunddreißig mit dem Körper eines Siebenundzwanzigjährigen, auch wenn du jetzt besser aussiehst als vor zehn Jahren. Du bist nicht mehr so dürr."

„Was redest du da?" Lil drehte sich auf den Bauch und stützte sich auf die Ellenbogen, um auf seinen Freund herabzusehen. „Ich rede von meiner Einstellung. Ich bin nicht mehr an One-Night-Stands interessiert."

„Seit wann?"

„Seit ich erkannt habe, wie sinnlos sie sind. Ich werde dabei den Mann meiner Träume nicht finden. Ein schnelles Rein und Raus ist kein guter Ausgangspunkt für ein Happy End wie im Märchen."

„Daran glaubst du noch?", fragte Clark ernst. „Ich dachte, dafür wärst du zu abgestumpft."

„Nachdem ich zugesehen habe, wie eure Geschichte sich entwickelt hat, ist es nicht schwer, an die Liebe zu glauben", meinte Lil.

„Ich drücke dir die Daumen, Lil. Du verdienst es, den Richtigen zu finden, auch wenn ich bezweifele, dass es der Eiscreme-Typ ist."

Lil lachte verlegen. „Aber er ist zum Anbeißen."

„Da muss ich dir recht geben", stimmte Clark ihm zu.

Jody stieß ihm den Ellenbogen in die Rippen. „Au. Das war doch nur eine Feststellung, Jo."

„Du hast ihn angegafft."

„Habe ich nicht!"

„Hast du doch", neckte Jody, „aber dieses Mal lasse ich es durchgehen. Er ist echt heiß."

„Seid still, ihr beide. Er kommt her."

Alle drei Männer drehten sich um und schauten zu, wie Grier näherkam. Es war wie eine Werbung für Nahrungsergänzungsmittel für Bodybuilder anzusehen. Grier war perfekt; so groß wie ein Laufstegmodel, bestimmt einen Meter neunzig und ebenso graziös. Er lächelte Leute an, die er kannte, blieb kurz stehen, um sich zu unterhalten, dann kam er wieder auf Lil und seine Freunde auf der Decke zu. Grier wirkte entspannt und schien von den Männern und Frauen, die ihm mit Blicken über den Rasen folgten, nicht betroffen zu sein. Lil konnte den Blick nicht von ihm abwenden, auch wenn er Zweifel bekam. Er wusste nichts über den Jungen und ja, für ihn war Grier ein Junge, auch wenn er wahrscheinlich zwischen einundzwanzig und vierundzwanzig war. Dennoch war er viel zu jung für Lil. Eine schnelle Nummer war unwahrscheinlich und daher eine vollkommene Zeitverschwendung, da nichts dabei herauskommen würde.

„Hallo, Lyndon Lyle Lampert", scherzte Grier mit tiefer Stimme, die so sexy wie sein Körper war. Er ließ sich auf die Decke fallen und beim Anblick dieses Lächelns lösten Lils Zweifel sich in Luft auf.

„Ebenfalls hallo", echote Lil. „Ich stelle dir meine Freunde vor: Das ist Jody Williams und selbstverständlich sein berühmter Partner Clark Stevens."

„Hey", sagte Grier und nickte. „Schön, euch kennenzulernen. Ich bin ein großer Fan von dir, Clark."

„Du magst Football?"

„Tut das nicht jeder?", fragte Grier.

„Nicht jeder", murrte Jody. „Manche Leute sind eher geistig veranlagt."

Clark küsste ihn schnell auf den Mund. „Du bist bloß eifersüchtig, weil wir deswegen so viel Zeit getrennt voneinander verbringen."

„Na klar ... Es ist schwer, mit einem Nationalsport zu konkurrieren."

„Fühlst du dich vernachlässigt, Jo-Jo?", neckte Clark ihn liebevoll.

„Vernachlässigt fühle ich mich kein bisschen."

„Das hoffe ich doch", entgegnete Clark. „Besonders nach heute Morgen."

„Okay Leute", warf Lil ein. „Wenn ihr schon damit anfangt, dann auch bitte die schmutzigen Details."

Jody legte Clark die Hand auf den Mund. „Kein Wort."

Grier beobachtete den Austausch zwischen dem berühmten Paar, dann wandte er sich zu Lil, der ihn unverwandt anstarrte. „Magst du Football?"

„Süßer, ich mag Football aus vielen Gründen, ein paar guten und ein paar schlechten."

„Lass mich raten." Grier hob die Hand und zählte an den Fingern ab. „Erstens: die engen Hosen. Zweitens: die engen Oberteile. Und drittens: die üppigen Oberarmmuskeln."

„Stopp", sagte Lil lachend. „Ich mag den Sport wirklich. Die heißen Kerle sind nur ein Bonus."

„Magst du Football wirklich oder sagst du das nur, um Clark zu beeindrucken?" Grier schien ehrlich überrascht, dass Lil an Sport interessiert war.

„Er mag Football nicht nur, er kann die Statistiken herunterrattern wie ein Sportreporter", verkündete Clark und unterstützte damit Lils Aussage.

„Wie ungewöhnlich."

„Manche von uns Tunten interessieren sich auch für männliche Dinge, weißt du?"

„Wer nennt dich hier eine Tunte?"

„Wolltest du das nicht damit sagen?"

„Tut mir leid, das wollte ich nicht."

„Ach wirklich?"

Griers Blick wanderte interessiert an Lils Körper auf und ab und der blonde Mann erwiderte den Blick mit dem gleichen Interesse. Die Chemie zwischen ihnen war so intensiv, dass sie auch Jody nicht verborgen blieb, der die Szene beobachtete. Er stand sofort auf und riss Clark von der Decke.

„Wo gehen wir hin?" Clark riss überrascht seine aquamarinblauen Augen auf.

„Ich habe plötzlich Lust auf Funnel Cake", stieß Jody aus.

„Aber du hasst so was", erwiderte Clark.

„Nicht mehr." Jody funkelte ihn an und neigte den Kopf in Richtung der Männer, die den Blick nicht voneinander abgewandt hatten.

„Oh, richtig."

„Wir sind in etwa dreißig Minuten zurück", sagte Jody.

„Lasst euch Zeit", murmelte Lil.

„Danke, dass du eure Decke mit mir teilst", sagte Grier und strich die Decke glatt, wo Clark und Jody gesessen hatten.

„Es ist nicht unsere", antwortete Lil. „Wir haben sie übernommen."

Grier grinste. „Na ja, dann danke, dass ich sie mit dir übernehmen darf. Jedes bisschen Schatten ist ein Segen."

„Gehört dir der Eiscremestand?"

„Oh Gott, nein", meinte Grier lachend. „Ich helfe bloß einem Freund."

„Ein Freund mit Sonderleistungen?", wollte Lil wissen.

„Nein." Grier lächelte. „Jake und ich sind zusammen zur Schule gegangen. Wir sind praktisch wie Brüder."

„Bist du die gesamten zehn Tage hier?"

„Zumindest, wenn ich kann. Ich muss auch meinen Lebensunterhalt verdienen. Das versteht er auch, aber zum Glück arbeite ich diese Woche auf Abruf."

„Was arbeitest du?"

„Es ist ein beschissener Job."

„Was ist es?"

„Ich bin Möbelpacker."

„Ist das eine Zwischenlösung? Gehst du aufs College?"

„Reden wir nicht über mich, okay? Wie lange bist du in der Stadt?"

„Ich bin gestern angekommen, also noch sechs Tage."

„Was machst du im wirklichen Leben?"

„Ich bin Architekt."

Grier pfiff. „Dann bist du in der richtigen Stadt. Hast du schon einmal die Architektur-Fahrt mit dem Boot gemacht?"

„Nein. Was ist das?"

„Es ist eine gemächliche Bootsfahrt den Chicago River auf und ab. Eine tolle Möglichkeit, die architektonischen Höhepunkte zu sehen. Es überrascht mich, dass deine Freunde sie nicht erwähnt haben."

„Als ich zum letzten Mal hier war, hat es geschneit. Da war eine Bootsfahrt wohl nicht möglich."

„Du solltest es wirklich tun, bei deinem Job. Wollen wir morgen zusammen fahren?"

„Wir?"

„Sicher, wenn du an meiner Gesellschaft interessiert bist."

Liebend gern. „Das wäre schön."

„Gut, dann wäre das geklärt", verkündete Grier. „Erzähl mir etwas über Jody. Ist er immer so ernst?"

„Er ist Unfallchirurg, also ja, er ist ruhiger als Clark und ich", erklärte Lil. „Aber er ist ein toller Kerl mit einem guten Sinn für Humor, wenn man erst einmal hinter seine ernste Fassade geblickt hat."

„Das ist eine Erleichterung. Ich dachte schon, er mag mich nicht."

„Süßer", erwiderte Lil und berührte Grier kurz, „was gibt es denn da nicht zu mögen?"

Grier antwortete mit einem strahlenden Lächeln, das Lils Entschluss, vorsichtig zu sein und sich nicht kopfüber in eine Sache zu stürzen, hinwegschmolz. Jedes einzelne Signal von Grier war vielversprechend, deshalb beschloss er, seinen Instinkten zu vertrauen, die für gewöhnlich sehr verlässlich waren.

„Es war Jody, nicht wahr?"

„Jody war was?"

„Du weißt schon – die dramatischen Nachrichtenmeldungen."

„Ja."

„Das muss für alle Beteiligten schwer gewesen sein."

„Du hast ja keine Ahnung, wie schwer, Schätzchen."

„Ich finde es total romantisch."

„Du und eine Million andere schwule Männer."

„Und nicht-schwule. Ich habe Hetero-Freunde, die Clark dafür verehren, dass er so offen war."

„Es war wirklich ein Kampf, glaub mir."

„Aber das war es wert, richtig?"

„Jetzt war ich voreilig mit meinem Urteil", sagte Lil. „Ich hätte nie gedacht, dass du so ein Romantiker bist."

„Weil ich tätowiert bin und dadurch knallhart aussehe?"

„Vergiss nicht die drei Stecker in deinem linken Ohr. Aus was sind die?"

„Onyx."

„Wenigstens hast du einen guten Geschmack, auch wenn du knallhart bist", scherzte Lil.

„Zufällig habe ich einen sehr guten Geschmack", entgegnete Grier. „Und ich finde Körperkunst wunderschön, wenn sie gut gemacht ist."

„Dein Sleeve-Tattoo ist ungewöhnlich." Lil streckte die Hand aus und fuhr das Muster sanft nach. „Ich finde die Farben toll. Das Blau und das Rot sind so lebhaft und wie die Sterne angeordnet sind." Lils Hand ließ Griers Arm hinter sich und ruhte schließlich auf Griers Brust, wo der letzte der blauen Sterne unter seinem Tanktop verschwand. „Hast du noch mehr?" Grier zu berühren, egal wie unschuldig, hatte das Verlangen geweckt, das unter ihrem freundschaftlichen Gespräch geschlummert hatte.

Die Zeit schien stillzustehen, während sie in den Augen des anderen nach einem Hinweis suchten, was mit ihnen passierte. Grier presste Lils Hand auf sein Herz, das wild klopfte.

„Es gibt noch ein paar Sterne. An sorgfältig ausgewählten Stellen", flüsterte Grier.

Oh Gott. „Ich werde es im Hinterkopf behalten."

9

Grier machte einen zittrigen Atemzug und zog sich widerwillig zurück. „Hör mal, ich muss zurück."

„Ich verstehe. Was machen wir wegen der Bootstour morgen?"

„Wir treffen uns gegen elf Uhr am Dock. Du findest die Informationen auf der Internetseite City of Chicago. Danach gehen wir Mittagessen."

„Klingt gut."

„Lil?"

„Ja?"

„Du bist keine Tunte", sagte Grier und presste seinen Mund für einen süßen Kuss auf Lils. Lil öffnete sich für die überraschend sanfte Berührung und seufzte, als er Griers Zunge auf seinen Lippen spürte.

„Morgen?", fragte Grier noch einmal.

Den Kuss hatte Lil nicht erwartet, deshalb hatte er Mühe, die richtigen Worte zu finden. „Ja."

Er schaute Grier nach, dabei studierte er dessen Rückseite, die ebenso atemberaubend war wie seine Vorderseite. Sein Oberkörper hatte eine klassische V-Form, ein Beweis dafür, dass er regelmäßig Gewichte stemmte. Da er nun wusste, was der junge Mann beruflich machte, vermutete Lil, dass dessen Statur größtenteils auf seinen Beruf zurückging. Grier hatte die Frage, ob er zum College ging, nicht beantwortet, doch Lil hoffte, dass er morgen bei ihrem Ausflug mehr über ihn erfuhr. Wenn er denn überhaupt auftauchte. Die Chancen waren gering, schließlich hatten sie nicht einmal Telefonnummern ausgetauscht, aber Grier hatte etwas an sich, wodurch Lil sich sicher war, dass er da sein würde. Lil hoffte, dass er die Gelegenheit bekommen würde, zu überprüfen, ob seine Instinkte richtig lagen oder nicht. Zwar war Grier schön anzusehen, doch es wäre toll, wenn hinter seiner wunderschönen Fassade auch etwas Substanz läge. Lil sah, wie er auf die Uhr schaute und seine Schritte beschleunigte, als bekäme er Ärger, wenn er zu spät kam, was schwer vorstellbar war nach dem, was er Lil erzählt hatte. Er arbeitete freiwillig dort, da durfte er wohl ein paar Minuten zu spät kommen.

2

GRIER MACHTE sich wenig Sorgen darüber, zu spät zu kommen, als mehr darüber, ausgefragt zu werden. Er wusste, dass seine Familie bald auftauchen würde, und das Letzte, was er wollte, waren negative Kommentare, die sein spontanes, aber perfektes Treffen ruinierten. Er hatte sich selbst überrascht, als er angeboten hatte, morgen den Fremdenführer zu spielen, doch als Lil seinen Beruf erwähnt hatte, erschien es ihm nur logisch. Grier hoffte, dass der Ausflug ihm die Gelegenheit geben würde, den Architekten besser kennenzulernen, der einen ziemlichen Eindruck auf ihn gemacht hatte. Es war nicht seine Art, sich mit Fremden einzulassen, aber die Chemie zwischen ihnen war stärker als die warnenden Stimmen in seinem Kopf.

Als er um die Ecke bog und sich dem Eiscremestand näherte, waren schon alle da. Sein Vater Santino, sein Bruder Ali und sein bester Freund Jake. Zusammen mit Jakes Vater Vicente reichten sie gefrorene Köstlichkeiten weiter, so schnell sie konnten.

„Hey, wo warst du?", fragte sein Dad.

„Tut mir leid. Ich habe die Zeit vergessen."

Santino nickte und Grier nahm seinen Platz neben den anderen ein und machte sich an die Arbeit. Jedes Jahr während des Taste of Chicago boten die Dilorios ihren Freunden, den Garcias, ihre Hilfe an, den Vinita Ice Cream Stand zu betreuen. Es war ein harter Zeitplan – zehn Tage lang harte Arbeit. Aber die Einkünfte waren jedes Mal enorm und es war eine Tradition ihrer Familien geworden. Santino Dilorio und Vicente „Enteng" Garcia waren seit über zwanzig Jahren Nachbarn, fast so lange, wie Grier am Leben war. Die Zwillinge der Garcias, Jake und Jillian, gingen zur selben Schule wie die Dilorio-Brüder und sie waren von Nachbarn zu guten Freunden geworden.

Kinder waren der gemeinsame Nenner und beide Familien wollten ihren Kindern das Beste bieten. Das Leben drehte sich um die Aktivitäten in der Schule und da Nita Garcia als Krankenschwester arbeitete, während Meredith Dilorio Hausfrau war, hatten sie sich die Pflichten, die Kinder zu versorgen, geteilt. Die Zwillinge hatten viel Zeit bei Ali und Grier verbracht und gewartet, dass ihre Eltern nach Hause kamen. An ihren freien Tagen hatte Nita auf die Kinder aufgepasst, damit Meredith etwas unternehmen konnte, ohne zwei kleine Jungen an ihren Rockzipfeln, die nur elf Monate auseinander waren und ebenso gut selbst Zwillinge hätten sein können.

Die Garcias stammten ursprünglich von den Philippinen und hatten viele der Werte und Traditionen aus ihrem Heimatland mitgebracht, zusammen mit den wundervollen Rezepten, die sie gern mit ihren Nachbarn teilten. Die Dilorios hatten schnell gelernt, die exotischen Köstlichkeiten aus Enteng Garcias Küche zu schätzen. Er arbeitete als Koch und übernahm das Kochen für die Familie, was Nita gern annahm, da sie für gewöhnlich erschöpft war, wenn sie nach Hause kam. Sie hatte nach einer Achtstundenschicht auf der Intensivstation des Alexian Brothers Medical Center kaum genug Energie, um sich um ihre Kinder zu kümmern.

Als die Kinder in die Middle School gekommen waren, hatte Enteng beschlossen, eine Eisdiele zu eröffnen. Inspiriert hatte ihn Santino Dilorio, der einen kleinen Fuhrpark mit Trucks besaß und als unabhängiger Unternehmer für Mayflower Transits fuhr. Jahrelanges Experimentieren mit Rezepten und Kombinieren von lokalen und importierten Zutaten hatte sich endlich ausgezahlt: Mango-, Yams- und Kokosnusseis wurden neben den üblichen Sorten wie Vanille und Schokolade angeboten, für gewöhnlich serviert in einer hausgemachten Waffel. Sie hatten ihr Geschäft Vinita genannt, eine Verbindung der Namen Vicente und Nita, und da es in einem kleinen Einkaufszentrum in der Nähe der Highschool gelegen war, waren viele ihrer Nachbarn Stammkunden und es war ein großer Erfolg. Als die Dilorio-Jungs und die Garcia-Zwillinge alt genug waren für Nebenjobs, hatten sie im Vinita gearbeitet.

„Wo warst du?", fragte Ali, als Santino sich einen Moment entschuldigte.

„Eine Pause machen."

„Mit Clark Stevens und seinen Homos?"

„Spionierst du mir etwa hinterher?"

„Tut mir leid, Grier", entschuldigte Jake sich. „Ich habe nebenbei erwähnt, dass du bei Clark warst."

„Und wenn es so war, Ali? Wen interessiert das?"

„Du weißt verdammt gut, dass Clark Stevens ein bekannter Homo ist und jeder, der mit ihm in Verbindung gebracht wird, wird automatisch in dieselbe Schublade gesteckt."

„Ich *bin* ein Homo", spuckte Grier aus. „Und je eher du und Dad das akzeptiert, desto besser für uns alle. Ich bin diese Charade leid."

„Er kann das im Moment nicht ertragen."

„Es ist nicht das Ende der Welt, Ali. Es ist nur mein Leben."

Ali, die Kurzform von Alissio, hatte es sich zur Aufgabe gemacht, seinen Vater zu beschützen, nachdem Grier verkündet hatte, dass er schwul war. Santino Dilorio, normalerweise ein netter Mann, hatte sich in einen cholerischen Tyrannen verwandelt, nachdem man Grier erwischt hatte, während Johnny Callahan vor ihm kniete. Grier hatte geglaubt, dass sein Vater einen Herzinfarkt bekommen würde, als der Direktor erklärt hatte, warum er eine Woche lang von der Schule suspendiert war. Tagelang hatte Grier die Tiraden seines Vaters ertragen müssen. Santino war ein altmodischer Italiener, erzkatholisch und der festen Überzeugung, dass Homosexualität falsch war. Er würde kein Verhalten dulden, das gegen die Natur ging.

Santino war fest davon überzeugt, dass Griers Interesse an seinem eigenen Geschlecht die Schuld seiner Mutter war, weil sie ihren Jüngsten zu sehr verhätschelt und ihm den englischen Nachnamen ihrer Familie als Vornamen gegeben hatte, statt ihn Giovanni zu nennen, ein guter italienischer Name nach seinem eigenen Vater. Seiner Meinung nach war es eine sich selbst erfüllende Prophezeiung. Jemand, der Grier hieß, musste einfach anders sein und sein jüngster Sohn war definitiv anders. Er war kein Durchschnittskind, was offensichtlich war, seit er mit drei Jahren sein Zimmer lila gestrichen haben wollte wie Barney, sein Lieblingsdinosaurier. Es war viel einfacher gewesen, Meredith die Schuld dafür zu geben, statt zu akzeptieren, dass mit einem seiner Söhne etwas nicht stimmte. Er hatte gehofft, dass Griers Interesse am eigenen Geschlecht nur eine Phase war, aus der er herauswachsen würde, sobald er älter wurde. Er hatte sich bestätigt gefühlt, als Grier begann, sich für Gewichtheben und Football zu interessieren. In Santinos Welt interessierten Schwule sich nicht für solche männlichen Dinge. Sie waren Friseure und Modedesigner, keine Bodybuilder mit Tätowierungen. Griers Äußeres kam dem, was Santino sich unter einem Homosexuellen vorstellte, in keiner Weise nahe. Allein die Vorstellung, dass Grier eine sexuelle Beziehung mit einem anderen Mann eingehen könnte, war für ihn unfassbar. Das Thema Homosexualität war mit Meredith, die kurz nach Griers vierundzwanzigstem Geburtstag im letzten Jahr an Krebs gestorben war, begraben worden.

Aber Ali wusste es besser. Ihm war sehr wohl bewusst, dass Grier an Männern interessiert war und es auch immer sein würde, doch es war seine Mission, dieses Wissen von Santino fernzuhalten, der sich immer noch nicht von dem plötzlichen Tod seiner Frau erholt hatte. Das Letzte, was ihr Vater brauchen konnte, war, sich Gedanken über Grier und seine sexuelle Orientierung zu machen.

Grier ignorierte die missbilligenden Blicke und hoffte, dass Ali seine Fragen lassen würde. Er freute sich darauf, wenn Taste vorbei war und alles wieder seinen gewohnten Gang ging. Ali würde sich als Stockbroker wieder darum kümmern, Fremden den Traum vom großen Geld zu erfüllen, während er einen teuren Anzug trug, und Grier konnte sich wieder um seine eigenen Angelegenheiten kümmern, weit weg von Alis wachsamem Auge.

Griers Leben hatte vor Jahren eine Wendung genommen und er versuchte immer noch herauszufinden, was er mit seinem Leben anfangen sollte. Meredith hatte immer hinter ihm gestanden und ihr Tod hatte eine große Lücke hinterlassen. Sie war so viel mehr gewesen als eine Mutter. Sie war seine Freundin und verstand, was er brauchte. Als sie erkannt hatte, dass ihr Sohn schwul war, hatte sie liebevoll und tolerant reagiert und hatte sich immer die Zeit genommen ihm zuzuhören, wenn er seine Hoffnungen und Träume für eine Karriere als Innenarchitekt mit ihr geteilt hatte. Diesen Traum hatte er auf Eis legen müssen, nachdem sein Vater auf den Vorfall in der Schule so reagiert hatte, denn Grier wusste, dass sein Vater seinen Berufswunsch nicht unterstützen würde. Meredith hatte daran gearbeitet, Santino zu überzeugen, als der Krebs wie aus dem Nichts aufgetaucht war.

Grier hatte sich schon immer für Farben und Designs interessiert. Er war so stolz auf sein Werk gewesen, nachdem er und Meredith damit fertig gewesen waren, die langweiligen weißen Wände seines Zimmers in einen amethystfarbenen Spielplatz für seine Spielzeuge und Kuscheltiere zu verwandeln. Seit dieser Zeit hatte er geglaubt, dass die Welt ein besserer Ort wäre, wenn sie die richtigen Farben hätte, aber dass eine besondere Person nötig war, um sie dazu zu machen. Er hatte sich verliebt in Stoffe und Farben, bevorzugt kraftvoll und experimentell, Kombinationen von Farbschattierungen, die zwar normalerweise nicht zusammenpassten, es aber durch seine geschickten Hände dennoch taten. Doch seine Ambitionen wurden von dem Wunsch übertroffen, Santino zufriedenzustellen und einen Beruf zu finden, der für seinen Vater männlich genug war. Eine Entscheidung, die ihn bis heute verfolgte. Er hatte gelernt, einen massiven Achtzehnachser zu fahren, um den Frieden zu halten, doch ihm war die hirnlose Schlepperei lieber, und seiner Meinung nach das geringere Übel. Er hatte davon geträumt, all das hinter sich zu lassen, als seine Mutter noch am Leben war, aber ihre Krankheit und ihr plötzlicher Tod hatten seinen Träumen ein vorläufiges Ende gemacht.

Vielleicht würde der morgige Tag ihm Erleuchtung bringen. Lil schien mit sich selbst im Reinen zu sein und Grier fühlte sich in seiner Gegenwart überraschend wohl. Zwischen ihnen schien eine Verbindung zu bestehen, die über das Körperliche hinausging. Es war schwer zu erklären, denn es war so neu, doch er war zuversichtlich und, nicht zu vergessen, er fühlte sich sehr zu dem blonden Mann hingezogen, der sein Herz schneller schlagen ließ. Und ja, ihm war bewusst, dass der Mann mindestens ein Dutzend Jahre älter war als er, sehr sicher in seiner Sexualität und ein vollkommen Fremder. Doch dass er mit dem berühmtesten Football-Paar in Chicago befreundet war, machte ihn zuversichtlich, dass er sich nicht mit einem Serienmörder eingelassen hatte. Notfalls könnten sie über die Arbeit reden.

SPÄTER AN diesem Abend, als Lil, Jody und Clark unter den Zuschauern waren, die Michael McDonald zuhörten, wie er „What a Fool Believes" sang, bemerkte er Grier mit einer Gruppe von Leuten. Ein weißhaariger Herr und ein junger Mann, wahrscheinlich Verwandte. Die Familienähnlichkeit war in ihrer Größe und ihren Gesichtszügen leicht zu erkennen, auch wenn keiner der Männer das gewisse Etwas hatte wie Grier. Die anderen Mitglieder der Gruppe waren Asiaten und Lil fragte sich, wie sie wohl zusammengehörten. Grier drehte sich um und entdeckte Lil, als könnte er dessen Anwesenheit spüren. Er zwinkerte ihm zu, aber machte keine Anstalten, zu ihm zu kommen.

Lil beobachtete die Gruppe lange, nachdem Grier sich wieder umgedreht hatte. Sie waren zu weit entfernt, um das Gespräch mitanzuhören, aber er konnte erkennen, dass sie sich gut verstanden. Sein Blick landete auf dem kleinen Jungen, der immer wieder an Griers Shirt zog, und er sah zu, wie Grier sich herunterbeugte, den Jungen hochhob und auf seine Schultern setzte, damit er über die Menge hinwegsehen konnte. Er musste fünf oder sechs Jahre alt sein und hatte rabenschwarzes Haar, das ihm in einem Beatles-artigen Haarschnitt in die Stirn fiel.

„Was siehst du dir da an?" Jody hatte bemerkt, dass Lil sich nicht mehr auf die Bühne konzentrierte, sondern auf etwas rechts von ihm.

„Ich beobachte den Schnuckel von vorhin."

Jody folgte Lils Blick und entdeckte Grier sofort. „Er scheint im Moment beschäftigt zu sein."

„Ich fragte mich, wer das da bei ihm ist."

„Triffst du dich nicht morgen mit ihm?"

„Jep."

„Dann frag ihn morgen und hör auf, den armen Mann anzustarren. Du brennst ihm noch ein Loch in den Hintern."

„Der ziemlich auserlesen ist, wie ich hinzufügen möchte."

„Hör auf zu glotzen, Lil."

„Sie machen heute gar keinen Spaß, Dr. Williams."

„Ich passe nur auf meinen besten Freund auf. Es ist sinnlos, sich wegen etwas Gedanken zu machen, das man nicht haben kann."

„Ich habe nicht vor, mich in den Mann zu verlieben. Ich will nur wilden und leidenschaftlichen Sex mit ihm haben."

„Wo wollt ihr euch treffen?"

„Wo die Boote für die Tour ablegen. Weißt du, wo das ist?"

„Nein, aber das finden wir heraus. Wieso bringst du ihn hinterher nicht mit? Wir könnten ein Barbecue veranstalten."

„Das ist eine gute Idee."

Die Musik hörte auf und die Menschenmenge begann sich aufzulösen und sich auf den langen Weg zum Parkplatz oder den Bushaltestellen zu machen. Es war genauso wie am Mittag und Lil und seine Gefährten ließen sich von den Massen treiben.

Sie kamen Griers Gruppe sehr nah, aber dieser schien nicht mit ihm reden zu wollen oder zu können, deshalb machte Lil einen weiten Bogen um ihn. Trotzdem konnte er Gesichtszüge erkennen und der Junge auf Griers Schultern sah der jungen Frau an Griers Seite sehr ähnlich, die eine weibliche Version des jungen Mannes am Ende war. Alles ging zu schnell, um Vermutungen anstellen zu können, doch Lil war von der Schönheit der asiatischen Frau fasziniert. Er würde Grier morgen nach ihr fragen müssen.

3

DIE SONNE brannte auf Lils Schultern, als er in der Schlange stand, um in das Boot einzusteigen. Es war wieder ein brütend heißer Tag mit hoher Luftfeuchtigkeit, aber durch die leichte Brise war es erträglicher. Da er in San Francisco lebte, war er an dieses Wetter nicht gewöhnt, aber er hatte an Sonnencreme gedacht und die nicht fettende Lotion mit Lichtschutzfaktor 45 großzügig auf seine Arme, seinen Nacken und seine Beine aufgetragen. Jody hatte ihm eine von Clarks Baseballkappen geliehen, um seinen Kopf und sein Gesicht zu schützen.

Grier trug erneut ein Tanktop, dieses Mal ein schwarzes mit einem neongrünen Aufdruck, der die Worte *Vinita Ice Cream* zeigte. Der Schriftzug war von großen Kreisen in lebhaften Farben umgeben, die Eiskugeln darstellen sollten.

„Dein T-Shirt ist sehr interessant."

„Ich habe es entworfen", sagte Grier stolz. „Gefällt es dir?"

„Wie ich bereits gestern sagte, was sollte mir daran nicht gefallen?"

„Ich meinte das T-Shirt."

„Ich weiß." Lil lächelte. Er konnte Griers Augen hinter der Sonnenbrille nicht sehen, aber sein verführerischer Tonfall bedeutete, dass sich seit gestern nichts zwischen ihnen geändert hatte. „Ich dachte, du bist Möbelpacker?"

„Unter anderem."

„Ich mag es, wenn Männer viele Talente haben", sagte Lil in flirtendem Tonfall.

„So bin ich. Ein wahres Allroundgenie."

Die Schlange bewegte sich und als sie endlich das Boot betraten, konnten sie wählen zwischen der Kabine und dem Deck, wo sie der Sonne ausgesetzt waren. „Was ist dir lieber?", fragte Grier.

„Auch wenn die Sonne tödlich ist und ich wahrscheinlich über Nacht altere, würde ich lieber auf dem Deck sitzen."

„Gute Wahl." Grier legte Lil die Hand an den Rücken und leitete ihn die schmale Eisentreppe auf das offene Deck hinauf. Ihre Plätze waren am Heck des Bootes und sie unterhielten sich, während sie warteten, bis alle Passagiere ihre Plätze eingenommen hatten.

„Erzähl mir von Vinita Ice Cream", sagte Lil. „Gehört es den Leuten, mit denen du gestern Abend zusammen warst?"

„Ja. Die Garcias sind Freunde und Nachbarn und meine Familie hilft ihnen jedes Jahr am Stand."

„Zu wem gehört der kleine Junge?"

„Luca ist der Sohn von Jillian. Sie ist Jakes Zwillingsschwester."

„Jake?"

„Mein bester Freund."

„Oh, richtig."

„Ich kenne die Familie seit ich vier Jahre alt war."

„Wie alt bist du, wenn ich fragen darf?"

„Ich bin vor kurzem fünfundzwanzig geworden."

„Wann ist dein Geburtstag?"

„Am achtzehnten Juni."

„Ein Zwilling!"

„Ist das ein Problem?"

„Nein, es ist ein Vorteil. Zwillinge sind herrlich komplex."

„Und ich dachte, ich wäre nur bipolar."

Lil lachte laut auf. „Ein wenig von beidem vielleicht?"

„Schon möglich", sagte Grier lächelnd. „Was hast du für ein Sternzeichen?"

„Fische."

„Ich kenne mich mit Astrologie nicht aus", gab Grier zu.

„Man sagt, Fische sind die besten Liebhaber."

„Ist das wahr oder nur ein Mythos?"

„Es hat sich noch niemand beschwert", meinte Lil.

„Ich mag Männer mit Erfahrung", sagte Grier.

„Ach ja?" Lil nahm Grier die Sonnenbrille ab, damit er ihm in die dunklen Augen sehen konnte, die ihn betrachteten. „Dann hast du den Jackpot gewonnen. Das ist einer der wenigen Vorteile, wenn man über dreißig ist."

„Bist du einunddreißig?"

Lil reichte ihm wieder seine Sonnenbrille, aber erst, nachdem er mit den Fingern über Griers Bart gestrichen und seine Lippen für einen sanften Kuss auf diesen üppigen Mund gedrückt hatte. Der Brünette lehnte sich in die Berührung und Lil sah zufrieden einen Funken der Lust in den obsidianfarbenen Augen, bevor sie hinter dem dunklen Glas verschwanden.

„Ich bin siebenunddreißig", flüsterte Lil.

„Unmöglich."

„Schmeicheleien bringen dich in diesem Fall weiter."

„Es ist die Wahrheit", versicherte Grier. „Du siehst nicht nach deinem Alter aus."

„Das hoffe ich doch schwer", sagte Lil. „Trotzdem läuft die Zeit und plastische Chirurgie ist heutzutage nicht mehr so teuer."

„So weit bist du noch nicht."

„Du bist süß", sagte Lil, der das Kompliment genoss.

„Erzähl mir von Lyndon Lyle Lampert", bat Grier. „Hast du einen Partner?"

„Himmel, nein."

„Glaubst du nicht an die Liebe?"

„Schon, aber ich habe noch nicht den Richtigen getroffen und mit weniger gebe ich mich nicht zufrieden."

„Muss er übers Wasser gehen können?"

Lil lachte. „Nicht unbedingt, aber er muss mein Herz zum Flattern, meinen Atem zum Stocken und meinen Schwanz zum Salutieren bringen. Nicht unbedingt in dieser Reihenfolge. Aber zwei von drei ist die Mindestanforderung."

„Ich schätze, ich könnte dich bezirzen."

„Ein *True Blood*-Fan?"

„*Vampire Diaries*", gestand Grier. „Mein Herz hüpft jedes Mal, wenn der Bösewicht auf dem Bildschirm erscheint."

„Damon ist ziemlich scharf, nicht wahr? Da möchte man freiwillig seinen Nacken entblößen."

„Unter anderem."

„Du schlimmer Junge", neckte Lil. „Gibt es jemand Besonderen in deinem Leben?"

„Dann wäre ich nicht hier, oder?"

„Oh, du bist einer dieser braven Jungs, die an Monogamie glauben."

„Du etwa nicht?"

„Ich habe noch nie jemanden getroffen, für den ich sie in Erwägung gezogen hätte."

„Das kann ich mir kaum vorstellen."

„Wir können nicht alle sein wie Clark und Jody."

„Ich wünschte, ich wäre wie Clark."

„Schätzchen, du bist genauso hinreißend, nur dass er wie ein nordischer Gott wirkt und du wie ein italienischer Bad Boy."

„Scheiße", murmelte Grier. „Ich bin kein bisschen wie Clark."

„Was meinst du?"

„Er ist geoutet und stolz darauf."

„Und du nicht?" Das überraschte Lil, denn Grier hatte keine Scheu gehabt, ihn in der Öffentlichkeit zu küssen.

„Ich nehme es zurück", lenkte Grier ein. „Ich bin bei jedem out, außer meinem Vater."

„Und seine Anerkennung ist dir am wichtigsten?"

„Ja."

„Was ist mit deiner Mutter?"

„Sie ist letztes Jahr gestorben."

„Das tut mir leid."

„Ich vermisse sie sehr." Grier blickte zum Horizont und Lil konnte die Schwermut spüren, die den jungen Mann überkam, als die Erinnerungen hochkamen. „Ihre größte Sorge war, dass sie mich allein zurücklassen musste."

Lil legte den Arm um Grier und zog ihn an sich. „Sie war deine Freundin."

Grier nickte.

„Glaub nicht, dass Clarks Entwicklung einfach war, Grier. Sein Vater ist ein homophober Größenwahnsinniger. Ich kann mir nicht vorstellen, dass dein Vater auch nur halb so schlimm ist."

„Ich habe über Clarks Vater gelesen … Er scheint ein wenig kontrollsüchtig zu sein."

„Ein wenig ist eine Untertreibung."

„Mein Dad ist ein guter Mensch, Lil. Er liebt mich und meinen Bruder und er hat hart gearbeitet, um uns eine Zukunft zu bieten. Leider kann er nicht verstehen, dass meine sexuelle Orientierung nicht so ist wie seine. Mom und ich wollten versuchen, ihn zu überzeugen, dass ich meine Ausbildung abschließen darf, aber dann wurde sie krank."

„Du bist noch nicht mit dem College fertig?"

„Bisher habe ich es nur auf zwei Jahre allgemeine Ausbildung gebracht. Als ich auf das Illinois Institute of Art wechseln wollte, ist er durchgedreht."

„Wieso?"

„Nur Schwuchteln interessieren sich für Design."

„Moment mal. Hat er noch nie von Frank Lloyd Wright gehört? Er war einer der besten Architekten, die es jemals gab, und er stammte aus dem Mittleren Westen, um Gottes willen. Und nach allem, was ich gehört habe, war er ein echter Schürzenjäger."

„Lil, selbst wenn er von ihm gehört hätte, würde es keinen Unterschied machen. Alles, was Dad will, ist jemand, der Dilorio Trucking übernimmt, aber nicht einmal Ali ist daran interessiert."

„Wer ist Ali?"

„Mein Bruder Alissio."

„Ich habt wirklich ungewöhnliche Namen."

„Lil ist auch nicht gerade alltäglich."

„Touché."

„Wieso nennst du dich Lil? Mir wäre Lyndon lieber, denke ich."

„Oh bitte. Lyndon klingt wie ein alter Sack. Als ich jünger war, und wirklich unerhört, haben meine Freunde mich Lilian genannt. Im Laufe der Jahre hat es sich abgekürzt."

„Lilian." Grier runzelte die Stirn. „Das kann ich mir nicht vorstellen."

„Genug von mir, okay?", meinte Lil, dem die alten Geschichten peinlich waren. Grier war erst acht Jahre alt gewesen, als Lil das Castro unsicher gemacht und sich den Spitznamen verdient hatte. Er beugte sich zu Grier und sagte: „Verschieben wir dieses Gespräch auf nach der Tour, in Ordnung?" Endlich war das Boot voll und legte vom Dock ab.

„Sicher."

Kopfhörer wurden ausgegeben und die zweistündige Fahrt begann. Der Erzähler beschrieb die vierzig verschiedenen Gebäude, die sie sehen würden, und fasste die Architekten von Chicago und ihre Werke zusammen. Lil fand es faszinierend, ebenso wie Grier, der die Tour schon mehrmals mitgemacht hatte. Nach einer Weile ging Grier nach unten zur Bar und holte zwei Flaschen Bier. Lil nahm sein Heineken dankbar an.

„Ich bin besonders am Chicago Board of Trade Building und dem Sears Tower interessiert", erzählte Lil. „Ich würde sie gern an Land besichtigen."

„Das lässt sich arrangieren", bot Grier an. „Der Name des Sears wurde übrigens in Willis Tower geändert."

„Wann war das?"

„2009."

„Wie auch immer er heißt, ich möchte ihn gern sehen. Würdest du mitkommen?"

„Ich muss meine Schichten beim Taste tauschen."

„Da du mein Fremdenführer sein wirst, richte ich mich nach dir."

Als die Tour zu Ende war, hatten sie jeweils drei Bier getrunken und waren gut gelaunt. Beide Männer hatten einen leichten Sonnenbrand, aber Lil war überzeugt, dass die Rundfahrt ohne den Wind im Gesicht und dem Anblick der Sonne über dem Chicago River weit weniger Spaß gemacht hätte. Er hatte viel über die Architektur erfahren und hatte auch einen Einblick in Griers Welt bekommen. Sein neuer Bekannter war so viel mehr als ein hübsches Gesicht.

„Hattest du Spaß?", fragte Grier, während er sich auf Lils Arm stützte, um das Gleichgewicht zu halten. Von dem Bier und dem nun festen Boden unter ihren Füßen war ihnen schwummerig.

„Es war toll", sagte Lil. „Musst du heute nicht am Stand arbeiten?"

„Ich habe um einen freien Tag gebeten."

„Gute Idee. Die Jungs wollen mit uns grillen."

„Das klingt toll. Wo wohnen sie?"

„In Bucktown."

„Das überrascht mich. Ich hätte erwartet, dass sie ein großes Haus in einem Vorort haben."

„Sie haben ihr Haus in Berkeley behalten, deshalb haben sie in der Stadt vorerst etwas gemietet."

„Bucktown ist nicht schlecht."

„Mein erster Eindruck war nicht besonders gut."

„Wie meinst du das?", wollte Grier wissen. Sie mussten für ein Taxi anstehen.

„Ich war zu Thanksgiving vor zwei Jahren zum ersten Mal hier. Es hat geschneit, war grau und trist. Ich fand es trostlos, als wir durch die Straßen gefahren sind und noch mehr, als wir zu ihrem Haus kamen."

„Ist es eine Bruchbude?"

„Nein, aber es war nicht das, was ich erwartet hatte."

„Was hattest du denn erwartet?"

„San Francisco", sagte Lil lachend. „Es ist so anders."

„Das glaube ich, aber es ist eine typische Gegend in Chicago. Ist es ein enges Haus mit drei Stockwerken und einer Terrasse hinter dem Haus?"

„Woher weißt du das?"

„So sind sie alle."

„Das Innere ihres Hauses ist toll. Das Äußere stört mich."

Grier neigte den Kopf. „Wieso?"

„Die Häuser stehen praktisch übereinander und sind so alt. In San Francisco sind sie wenigstens bunt."

„Du hast ein Problem mit dem Alter, scheint mir", neckte Grier.

„Ich mag offene Flächen und ja, ich gebe zu, dass brandneu besser ist als antik."

„Das behalte ich im Hinterkopf, wenn ich für dich designe."

Lil hob eine Augenbraue, aber er antwortete nicht. Sie stiegen in das Taxi und Lil nannte dem Fahrer die Adresse von Clark und Jody.

4

Es GAB gegrillte Rinderbrust und gefüllte Backkartoffeln. Jody hatte zum Nachtisch sogar einen Apfelkuchen besorgt und drängte jeden, ein Stück zu nehmen.

„Ich bekomme keinen Bissen mehr herunter", stöhnte Lil.

„Komm schon, du könntest ein paar Pfund mehr vertragen", stellte Jody fest.

„Wenn ich jedes Mal einen Bissen essen würde, wenn ich diesen Satz höre, würde ich aussehen wie Shrek."

„Ich liebe Shrek", rief Grier aus. „Wusstet ihr, dass daraus ein Theaterstück gemacht wurde?"

„Das habe ich irgendwo gelesen", erwiderte Jody. „Leider gehen wir kaum ins Theater."

„Bei unseren Arbeitszeiten ist es kaum möglich, etwas zu unternehmen", sagte Clark. „Aber wenn sich die Chance dazu bietet, würde ich es gern sehen."

„Was ist mir dir, Lil?"

„Was?"

„Würdest du gern ein Theaterstück sehen?", fragte Grier.

„Mein Terminplan wird immer voller, Grier."

„Es ist dein Urlaub, also entscheidest du."

„Wie wäre es mit Tanzen?", schlug Lil vor.

„Ja?" Grier lächelte. „Warst du schon in Halsted?"

„Ist das das Castro von Chicago?"

„Jep."

„Dann lass uns gehen."

„Heute Abend?"

„Wann denn sonst?"

„Okay, aber ich möchte mich zuerst frisch machen."

„Komm mit." Lil stand auf und packte Griers Hand. „Du kannst das Badezimmer im Erdgeschoss benutzen."

Lil wartete vor der Badezimmertür, die sich gegenüber von seinem Schlafzimmer befand. Er hörte die Toilettenspülung und das Rauschen des Wasserhahns, dann öffnete Grier die Tür und blieb vor ihm stehen. An seinen Wimpern hingen Wassertröpfchen und sein Atem roch nach Pfefferminze, da er die Zahnbürste benutzt hatte, die Lil ihm gegeben hatte. Er hatte Grier angeboten, sich an allem zu bedienen, was er brauchte, und er konnte sein Calvin Klein an Grier riechen, der es großzügig genutzt hatte. Er sah erfrischt aus.

Sie hatten den ganzen Tag zusammen verbracht, aber abgesehen von einem kurzen Kuss auf dem Boot waren sie übers Händchenhalten nicht hinausgekommen.

Lil stieß Grier an die Wand und betrachtete den Mann in seinen Armen. Er starrte in zwei Augen, die so dunkel waren wie eine sternlose Nacht und konnte an nichts anderes denken, als den Mann zu küssen. Er wollte von ihm kosten und er wollte es jetzt. Er strich mit dem Daumen über Griers Lippen und seufzte, als Grier ihn mit der Zunge berührte, seinen Finger in den Mund nahm und sanft daran saugte. Diese Bewegung fuhr direkt in Lils Lenden und er spürte, wie sein Schwanz hart wurde. „Ich küsse dich jetzt", verkündete er, bevor er seinen Mund auf Griers presste.

Grier drückte sich ebenso leidenschaftlich an ihn. Ihre Zungen tanzten miteinander und Lils Hände lagen auf Griers Arsch, wo er die festen Muskeln knetete, die in einer engen Jeans steckten. Er rieb sich schamlos an ihm, angetrieben durch Griers Ständer und das leise Stöhnen, das diesem aus der Kehle schlüpfte. „Scheiße, du machst mich fertig", seufzte Lil und schob Grier widerwillig weg.

„Hör nicht auf", protestierte Grier. Er schlang die Arme um Lils Hals und begann, ihn erneut zu küssen. Lil war in einem Strudel der Empfindungen gefangen. Griers Zunge drang entschlossen in seinen Mund. Er wusste, dass Grier ebenso begierig darauf war, den nächsten Schritt zu machen, aber Lil zögerte. Etwas hielt ihn zurück, deshalb beschloss er zu warten. Einmal mehr trat er von dem wunderschönen Mann in seinen Armen zurück. Griers Lippen waren geschwollen von ihren Küssen und sein Blick war benommen und enttäuscht. „Lil?"

„Ja?"

„Ich will dich."

Lil schloss die Augen und holte tief Luft. „Wir haben die ganze Nacht Zeit."

„Haben wir?"

„Es sei denn, jemand wartet auf dich."

„Nein", sagte Grier langsam. „Es gibt niemanden."

„Niemanden, der gleich die Polizei rufen wird, wenn du nicht nach Hause kommst?"

„Ich bin nicht mehr zwölf Jahre alt, Lil, auch wenn ich noch bei meinem Vater wohne."

„Ach ja?"

„Ja."

„Wieso?"

„Lange Geschichte."

„Du hast die ganze Nacht Zeit, sie mir zu erzählen", sagte Lil sanft. „Gib mir einen Moment, um mich fertig zu machen." Lil trat in das Badezimmer und lehnte sich an die geschlossene Tür. Er holte mehrmals tief Luft, um sich wieder zusammenzureißen, was nach dem Kuss bitter nötig war. Er war wie gefesselt und wollte Grier mehr als alles andere, aber dieser hatte etwas Verletzliches an sich, was Lil bei diesem sexy Bad Boy, besonders angesichts der Tattoos und der selbstsicheren Erscheinung, nicht erwartet hatte. Lil wollte, dass aus diesem endlosen Date – zehn Stunden seit der Bootsfahrt – mehr wurde als ein One-Night-

Stand. Er wusste, dass es für sie keine Zukunft gab, aber der Sex sollte zumindest unvergesslich sein. Ein Quickie war nicht das, was er im Sinn hatte.

DAS TAXI setzte sie bei Rick's ab, wo sie Billard spielten, statt zu tanzen. So verbrachten sie eine Stunde und genossen die Gesellschaft des anderen, beinahe erleichtert, das intensive beiderseitige Verlangen eine Weile zu verdrängen. Tanzen hätte es nur verschlimmert. Nach einer Weile wurde ihnen langweilig und sie gingen in eine andere Bar. Grier schlug Cellblock vor, offensichtlich eine Lederbar. Das überraschte Lil und einmal mehr fragte er sich, wer Grier eigentlich war und was es mit ihm auf sich hatte. Hier kannten ihn die Leute und bald standen sie im Mittelpunkt des allgemeinen Interesses, als eine Gruppe Bären, in voller Lederausstattung, Grier gutmütig neckte. Nachdem sie das Paar allein gelassen hatten, musste Lil einfach fragen: „Stehst du auf diese Szene, Grier?"

Grier zuckte mit den Schultern. „Ich bin einmal hier gelandet und habe Freunde gefunden."

„Du musst auf Leder stehen."

„Nicht auf BDSM, wenn du das damit meinst."

„Das ist eine Erleichterung."

„Aber ich fahre eine Harley. Ist das ein Problem?"

„Nicht, wenn du mich nicht zwingst, mit dir zu fahren", meinte Lil. „Ich habe Todesangst vor Motorrädern und nicht vor, auf dem Asphalt mein Leben auszuhauchen."

„Hast du schlechte Erfahrungen damit gemacht?"

„Mehrere meiner Freunde vom College sind auf ihren Harleys gestorben. Deswegen hält sich mein Enthusiasmus in Grenzen."

„Es ist wie jede andere Transportmethode, Lil. Es gibt Regeln, an die man sich halten muss, und wenn man das tut, ist es so sicher wie ein Auto."

„Das sehe ich anders."

„Dann werde ich dich wohl einmal mitnehmen müssen, um deine Meinung zu ändern."

„Lieber nicht."

Grier lächelte. „Du hast die Wahl."

„Wie viel Uhr ist es?", fragte Lil.

„Kurz vor drei."

„Ich bin todmüde. Du auch?"

„Es war ein langer Tag", gab Grier zu. „Willst du gehen?"

„Ja." Die Stimmung zwischen ihnen hatte sich vollkommen verändert und Lil konnte sich nicht erklären, wieso. Vielleicht hatte es mit ihrer Umgebung zu tun und der Vorstellung, mit jemandem etwas anzufangen, der auf die Leder-Mentalität stand. Von diesen Männern hatte Lil sich immer ferngehalten. Die rauen Typen, die ein wenig Gefahr brauchten, um weiterzumachen. Die Wahrheit war, dass er nichts über Grier wusste, und er hatte im Laufe der Jahre gelernt, sich auf sein Bauchgefühl zu verlassen. Er zögerte, sich mit einem Mann einzulassen, der sich in dieser Umgebung wohlfühlte. Lil hatte sich noch nie für die Lederszene interessiert und wollte nichts damit zu tun haben. Auch wenn Grier ihm versichert hatte, dass er nicht auf BDSM stand. Vielleicht war Lil müde und reagierte deswegen über, aber er hatte beschlossen, auf seine Gefühle zu vertrauen.

Im Taxi waren sie still und Lil entspannte sich allmählich, als Grier seine Hand nahm. „Du bekommst Panik, oder?"

„Nein, tue ich nicht", entgegnete Lil ruhig. „Aber ich bin müde. Machen wir Schluss für heute, okay?"

„Wirklich?"

„Ja."

„Möchtest du morgen immer noch zum Board of Trade Building und dem Willis Tower?"

„Gern. Hast du morgen Zeit?"

„Ich habe bis fünf Uhr Zeit, glaube ich. Danach habe ich bis zum Schluss Dienst beim Taste."

„Gib mir dein Handy", sagte Lil. Er gab seine Nummer ein, dann tat er dasselbe bei sich, als Grier ihm seine Nummer nannte. „Jetzt können wir uns erreichen", meinte er und gab Grier sein Handy zurück.

„Bist du wütend?"

„Nein, gar nicht."

„Darf ich dich zur Tür bringen?"

„Gern", antwortete Lil, der seine Entscheidung bereits bereute. Er wollte, dass Grier blieb, aber er zögerte, ihn darum zu bitten.

„Geben Sie mir ein paar Minuten", sagte Grier zu dem Fahrer, der gleichgültig nickte.

Als Lil mit dem Schlüssel nestelte, nahm Grier ihn ihm ab und öffnete die Tür mit Leichtigkeit. Lil schaltete den Alarm aus, dann knipste er die Lichter an und war überrascht, als Grier ihn an sich zog und ihn küsste. „Ich bin enttäuscht, dass ich nicht die Nacht mit dir verbringen werde."

„Es tut mir leid, Schätzchen. Ich weiß nicht, was über mich gekommen ist."

„Ich hoffe, es ist nicht wegen etwas, das ich gesagt habe. Ich würde dich nie zwingen, auf meinem Motorrad mitzufahren, wenn das nicht dein Ding ist."

„Ich weiß, Süßer. Ich glaube wirklich, dass ich müde bin. Ich bin kein junger Hüpfer mehr, weißt du?"

„Hörst du wohl auf damit? Du bist noch nicht einmal vierzig."

Lil lachte. „Küss mich und dann verschwinde."

„Ich hatte heute wirklich viel Spaß", sagte Grier sanft. „Vielen Dank."

„Gern geschehen. Das wiederholen wir morgen."

„Okay", sagte Grier und küsste Lil erneut. Er ging hinaus, dann verschloss Lil die Tür und aktivierte den Alarm wieder.

GRIER WACHTE auf, als jemand an seine Schlafzimmertür hämmerte. Er tastete nach seiner Uhr auf dem Nachttisch und versuchte, die Uhrzeit zu erkennen. Er fühlte sich, als wäre er gerade erst ins Bett gegangen, was sich bestätigte, als er sah, dass es erst acht Uhr morgens war, vier Stunden, nachdem er schlafen gegangen war.

„Was zum Teufel?", brummte er, dann zog er sich eine Unterhose an und stolperte zur Tür. Dort stand Jillian mit Luca und sah sehr verlegen aus.

„Es tut mir leid. Habe ich dich geweckt?"

„Wie kommst du denn auf diese Idee?"

„Ich stecke in der Klemme, Grier."

Grier seufzte, dann sah er, dass Luca bereits Straßenkleidung trug. „Was ist los?"

„Ich muss zur Arbeit und es ist niemand da, der auf Luca aufpassen kann."

„Das soll wohl ein Witz sein."

„Grier, bitte."

„Ich habe Pläne für heute."

„Kannst du sie umlegen?"

„Ich will sie nicht umlegen."

„Könntest du Luca mitnehmen?"

„Komm schon, Jill."

„Bitte?"

Grier schaute zu dem kleinen Jungen, der ihn erwartungsvoll anstarrte. „Wie lange soll ich ihn behalten?"

„Den ganzen Tag."

„Das ist scheiße, Jillian."

„Mom muss arbeiten und Dad und Jake sind beim Taste."

„Ich muss auch um fünf Uhr beim Taste sein."

„Bring Luca mit, dann hole ich ihn dort ab."

„Na schön. Komm rein, Kleiner", sagte Grier sanft und nahm Lucas Hand. Als Jillian weg war, setzte er sich auf das Bett.

Eth tut mir leid, *dath* ich dich störe, *Tito G*", lispelte Luca. Grier hatte mit ihm geübt, um diese Sprachstörung zu überwinden, aber sie war hartnäckig und brach immer wieder durch, wenn Luca sich freute oder nervös war wie im Moment. Grier hörte, wie er mit dem Buchstaben S kämpfte, und wusste, dass er daran schuld war.

Willtht du weiterschlafen?"

Grier fühlte sich schrecklich wegen seines Ausbruchs und es wurde noch schlimmer, als Tränen in Lucas Augen traten. „Hey, ist schon gut, Kumpel. Wein nicht."

Eine dicke Träne rollte über seine runde Wange und Griers Herz brach beinahe. Er hob Luca hoch und umarmte ihn fest. „Möchtest du Frühstück?"

„Ja."

„Dann lass uns sehen, was wir finden. Ist Haferbrei in Ordnung?"

Luca nickte und belohnte Grier mit einem perfekten S, auch wenn er noch schniefte. „Hast du Ahornsirup und braunen Zucker?"

„Na klar."

5

„LIL, ICH fürchte, ich schaffe es heute nicht."

„Wieso nicht?"

„Ich muss für eine Freundin babysitten", erklärte Grier. „Es tut mir wirklich leid."

„Ist es der Junge von neulich?"

„Genau. Luca."

„Bring ihn einfach mit."

„Ist das dein Ernst?"

„Kann er sich benehmen?"

„Sicher."

„Dann bring ihn mit. Was solls. Ich habe nichts gegen Kinder."

„Das ist gut zu wissen."

„Sehen wir uns in einer Stunde?"

„Okay."

Grier beendete den Anruf und kehrte in sein Zimmer zurück, wo Luca zufrieden *Die Pinguine aus Madagascar* auf Nickelodeon schaute. Er saß im Schneidersitz auf dem Boden und hatte einen Pop-Tart in der Hand.

„Sammele die Krümel auf, okay, Kleiner?"

„Okay." Luca nickte und kaute laut.

„Und mach beim Kauen den Mund zu."

Luca schloss den Mund sofort und begann, beim Kauen seinen Kiefer von einer Seite zur anderen zu bewegen wie eine Kuh beim Wiederkäuen.

„Du musst nicht übertreiben, Kumpel. Sonst bekommst du noch Kieferprobleme."

„Hä?"

Grier lachte und wuschelte durch Lucas dunkles Haar. „Du brauchst einen Haarschnitt."

Luca stimmte nickend zu. „*Tito* A sagt, dass ich wie ein Mädchen aussehe."

„Wann hat er das gesagt?" Grier runzelte die Stirn. Seit wann hatte Ali etwas zu sagen, was Luca anging? Ein Mädchen? Was zum Teufel!

„Ich weiß nicht mehr ... neulich."

„Beim Taste?"

„Nein, zu Hause. Er hat mit Mommy und mir zu Abend gegessen."

Grier erstarrte. „Kommt er oft vorbei?"

„Nicht *tho* oft", sagte Luca. Erneut hatte er Probleme mit dem S.

„Wie oft, Luca?" Grier hob die Hand und spreizte die Finger. „So oft?"

28

Luca bog zwei von Griers Fingern herunter. Drei blieben stehen. „*Tho* oft."

Was zum Teufel? Wieso hatte ihm niemand von dieser Entwicklung erzählt?

„Iss dein Frühstück zu Ende, Kumpel. Wir müssen los."

ALS SIE Bucktown erreicht hatten, war es fast halb elf am Vormittag. Lil wartete bereits an der Tür. Er trug eine Khaki-Hose und ein Hemd von Tommy Bahama, wodurch er sehr sommerlich aussah. Sein Haar war nicht gestylt und es fiel natürlich in seine Stirn, statt durch die Luftfeuchtigkeit zu einer klebrigen Masse zu werden. Dadurch sah er jugendlicher aus. Grier konnte nicht anders, als den blonden Mann zu bewundern, der so schnell sein Interesse geweckt hatte. Er hätte ihn am liebsten mit einem Kuss begrüßt, aber wegen Luca hielt er sich zurück. „Hey."

„Gleichfalls hey." Lil lächelte strahlend. „Und wer ist dieser junge Mann?"

„Ich bin Luca." Der Junge starrte Lil neugierig an. „Wie heißt du?"

Lil war verzaubert. „Mein Name ist Lil."

„Muss ich ihn *Tito* Lil nennen?" Luca wandte sich an Grier.

„Das wäre das Beste", antwortete dieser.

„*Tito*?", fragte Lil nach.

„Das bedeutet Onkel auf Filipino."

„Aber ich bin nicht sein Onkel."

„Das bin ich auch nicht, aber wir sind Erwachsene und in seiner Kultur wäre es respektlos, uns ohne eine formelle Anrede anzusprechen."

„Ich verstehe."

„Alle Mann anschnallen, dann geht es los", sagte Grier und half Luca in das Taxi zu steigen und sich anzuschnallen. Sie fuhren los in Richtung Loop, was eigentlich nicht sehr weit entfernt war, aber da der Verkehr praktisch stillstand, krochen sie langsam durch die Stadt. Als sie schließlich ein paar Blocks vom Willis Tower entfernt waren, baten sie den Taxifahrer anzuhalten. Laufen würde viel mehr Spaß machen, als in einem muffigen Taxi zu sitzen. Lil bezahlte und sie stiegen aus.

„Wow", sagte Luca und reckte den Hals, als sie endlich vor dem Willis Tower standen. „Ich kann die Spitze des Gebäudes nicht sehen."

„Es ist wirklich beeindruckend", stimmte Lil zu. „Das wird bestimmt interessant."

„Wieso das?", wollte Grier wissen, dem das Zögern in Lils Stimme nicht entgangen war. „Ich dachte, du wolltest das machen?"

„Ich kann nicht gut mit Höhen umgehen", gestand Lil. „Da wird mir ganz komisch und ich spüre den Drang, mich über den Rand zu stürzen."

„Ich halte deine Hand, *Tito* Lil", sagte Luca ruhig. „Hab keine Angst."

„Danke, Luca. Ich brauche alle Hilfe, die ich kriegen kann." Lil schaute Grier an und formte mit dem Mund die Worte *Er ist total süß!*

Grier lächelte. „Das ist er."

Sie standen mit den anderen Touristen an und warteten, bis sie an der Reihe waren, in den Aufzug zu steigen, der sie nach oben zum Skydeck bringen würde. Der Willis Tower war laut der Broschüre in Lils Hand das größte Gebäude in der westlichen Hemisphäre und das drittgrößte auf der ganzen Welt. Es war eine große Touristenattraktion und die Warteschlange war ein kleiner Preis, um ganz nach oben zu kommen und den umwerfenden Ausblick zu genießen. Der Expressaufzug fuhr in weniger als sechzig Sekunden hinauf zum einhundertdritten Stockwerk. Luca hielt Lils Hand, als die Türen sich öffneten, und drehte sich zu Grier. „Eng?"

„Das liegt am Druck auf deine Ohren", erklärte Grier. „Versuch mal, dir die Nase zuzuhalten und dann zu pusten."

Luca tat, was er gesagt hatte, dann schaute er Grier an und lächelte. „Es hat geploppt, *Tito* G."

„Gut."

Luca lief schnell zur Brüstung. Lil zögerte, als er erkannte, was er gleich erleben würde.

„Komm schon, *Tito* Lil", drängte Luca und zog ihn hinter sich her. Grier ging ihnen nach und beobachtete amüsiert, wie Lil zögerlich in den Glaskasten trat. Er reichte etwa eineinhalb Meter über den Wacker Drive hinaus, wodurch man durch den Glasboden auf die Straße sehen konnte, die über dreihundert Meter unter einem lag. Lil wäre ohnmächtig geworden, wenn Luca ihn nicht so unschuldig angesehen hätte.

„Wie cool!", rief Luca aus.

„Wirklich cool, Kumpel", krächzte Lil.

Grier legte den Arm um Lils Taille und zog ihn an sich. „Ich halte dich."

„Gott sei Dank", flüsterte Lil. Er drehte sich zu Grier und begann zu hyperventilieren, weil er so sehr in seiner Angst gefangen war, dass er vergaß zu atmen. Sein Gesichtsausdruck war zu köstlich und Grier konnte ein Kichern nicht unterdrücken.

„Können wir bitte hier verschwinden?"

„Ach komm schon", seufzte Luca laut. „Du bist ein großes Baby, *Tito* Lil."

Grier brach in Gelächter aus. „Sag's ihm, Kumpel."

„Sei still", zischte Lil. „Ich versuche, vor dem Kind meine Würde zu bewahren."

„Ich denke, dafür ist es zu spät", scherzte Grier.

„Oh mein Gott." Lil klammerte sich an Griers Hand. „Lasst uns gehen."

„Willst du sonst nichts sehen? Welche Art von Architekt bist du eigentlich?"

„Die Art, die Wolkenkratzer auf Blaupausen bevorzugt."

Grier nahm Luca hoch und sie betraten den Aufzug, der sie in Rekordzeit nach unten brachte. Lil fühlte sich, als wäre sein Magen irgendwo im achtzigsten Flur hängen geblieben. Als er auf die Straße stolperte, war er kreideweiß. „Ich brauche einen Drink. Wie viel Uhr ist es?"

„Wen interessiert das?", erwiderte Grier. „Irgendwo auf der Welt ist es fünf Uhr."

Lil lachte nervös auf. „Suchen wir uns ein Bier."

Sie gingen an Uno's Pizzeria vorbei und beschlossen, dort zu Mittag essen. Luca wollte Peperoni probieren und Lil bestellte einen Krug Bier. Da war für jeden etwas dabei. Als Lil wieder etwas Farbe im Gesicht hatte, begannen Grier und Luca, sich über sein Gebaren lustig zu machen, und bald lachten alle drei lauthals.

„Erinnert mich daran, das nie wieder zu tun", keuchte Lil. „Was habe ich mir bloß dabei gedacht?"

„Zum Glück habe ich deine Hand gehalten, was, *Tito* Lil?"

„Du warst sehr tapfer, Luca. Wie alt bist du eigentlich?"

„Ich bin *thieben* geworden."

„Na ja, ich werde dafür sorgen, dass deine Mommy und dein Daddy erfahren, wie sehr du mir geholfen hast."

„Ich habe keinen Daddy", sagte Luca leise.

„Oh. Also dann erzähle ich es deiner Mommy."

„Kennst du meine Mommy?"

„Nein, aber dein *Tito* G. Er kann es ihr berichten."

„Okay." Luca nahm einen großen Bissen von seiner Pizza und kaute langsam, dabei achtete er die ganze Zeit darauf, dass sein Mund geschlossen war.

Lil schaute Luca lange an und ignorierte die plötzliche Änderung in Griers Körpersprache. Die Augen des Jungen waren wie schwarze Knöpfe, genau wie Griers, nur dass sie kieselförmig waren, und die Wimpern weniger geschwungen. Seine Haut hatte einen dunklen Beigeton mit einem Touch Kupfer wie von reifen Aprikosen, besonders an seinen Wangen, und sein rabenschwarzes Haar war schnurgerade. Der Junge war eindeutig gemischten Ursprungs, sein Vater weiß und seine Mutter Filipino. Lil wollte sich einen Tritt verpassen, denn es war ganz offensichtlich Griers Mund. Die Form von Lucas Lippen war genau gleich. Die vorgeschobene Unterlippe hatte eine kleine Delle unter der Mitte, die Oberlippe war weniger voll und ein winziges Grübchen bestätigte, was Lil vermutete: Luca war Griers Sohn. Sein geheimnisvoller neuer Bekannter wurde immer mysteriöser.

Lil wandte sich zu Grier und sah, wie dieser ihm mit seinem Bierglas stumm zuprostete. „Bist du darauf gekommen?"

„Scheint so."

„Dann lass uns darauf trinken."

„Sicher", sagte Lil und setzte ein Lächeln auf. „Auf Väter und Söhne."

6

DANACH WURDE die Stimmung zwischen ihnen unangenehm. Grier wurde übel, nachdem Lil sich zusammengereimt hatte, was nicht einmal seiner Familie aufgefallen war. Er würde ihm die ganze schmutzige Geschichte erzählen müssen, damit der missbilligende Gesichtsausdruck aus dem Gesicht des anderen Mannes verschwand. *Wie konntest du nur?*

Das war die Eine-Million-Dollar-Frage, die Grier sich selbst jeden Tag stellte. Wenn er etwas an seinem Leben ändern könnte, dann wäre es der Moment, in dem er zugestimmt hatte, Jillians Geschichte mitzutragen.

Lil bat um die Rechnung und bestand darauf zu bezahlen, trotz Griers Protest. „Ich bezahle, denn schließlich tun du und Luca mir einen Gefallen."

„Danke."

„Gern geschehen", sagte Lil steif. „Ich denke, wir haben für heute genug gesehen, nicht wahr?"

Grier beugt sich zu Lils Ohr, damit Luca ihn nicht hören konnte. „Bitte gib mir eine Chance, es dir zu erklären."

„Das ist nicht nötig, Grier."

„Doch, das ist es. Bitte."

Lil nickte. „In Ordnung."

Grier wusste, dass Lil abgestoßen war und wahrscheinlich nichts mehr mit ihm zu tun haben wollte. Und wer konnte es ihm verdenken? Er hatte mehr Ballast, als ein einzelner Mensch haben sollte oder haben wollte. Dennoch war es ihm wichtig, dass Lil die Gründe hinter dieser Lüge verstand, was bedeutete, dass Grier dessen missbilligende Haltung noch Stunden würde ertragen müssen. Dann sollte es so sein.

„Gibt es einen Zoo in der Nähe?", wollte Lil wissen.

Luca jubelte und begann, auf und ab zu hüpfen. „Oh bitte, können wir hingehen? Bitte, bitte …"

Lil lächelte zu ihm herab. „Wenn *Tito* G einen Zoo für uns findet, gehen wir hin, kleiner Mann."

„Der Lincoln Park Zoo ist nicht weit weg."

„Dann lasst uns gehen."

Sie verließen das Restaurant mit einem lebhaften Luca zwischen ihnen. Der kleine Junge war sehr aufgeregt, als das Taxi langsam zum Zoo fuhr.

„Beruhig dich, Luca", sagte Grier sanft.

„Ich will die Löwen *thehen.*"

„Du darfst alles sehen, wenn du dich beruhigst."

„Ich freue mich auch, Luca, aber du musst still sitzen, sonst tut der Gurt dir weh", mahnte Lil.

„Kann ich die Tiere füttern? Gibt *eth* da Enten?"

„Ich bin mir nicht sicher, aber wir werden es bald herausfinden", sagte Lil.

Wie sich herausstellte, gab es dort einen Streichelzoo, gesponsert von John Deere, wo man Tiere streicheln und füttern konnte. Grier kaufte einen kleinen Eimer mit Futterpellets und Luca rannte los.

„Danke, dass du das tust", sagte Grier. „Ich weiß, dass du bei deiner Stadtführung etwas anderes im Sinn hattest."

„Wenn du es genau wissen willst", sagte Lil frostig, „habe ich mich in deinen Sohn verliebt."

„Ihm kann man nur schwer widerstehen."

Schließlich fragte Lil wütend: „Wieso? Ich könnte verstehen, wenn du seine Mutter nicht heiraten wolltest. Ich nehme an, er ist das Ergebnis eines Experimentes von dir oder von ihr oder von euch beiden, aber ihn als dein Kind zu verleugnen? Ich verstehe es nicht – Ich würde alles dafür geben, einen Sohn zu haben."

„Warum hast du dann keinen?", gab Grier zurück.

„Wage es nicht, mich jetzt an den Pranger zu stellen", zischte Lil.

„Das tue ich nicht", sagte Grier. „Es tut mir leid. Es ist eine lange und verdrehte Geschichte. Ich brauchte Zeit, um sie dir zu erklären."

„Ich höre zu. Das habe ich dir doch gesagt."

„Jetzt ist nicht der richtige Zeitpunkt. Können wir uns heute Abend nach meiner Schicht treffen?"

„Wo?"

„Wo du willst."

„Komm mit dem Taxi nach Bucktown."

„Wird es die beiden nicht stören, wenn es spät wird?"

„Nicht, wenn ich ihnen Bescheid sage, dass du kommst", meinte Lil.

Luca rannte zu ihnen und begann, an Griers Hand zu zerren, damit er schneller ging. „Kommt schon, ihr zwei. Eine Kuh wird gemolken und ich will zusehen."

Lil musste über die Freude des Jungen lächeln. „Genau wie ich, Luca. Das habe ich auch noch nie gesehen."

Sie verbrachten die nächsten dreißig Minuten damit, beim Melken zuzusehen und Luca war wie gebannt. „Wo kommt die Schokoladenmilch her, *Tito G?*"

„Von den braunen Kühen", meinte Grier.

„Oh, lass das", schalt Lil. „Normale Milch wird mit Kakaopulver gemischt, Kleiner. Es gibt keine Kühe, die Schokoladenmilch produzieren."

„Oh." Luca verzog enttäuscht den Mund.

„Als Nächstes erzählst du ihm noch, dass es keinen Weihnachtsmann gibt", flüsterte Grier Lil ins Ohr.

„Ich halte es für wichtig, die Wahrheit zu sagen."

„An ein wenig Fantasie ist nichts verkehrt", erwiderte Grier.

„Ich kann mir vorstellen, dass du so denkst."

„Verurteile mich nicht, bevor du meine Seite der Geschichte gehört hast", fuhr Grier auf und schaute ihn mit wütendem Blick an.

Danach war Lil still. Es stand ihm wirklich nicht zu, Vermutungen anzustellen, besonders, da Grier ihn um eine Chance gebeten hatte, alles zu erklären. Lil hatte schon genug erlebt, um zu wissen, dass das Leben nicht perfekt war und dass manche Entscheidungen vorschnell getroffen wurden. Scheiße passierte und wer war er schon, dass er sich ein Urteil erlauben konnte. Er langte nach Griers Hand und hielt sie einen Moment lang fest. „Tut mir leid."

„Klar." Griers Gesicht war ausdruckslos, was besser war als der finstere Blick von vorhin. „Wollen wir zu den Tigern gehen, Luca?"

„Löwen", sagte Luca aufgeregt.

„Richtig."

DER REST des Nachmittags verging ohne Zwischenfall und sie verbrachten ihn vor den Tierkäfigen mit einem aufgeregten Luca. Er freute sich besonders über die Großkatzen und wollte bleiben, bis sie gefüttert wurden. Er zeigte keine Angst oder Abscheu, als die Löwen und Tiger die Fleischbrocken zerrissen, die die Tierpfleger in die Gehege gaben. „Ich finde sie toll", meinte er. „Denkst du, Mommy kauft mir eine Katze?"

„Ich habe keine Ahnung, Kumpel. Du wirst sie fragen müssen."

„Ich habe einen Kater", warf Lil ein. „Sein Name ist Sebastian."

„Wie in *Arielle*", sagte Luca voller Staunen. „Welche Farbe hat er, *Tito* Lil?"

„Er ist ganz weiß mit schwarzen Strümpfen."

„Was meinst du damit?"

„Der untere Teil seiner Beine ist schwarz, als hätte er Kniestrümpfe an."

„Streichelst du ihn auch?"

„Das hat er am liebsten, Luca."

„Kann ich dich irgendwann mal besuchen?"

„Vielleicht." Lil lächelte. Er schaute zu Grier und hob eine Augenbraue. „Wer weiß, nicht wahr?"

„Sag niemals nie", murmelte Grier.

Sie verabschiedeten sich um halb fünf, da sie auch den Verkehr in Betracht ziehen mussten. Je früher Grier zu seiner Schicht am Vinita-Stand erschien, desto eher konnte er wieder gehen. Lil ging in die Hocke und schaute Luca in die dunklen Augen. „Ich hatte heute viel Spaß, Luca. Danke, dass du ein so toller Fremdenführer warst."

„Ein Fremdenführer, *Tito* Lil?"

„Jemand, der andere herumführt."

„Ich kenne mich aus", verkündete Luca und schenkte Lil ein strahlendes Lächeln.

„Ist es in Ordnung, wenn ich dich umarme, Luca?"

Luca warf die Arme um Lils Hals und drückte ihn, so fest er konnte. „Ich mag dich", flüsterte er in Lils Ohr.

„Ich mag dich auch, Kleiner."

GRIER UND Luca waren rechtzeitig am Stand, trotz des Verkehrs, mit dem sie sich hatten herumschlagen müssen. Enteng und Santino sahen erschöpft aus, nachdem sie sechs Stunden in der sengenden Sonne verbracht hatten. „Hey", sagte Grier und nickte den Männern zu.

„Gott sei Dank, du bist da", murrte Santino. „Ich brauche ein Bier, eine Dusche und meinen Sessel."

„Jetzt ist die Kavallerie ja da. Wo sind Jake und Ali?"

„Sie sind unterwegs", sagte Enteng. „Ich habe gerade mit ihnen telefoniert."

„*Lolo*", rief Luca und stürzte sich auf seinen Großvater, der die Arme ausgebreitet hatte. „Ich habe Löwen und Tiger *gethehen*. Und einen roten Panda."

Enteng lächelte breit, als er hörte, wie die Worte seines Enkelsohns sich überschlugen. „Ach ja?"

„Denkst du, Mommy kauft mir eine Katze?"

„Ich weiß es nicht, Luca. Wir fragen sie, wenn sie hier ist."

Jake und Ali erschienen kurz darauf mit Jillian im Schlepptau. „Wo kommt ihr denn her?"

„Wir haben am Krankenhaus Halt gemacht und Jillian abgeholt."

„Mommy", mischte Luca sich ein. „Kaufst du mir eine Katze?"

„Eine Katze?" Jillian schaute Grier an. „Was hat das zu bedeuten?"

„Wir kommen gerade vom Zoo."

Jillian trat näher zu ihm und fragte: „Warst du allein mit ihm dort?"

„Nein, ein Freund war dabei."

„Einer deiner One-Night-Stands?", unterbrach Ali. „Du solltest den Jungen von deinen Männern fernhalten."

„Kümmere dich um deine Angelegenheiten, Ali."

„Ich meine ja nur, Grier. Er soll schließlich nicht denken, dass das normal ist."

„Wie bitte?"

Jillian brachte Ali zum Schweigen, indem sie ihm die Hand auf den Arm legte. „Es ist in Ordnung, Ali. Ich vertraue Grier, was Luca angeht."

„Grier", fuhr Ali mit seinem Vortrag fort, „du musst daran denken, was Luca als richtig und falsch empfindet. Er ist kein Baby mehr und wir müssen dafür sorgen, dass er weiß, dass eine Beziehung zwischen zwei Männern nicht normal ist."

„Sagt wer?" Es erforderte jedes bisschen Selbstkontrolle, das er hatte, damit er seinem Bruder keine verpasste.

„Jungs, kommt schon", bettelte Jillian.

„Seit wann hat Ali etwas zu sagen, was Luca angeht?" Noch immer brannte Wut in Grier.

„Seit Jillian und ich zusammen sind … Vielleicht werde ich Lucas Daddy."

Grier war so schockiert, dass er nichts erwidern konnte. Er schaute Jillian fragend an, der Alis Ausbruch peinlich zu sein schien.

„Es ist zu früh, um über so etwas nachzudenken, Ali."

„Ich dachte, zwischen uns wäre es etwas Ernstes?", fragte Ali erstaunt.

Jillian beugte sich zu ihm und gab ihm einen Kuss auf die Wange. „Seien wir nicht voreilig, okay?"

„Sicher", sagte Ali und lächelte sie an. „Wir lassen es langsam angehen, in Ordnung?"

„In Ordnung."

7

ALS LIL die Eingangstür öffnete und Grier misstrauisch anschaute, war es fast elf Uhr abends.

„Tut mir leid wegen der Uhrzeit. Es dauerte ewig, alles aufzuräumen."

„Ist schon in Ordnung. Ich habe damit gerechnet, dass es spät wird."

Grier zögerte, über die Schwelle zu treten. Lil musste ihn mit zärtlichen Berührungen locken. „Komm schon, Grier. Ein schönes kaltes Bier ist genau das, was du brauchst."

„Das wäre toll", meinte Grier erleichtert, als er sah, dass Lil nicht mehr so abweisend war wie zuvor. Er nahm das Bier dankbar an und folgte Lil in seine Gästesuite im Keller.

„Schieß los", sagte Lil, nachdem er sich auf das Bett geworfen hatte. Er klopfte neben sich auf die Matratze und Grier nahm vorsichtig Platz. Er nahm mehrere große Schlucke Bier, bevor er in der Lage war zu sprechen.

„Hast du schon einmal etwas so Dummes getan, dass du es nicht über dich gebracht hast, es jemandem zu erzählen?"

„Jeder macht einmal einen Fehler, Grier."

„Luca ist kein Fehler", fuhr Grier auf.

„Hey, ganz ruhig." Lil versuchte, ihn zu beruhigen, indem er Griers Oberschenkel rieb. „Luca ist ein wundervolles Kind und könnte niemals ein Fehler sein. Ich entschuldige mich für meine Worte, Grier. Du musst nichts erklären oder dich vor mir rechtfertigen."

Grier entspannte sich sichtlich und rückte näher zu Lil, statt wie ein verschrecktes Tier die Flucht zu ergreifen. Dennoch pickte er weiter an dem Etikett seiner Bierflasche und kratzte es mit dem Daumennagel vollkommen ab.

„Ich habe noch nie mit jemandem darüber gesprochen, abgesehen von meiner Mutter, Lil. Ich weiß nicht einmal, warum ich es dir jetzt erzähle."

„Vielleicht brauchst du einfach jemanden, der zuhört."

„Aber ich kenne dich erst seit zweieinhalb Tagen, und dennoch –"

„Ist zwischen uns eine Verbindung", sagte Lil und nickte. „Ich spüre es auch."

Grier holte tief Luft und platzte heraus: „Meine Mutter hat geweint, als ich es ihr erzählt habe."

„Ach ja?"

„Ich habe es ihr etwa einen Monat vor ihrem Tod erzählt."

„Wieso hast du so lange gewartet?

„Ich dachte, es würde ihr wieder besser gehen. Wenn ich gewusst hätte, wie es mit ihrer Krankheit ausgeht, hätte ich es ihr viel früher gestanden."

„Konnte sie ein wenig Zeit mit ihm verbringen?"

„Ein paar Besuche, aber keinesfalls genug, um einen Eindruck bei Luca zu hinterlassen. Er fragt nie nach ihr."

„Du kannst ihm von seiner Großmutter erzählen, wenn er älter ist."

„Das nehme ich an."

„Was hat deine Mom dir geraten?"

„Sie hat mir gesagt, dass ich ihn anerkennen soll, egal was passiert."

„Wieso hast du es nicht getan?"

„Es hätte die langjährige Freundschaft zwischen unseren Familien zerstört."

Lil machte ihm Platz. „Komm her", sagte er und zog Grier in seine Arme. Er konnte das leichte Zittern in dessen Gliedern spüren und fühlte sich geehrt, dass Grier ihm ein so wohlgehütetes Geheimnis anvertraute. Er kannte den Mann kaum und konnte sich nur vorstellen, wie schwer es sein musste, niemanden zu haben, der ihm Rat gab oder ihm die Schuldgefühle nahm. Der Schmerz in Griers Stimme und die große Angst in dessen Augen änderten Lils Meinung, der Grier für einen herzlosen Mann gehalten hatte, der sich vor seiner Verantwortung drückte. Er hätte wissen müssen, dass mehr an der Geschichte dran war und er fühlte sich schrecklich, weil er vorschnell ein Urteil gefällt hatte. Nach ein paar Minuten sprach Grier weiter.

„Ich liebe Jillian", meinte er. „Sie ist lustig, schlau und sehr tapfer."

„Und wunderschön, nach dem, was ich von ihr gesehen habe."

„Das auch", gab Grier zu. „Sie ist außerdem ein stures, selbstsüchtiges Miststück, das denkt, dass sie alles besser weiß."

„Wow."

„Es stimmt, Lil. Als wir fünf Jahre alt waren, hat Jillian beschlossen, dass sie Barbie ist und ich Ken."

Lil lachte auf. „Jedenfalls macht sie keine halben Sachen."

„Nein", fuhr Grier fort. „Sie ist von mir besessen und unsere Familien haben sie darin bestärkt. Sie war die kleine Prinzessin unter drei Jungs und hat immer bekommen, was sie wollte. Als sie erkannt hat, dass ich lieber Barbie wäre als Ken, war sie empört."

„Das kann ich mir vorstellen."

„Sie war überzeugt davon, dass sie mich umpolen kann."

„Es ist schwer, sich von einem Traum zu verabschieden."

„Sie hat begonnen, unseren Eltern zu erzählen, ich würde auf sie stehen. Sie hat sich große Mühe gegeben, mich allein zu erwischen und sich dann an mir gerieben wie eine rollige Katze. Sie war überzeugt, dass ich ihrem Charme verfallen würde."

„Na ja, irgendwann musst du es ja getan haben."

„Lil, es war kurz vor meinem achtzehnten Geburtstag und sexuelle Erfahrung hatte ich nur mit meiner Hand. Ich war andauernd geil und wäre auch durch einen Windstoß hart geworden, der an meinem Schwanz bläst."

„Ich nehme an, das hat sie getan – blasen, meine ich."

„Pfft … nicht wirklich."

„Was ist passiert?"

„Wir sind zusammen zum Abschlussball gegangen und ich habe mich total betrunken. Da hat sie mich praktisch gezwungen."

„Dieses kleine Ding? Sie ist kaum einen Meter fünfzig groß."

„Tatsächlich ist sie einen Meter achtundfünfzig groß und hat den braunen Gürtel in Taekwondo."

„Wir kommen vom Thema ab."

„Richtig. Jedenfalls war Jillian entschlossen, Sex mit mir zu haben. Sie war überzeugt, dass ich eine Erleuchtung haben würde, wenn wir zusammen ins Bett gingen. Nach weniger als fünf Minuten war ich nackt und steif und bevor ich wusste, wie mir geschieht, war ich in ihr und habe wie verrückt in sie gestoßen."

„Scheiße … und natürlich ohne Kondom."

„Natürlich nicht! Ich schäme mich dafür, aber ich erinnere mich kaum an ihren Körper oder an die Sache generell."

„Was habt ihr dann gemacht?"

„Hinterher haben wir kaum noch miteinander gesprochen. Ihr muss in dieser Nacht klargeworden sein, dass ich mich trotz ihrer Mühen nicht in Ken verwandeln würde."

„Und die Schwangerschaft?"

„Bevor ich im August aufs College gegangen bin, hat sie mir erzählt, dass sie schwanger ist. Ich war schockiert und hatte große Angst, aber ich habe ihr angeboten, sie zu heiraten."

„Das soll wohl ein Scherz sein."

„Ich wusste nicht, was ich sonst tun sollte."

„Gott sei Dank war sie schlau genug, nein zu sagen."

„Jill sagte nicht nur *nein*, sie sagte außerdem, ich sollte mir keine Gedanken machen, denn sie würde abtreiben, und im gleichen Atemzug hat sie mich mit einer Umarmung verabschiedet."

„Offensichtlich hat sie ihre Meinung geändert."

„Ich hätte wissen müssen, dass sie gelogen hat! Jillian ist eine Heilerin, Lil. Sie wollte schon immer Krankenschwester werden wie ihre Mutter. Als ich zu Thanksgiving nach Hause kam, war sie im fünften Monat schwanger. Ich bin fast tot umgefallen, als ich sie gesehen habe."

„Was hast du getan?"

„Nichts! Die Spannung bei uns beiden zu Hause war schrecklich. Jillian hat allen erzählt, dass sie vergewaltigt wurde und nicht abtreiben wolle. Ihre Eltern waren blind und meine hatten großes Mitleid mit ihr. Jillian war wie eine eigene Tochter für sie."

„Ich verstehe die Sache mit der Vergewaltigung nicht."

„Sie wollte die Freundschaft zwischen unseren Familien nicht zerstören. Das rechne ich ihr hoch an. Sie hat nie nachgegeben, trotz der Fragerei. Es war einfacher, einen Fremden zu beschuldigen, als zuzugeben, dass ich ihr das angetan hatte", spuckte Grier aus.

„Aber es war genau anders herum!", rief Lil aus. Er war empört über Jillians Manipulation. „Diese Frau ist wirklich unglaublich."

„Ich weiß, dass es schlimm aussieht, aber ich bedeute ihr etwas. Sie wollte mich vor unseren Vätern beschützen, die mich mit Freuden kastriert hätten, wenn sie die Wahrheit erfahren hätten."

„Was ist passiert, nachdem Luca geboren war?"

„Ich war nicht da", sagte Grier verbittert. „Er wurde im März geboren und sie hat in der Geburtsurkunde angegeben, dass der Vater unbekannt ist. Sie hat ihm sogar einen Namen gegeben, ohne vorher mit mir zu sprechen."

„Luca ist ein schöner Name."

„Das ist nicht der Punkt. Sie hat mir keine Möglichkeit gegeben, an Geburt oder seiner Namensgebung beteiligt zu sein."

„Ich nehme an, sie wollte dich aus der Verantwortung nehmen."

„Kann schon sein." Grier vergrub das Gesicht an Lils Hals. „Du riechst gut."

„Danke, aber wechsle nicht das Thema."

„Was willst du noch wissen?"

„Habt ihr über die Zukunft geredet? Luca scheint dich zu mögen, also gehe ich davon aus, dass du Anteil an seinem Leben hast."

„Ich habe mein Leben für diesen Jungen hintenangestellt. Was denkst du, warum ich immer noch bei meinem Dad lebe? So kann ich in Lucas Nähe sein. Ich bin sein offizieller Babysitter, seit er zwei Jahre alt ist. Und ich spare mir die Miete, um mich auf seine Zukunft vorzubereiten."

„Sparst du Geld für ihn oder gibst du es Jillian?"

„Kurz nachdem er geboren wurde, habe ich einen Fond eingerichtet. Ich zahle jeden Monat um die dreihundert Dollar ein."

„Das müssen mittlerweile Tausende Dollar sein."

„Er wird es für das College brauchen."

„Arbeitet Jillian?"

„Ja. Sie hat ihren Abschluss auf der Krankenpflegeschule gemacht, nachdem Luca geboren wurde, und sie war die Beste ihres Jahrgangs. Sie ist schließlich doch in *Tita* Nitas Fußstapfen getreten."

„Du nennst ihre Mutter *Tita*?"

„Ja, wir haben die philippinische Kultur angenommen."

„Das finde ich toll."

„Das ist für Luca einfacher."

„Jillian scheint sehr formidabel zu sein."

Grier schnaubte. „Sie ist das Alphatier unserer Gruppe. Ali, Jake und ich sind ihre Schoßhündchen."

„Was hält Jake davon?"

„Jake hat keine Ahnung. Was hätte ich denn sagen sollen? 'Ach übrigens, ich habe gestern Abend deine Schwester gefickt'?"

„Sei nicht so krass ... Ich dachte, er wäre dein bester Freund."

„Das ist er, aber er ist auch ihr Bruder."

„Will sie nicht reinen Tisch machen, nachdem das Schlimmste vorbei ist?"

„Was meinst du?"

„Der Schock und das Drama um die ungeplante Schwangerschaft ist vorbei. Alle müssen bestimmt das Beste für Luca wollen und einen Vater zu haben, ist besser, als keinen zu haben."

„Jillian denkt, es würde die Meinung ihrer Eltern über mich beeinflussen und unsere Familien würden sich für eine Seite entscheiden müssen. Das will sie nicht."

„Was willst *du*?", wollte Lil wissen.

„Bisher habe ich ihr das Ruder überlassen."

„Bist du immer so passiv?"

„Nein, aber ich fühle mich schuldig."

„Wieso?"

„Weil ich sie enttäuscht habe, schätze ich. Und weil ich nicht meinen Mann gestanden habe. Ich habe ihr alles überlassen und den Kopf in den Sand gesteckt."

„Grier, komm schon. Du bist viel zu hart zu dir. Sie hat dich von Anfang an manipuliert."

„Ich sehe es nicht so, Lil. Ich war der Prinz in ihrer Fantasie und als sich herausgestellt hat, dass ich stattdessen eine Prinzessin bin, ist diese Blase geplatzt."

„Du bist wirklich keine Prinzessin, Grier."

„Ich habe da diese Sache, Lil."

Lil schob ihn von sich, damit er in seine dunklen Augen sehen konnte, statt nur Griers Stimme zu hören. Seine Meinung von Grier war nicht schlechter geworden, trotz dessen, was er gehört hatte. Er fühlte sich sogar noch mehr zu dem Mann hingezogen, der eine sensible Seite gezeigt hatte, die Lil bei seiner Bad Boy-Fassade nie vermutet hätte. Er küsste ihn sanft. „Erzähl mir von dieser schrecklichen Sache, Grier." Lil begann, an den Ohrsteckern aus Onyx in Griers linkem Ohrläppchen zu lecken. „Bist du ein Gestaltwandler?", flüsterte er, als er die Gänsehaut an Griers Nacken bemerkte.

„Das könnte man meinen bei meinem Fetisch."

„Düster?", fragte Lil weiter.

„Eher berüscht."

Lils Stimme überschlug sich. „Aber das Leder ... und die Tätowierungen."

„Törnt dich das ab?"

„Au contraire", schnurrte Lil. „Heutzutage überrascht mich nicht mehr viel, aber du, mein heißer Freund, bist voller Widersprüche." Er stieß Grier auf das Bett und setzte sich auf seine Oberschenkel, dabei ließ er den Mann, der Hitze

41

in verführerischen Wellen ausströmte, nicht aus den Augen. Er öffnete den Knopf von Griers Jeans und zog den Stoff auseinander. Rote Spitze kam zum Vorschein und Lil verschluckte fast seine eigene Zunge. *Großer Gott.* Er war so hart, dass er beinahe auf der Stelle abspritzte.

Er beugte sich über Grier und presste den Mund auf seinen.

8

Lɪʟ ᴠᴇʀʟᴏʀ sich in dem verführerischen Geschmack, als er die Zunge zwischen Griers geöffnete Lippen schob. Er fuhr die Konturen nach und saugt sanft an Griers Zunge, angetrieben von Grier, der ihn am Hintern packte und an seinen harten Schwanz drückte. Nichts an Grier war mehr vorsichtig. Die Nervosität und die Unsicherheit, die er noch vor einer halben Stunde gezeigt hatte, hatten sich in Luft aufgelöst, nachdem Lil so positiv auf seine Enthüllung reagiert hatte.

„Grier, ich muss es sehen", hauchte Lil und richtete sich widerwillig auf.

„Na los", drängte Grier und hob die Hüften, damit Lil ihm die Hose ausziehen konnte. Er lag entblößt da, sein voll erigierter Schwanz gegen den roten Spitzentanga gepresst, der nichts verdeckte. Ein feuchter Fleck verdunkelte sich, als Griers Erregung unter Lils hitzigem Blick zunahm.

„So wunderschön", flüsterte Lil, dann legte er die Wange an den weichen Stoff. Er begann, Grier durch den Spitzenstoff hinweg mit der Zunge zu bearbeiten, bis der Stoff ganz durchnässt war. Griers lustvolles Stöhnen wirkte wie ein Brandbeschleuniger für die Hitze, die durch Lils Körper strömte. Er zog das feine Gewebe über Griers Hüften und befreite dessen steifen Schwanz, der eifrig nach oben zuckte. Er zog Grier weiter aus und warf die rote Spitze zur Seite, dann kümmerte er sich um Griers T-Shirt und riss es über dessen erhobene Arme hoch. Als Grier vollkommen nackt war, bewunderte Lil jeden Zentimeter des erlesenen jungen Körpers, der ihm zur Verfügung stand. Die geheimen Tattoos, auf die Grier angespielt hatte, waren winzige blaue Sterne, die von seinem Nabel abwärts führten, wobei sie immer kleiner wurden und in einer sternenbildartigen Konstellation über der Wurzel seines Schwanzes endeten, der wie sein restlicher Körper perfekt proportioniert war. Lil fand Grier nicht außergewöhnlich groß, aber auch nicht zu klein. Sein Schwanz war perfekt – dick und beschnitten – und Lusttropfen strömten an seinem geschwollenen Schaft herunter und erregten Lil so sehr wie nichts anderes in der jüngeren Vergangenheit. Er wollte Grier so sehr.

Er spreizte Griers Beine, dann strich er mit federleichten Berührungen an den Innenseiten seiner Oberschenkel auf und ab. Ihm gefielen die dunklen Haare, die so anders waren als die glattrasierte Haut, die seine letzten Affären gehabt hatten. Bisher hatte dieser überraschende Mann, der ihm mit mehr vertraute als seinem Körper, alle seine Knöpfe gedrückt.

Lil kontrollierte das Tempo. Er legte die Zunge um die Spitze von Griers Schwanz, dann nahm er sie ganz in den Mund und saugte sanft. Er streichelte Griers schweren Hodensack und stellte überrascht aber erfreut fest, dass er glatt war, denn das war das einzige Körperteil, den Lil auf diese Art bevorzugte. Grier wand sich, aber er gab auf und spreizte die Beine noch weiter, als Lil sich an seinem Schwanz nach unten arbeitete und die Venen nachfuhr, die hervorstanden.

Er begann, Griers Schwanz ernsthaft zu lutschen, dabei verzichtete er auf die neckenden Berührungen. Er nahm ihn tief in seine Kehle auf und bearbeitete ihn mit geübten Muskeln, die die meisten Männer vor Lust zum Schreien brachten. Grier erging es nicht anders und er begann Lil keuchend anzufeuern. Er schrie auf und seine Oberschenkel hielten Lils Kopf fest. „Ich komme gleich."

Lil ignorierte die Warnung und machte einfach weiter. Bald flutete warmer Saft seinen Mund mit einem salzigen Geschmack, der ganz Grier war. Er zog sich ein wenig zurück, damit er schlucken konnte, ohne zu würgen, dann saugte er sanft weiter, bis Grier langsam schlaff wurde. Er ließ ihn los und kroch zu seinem Mund, dann küsste er Grier tief, während seine eigene Erektion an Griers Bauch rieb.

Grier löste sich von ihm und sein heißer Atem strich über Lils Gesicht, als er sagte: „Fick mich."

Lil packte die kleine Flasche Gleitgel und das Kondom vom Nachttisch, dann riss er die Verpackung mit den Zähnen auf und rollte das Kondom mit einer Hand auf seinen Schwanz, während seine andere Hand das Gel beruhigend an Griers engem Eingang verteilte. Er drang mit einem Finger durch den engen Ring und lockerte ihn. „Bereit?"

„Ja", schnaufte Grier, dann hob er die Hüften und legte die Beine auf Lils Schultern. „Gib's mir, Lil."

Griers Gesicht war erwartungsvoll gerötet und seine Wimpern flatterten, als Lil ohne nachzudenken in ihn eindrang und entschlossen nahm, was ihm so offen angeboten wurde. Er drang tief ein, bis seine Eier Griers Arschbacken berührten, und keuchte vor Ekstase auf. Ihre Blicke trafen sich und dieser hitzige Blick sagte mehr als tausend Worte.

Lil begann erneut, sich zu bewegen. Seine Hüften pumpten gleichmäßig und er wusste, wann er eindringen musste und wann sich zurückziehen. Er konnte fühlen, wie Griers Bauchmuskeln sich zusammenzogen, als er den Winkel änderte, um die kleine Drüse zu treffen, dann musste er lächeln, als ein Fluch Griers Lippen entkam. „Oh Fuck."

Er nahm an Geschwindigkeit auf und bewegte sich auf der Zielgeraden, denn er wusste, dass er nicht mehr länger durchhalten würde. Er stand kurz vor der Explosion, während er Griers Atem lauschte, der immer schwerer wurde. Er legt eine Hand in Griers Nacken und stützte sich mit den Unterarmen ab, während er sein Becken bewegte. Ihre Orgasmen kamen gleichzeitig und ohne Vorwarnung, als ihre fiebrige Lust ihren Gipfel erreichte.

„Du bist toll", brachte Lil hervor, ohne nachzudenken. Er wusste, dass es keine gute Idee war, in der Hitze der Leidenschaft etwas zu sagen, denn dann kamen einem die Worte leicht über die Lippen, aber bedeuteten am helllichten Tage nichts. Dennoch konnte er sie nicht zurückhalten. Grier hatte einen größeren Eindruck bei ihm hinterlassen, als er vermutet hatte, und anscheinend beruhte das auf Gegenseitigkeit, denn Grier schlang Arme und Beine um Lil, damit sie so lange verbunden blieben wie möglich.

„Lil?"

„Ja?"

„Danke."

„Wofür? Du hast mich mit der Reizwäsche fast umgebracht."

„Hat sie dir gefallen?"

„Oh Gott", stöhnte Lil an Griers Hals, immer noch mit ihm verbunden.

„Hast du sie für mich angezogen oder trägst du immer rote Spitze?"

„Ich ziehe sie nur für besondere Menschen an."

„Gut zu wissen."

„Dir gefällt also Reizwäsche?"

Lil lachte kehlig. „Hattest du Zweifel daran?"

„Irgendwie wusste ich es."

Lil küsste ihn. Er wollte für immer in Grier bleiben, doch irgendwann setzte sein Verstand wieder ein. Er lockerte seinen Griff und drückte sich hoch. „Machen wir uns sauber, okay?"

„Okay", sagte Grier, doch er verstärkte seinen Griff, denn er wollte Lil nicht loslassen.

„Na komm schon", lockte Lil. „Wir haben die ganze Nacht Zeit, nicht wahr?"

„Ich muss um acht Uhr zu Hause sein."

„Etwas Wichtiges?"

„Ich helfe meinem Dad bei einem Umzug."

„Ich verstehe." Auf dem Weg ins Badezimmer drehte Lil sich um und fragte: „Wie lange hast du schon diesen kleinen Fetisch?"

„Seit Jillian angefangen hat, mich anzuziehen."

Lil stolperte fast über seine eigenen Füße. „Wie bitte?"

„Weißt du noch, dass ich dir erzählt habe, dass wir immer zusammen waren? Ich war für sie wie eine Puppe, die sie angezogen hat."

„Heilige Scheiße."

„Ich liebe Farben, wie du weißt, und ich habe meine weiße Unterwäsche gehasst, deshalb hat Jill mir ihre pinkfarbenen Rüschenhöschen geliehen. Sie durfte meine langweiligen, alten Unterhosen anziehen."

„Und dennoch", gluckste Lil, „war diese Frau überrascht, als du verkündet hast, du wärst schwul?"

„Ich schätze, so weit hat sie nicht gedacht", sagte Grier lachend.

„Wie lange habt ihr Unterwäsche getauscht?"

„Bis zur Middle School. Bis sie ihre Periode bekommen hat, nehme ich an."

„Sie ist wirklich eine Nummer."

„Ja, wir haben sie immer den eisernen Schmetterling genannt."

„Ich würde sie liebend gern kennenlernen."

„Komm morgen Abend zum Taste. Nach meiner Schicht können wir ausgehen und du kannst sie kennenlernen."

„Okay. Was ist mit dem Nachmittag? Können wir uns da sehen?"

„Ich fürchte nicht."

„Dann müssen wir heute Nacht voll ausnutzen."

Grier lächelte verführerisch. „Damit kann ich leben."

„Natürlich kannst du das. Du bist jung", verkündete Lil. „Gib mir eine Stunde, um mich zu erholen."

„Hast du Hunger?", fragte Grier.

„Und du?"

„Ich habe seit unserer Pizza nichts gegessen."

„Das ist ja schon eine Ewigkeit her", rief Lil aus. „Lass mich kurz duschen. Dann können wir nach oben gehen und die Küche leer essen."

„Ich kann kochen, wenn du die richtigen Zutaten hast."

Lils Augenbrauen schossen nach oben. „Du überraschst mich immer wieder."

Grier zuckte mit den Schultern. „Nachdem Mom nicht mehr da war und Dad so oft unterwegs war, habe ich gelernt, mich selbst zu versorgen."

„Willst du irgendwann einmal ausziehen?"

„Erst wenn ich Luca guten Gewissens zurücklassen kann."

„Denkst du, das wird jemals passieren?"

„Ich weiß es nicht." Grier runzelte die Stirn. „Können wir das Thema wechseln?"

„Sicher", erwiderte Lil, der Griers Unwohlsein spürte. „Gib mir einen Moment, dann bist du dran."

Lil schloss die Tür und trat in die Duschkabine, dann drehte er den Wasserhahn auf und genoss das reinigende Nass. In Gedanken war er immer noch bei Grier und dem, was in den letzten Stunden passiert war. Er wollte mehr über ihn erfahren. Es ließ sich nicht leugnen, dass er körperlich an ihm interessiert war, aber Lils Neugier hatte mehr mit Griers Persönlichkeit zu tun als mit seinem wunderschönen Körper. Er schien von einer sehr intelligenten und nur auf ihren eigenen Vorteil bedachten Frau hereingelegt worden zu sein. Lil konnte verstehen, dass Grier anfangs von Schuldgefühlen geleitet worden war, aber das war schon Jahre her und Jillian vertraute ihm immerhin genug, um ihn als Babysitter für den Jungen einzuspannen, was bewies, dass er ein guter Vater und ein verantwortungsvoller Mensch war. Es war nicht richtig, dass er nicht die Möglichkeit bekam, Luca als sein Kind anzuerkennen.

Es gab etwas, das Lil nicht verstehen konnte – die Dynamik zwischen den beiden Familien – doch es gab sicherlich einen Weg, eine Lösung zu finden. Er war entsetzt, dass Griers Leben seit sieben Jahren in der Warteschleife war. Das war eine Ewigkeit für jemanden seines Alters.

Lil hatte mit fünfundzwanzig sein Architekturstudium erfolgreich abgeschlossen. Er hatte Glück, dass seine Eltern genug Geld hatten, um ihn aufs

College zu schicken, ohne dass er ein Studentendarlehen aufnehmen musste, was Luca auch würde genießen können, wenn Grier die Wahrheit gesagt hatte.

Lil wusste, dass es sinnlos war, sich einzumischen. Er war nur noch fünf Tage hier, was nicht genug Zeit war, um für Grier etwas zu verändern, allerdings fühlte er sich sehr zu Vater und Sohn hingezogen. Es war die Vorstellung, dass Luca aufwuchs, ohne zu wissen, wer sein Daddy war, die ihn am meisten störte.

Wahrscheinlich hatte es mit seiner eigenen Kindheit zu tun und dass sein Vater ihn als Kind im Stich gelassen hatte. Sicher, seine Mutter hatte wieder geheiratet und sein Stiefvater war toll, liebevoll und fürsorglich, als wäre er sein eigen Fleisch und Blut. Dennoch hatte Lil sich immer gefragt, wie sein Leben wohl verlaufen wäre, wenn sein biologischer Vater geblieben wäre. Jahrelange Therapie hatte ihm geholfen, eine Antwort auf diese Frage zu finden, und aus ihm war ein glückliches und produktives Mitglied der Gesellschaft ohne großartige seelische Probleme geworden. Aber er hatte Geld gehabt und eine Mutter, die verstehen konnte, warum er sich verlassen gefühlt hatte. Er hatte keine Ahnung, ob Luca auch dieses Glück haben würde. Seine Persönlichkeit und seine Zukunft hingen von einer Situation ab, die sich leicht lösen ließe, wenn Grier nur für sich selbst einstehen würde.

9

LIL KÜSSTE Grier auf die Lippen und schloss die Tür des Taxis, nachdem Grier ihm versprochen hatte, sich später am Abend mit ihm zu treffen. Er nahm zwei Betonstufen auf einmal, denn er wollte schnell wieder in die warme Küche zurück. Morgens um 7 war es kühl und er trug nur eine Jogginghose und ein dünnes T-Shirt. Er wusste, dass es später wärmer werden würde, aber im Moment war ihm kalt und er brauchte eine weitere Tasse Kaffee. Außerdem brauchte er etwas Zeit, um die letzten Stunden Revue passieren zu lassen.

Als er gerade den Zucker verrührte, kamen Jody und Clark rein. „Ist dein Betthäschen weg?", fragte Clark.

Lil nickte.

„Zu müde, um zu reden?", neckte Jody.

„Warum seid ihr so früh auf?"

„Training", antwortete Clark. „Ich bin bis 3 Uhr unterwegs."

„Und du?", fragte Lil Jody.

„Ich stehe immer mit ihm zusammen auf."

„Aww … So eine gute Ehefrau."

„Ach, halt die Klappe."

„Wie redest du eigentlich?", tadelte Lil. „Was für ein Profi bist du denn?"

„Die Art von Profi, der lieber mit seinem Mann im Bett wäre."

„Wem sagst du das", stimmte Lil zu.

„Ich muss los", sagte Clark und gab Jody einen Kuss. „Sehen wir uns nachher?"

„Ich bin gegen fünf zu Hause."

„Okay. Ich liebe dich, Jo-Jo."

Jody schlang die Arme um Clark und hielt ihn einen Moment fest. „Ich liebe dich, Kit."

Lil seufzte, als Clark hinausging. „Ihr zwei seid das Bildnis der wahren Liebe."

„Klingst du etwa traurig?"

„Kann schon sein", sagte Lil und nickte. „Anscheinend stecke ich in einer Liebesaffäre, die nirgendwo hinführt."

„Hast du gerade das L-Wort gesagt?" Jodis schockierte Stimme hallte in dem stillen Raum.

„Ich weiß, das ist lächerlich, nicht wahr?"

„Lil, ich bitte dich. Wie lange kennst du ihn? Zwei Tage?"

„Drei, aber wer zählt schon mit. Wie viele Stunden hat es gedauert, bis du dich in Clark verliebt hast?"

Jody starrte Lil an, während er sich daran erinnerte, dass er sich sofort zu Clark hingezogen gefühlt hatte. „Okay, ich höre zu."

„Erinnerst du dich, wie ich versucht habe, dir auszureden, dich mit Clark einzulassen?"

„Vergiss nicht, dass ich dir zugestimmt habe."

„Sei still, Blödmann. Du musst jetzt mir die Sache ausreden."

„Das ist offensichtlich", erwiderte Jody. „Was ist an ihm so besonders? Meine Güte, Lil, ich weiß, dass er toll aussieht, aber kann er geistig mit dir mithalten? Er ist Möbelpacker, um Gottes willen."

Lil hatte vergessen, dass Grier bei ihrem ersten Treffen erwähnt hatte, dass er Möbelpacker sei. Seitdem hatte er so viel mehr über Grier erfahren und selbst wenn Grier nur ein Packesel war, seinem Vater gehörte die verdammte Firma. Davon hatte Jody keine Ahnung.

„Ich erzähle dir etwas über meinen muskulösen Liebhaber." Lil hielt Jody einen zehnminütigen Vortrag über das Leben von Grier Dilorio, dabei ließ er dessen bemerkenswerten Reizwäsche-Fetisch aus. Allein bei dem Gedanken an Grier in roter Spitze beschleunigte sich sein Puls, aber das ging niemanden etwas an.

„Schöne Scheiße", sagte Jody, als Lil geendet hatte.

„Weißt du, du hast wirklich ein Mundwerk entwickelt, seit ihr hierhergezogen seid", stellte Lil fest.

„Ich bin zu oft unter Sportlern."

„Mein Beileid", meinte Lil gedehnt, dann versetzte er Jody einen spielerischen Schlag auf den Arm.

„Hey, sei nett."

„Was soll ich bloß tun, Jody?", stöhnte Lil und vergrub das Gesicht in den Händen.

„Was willst du denn tun?"

„Ihn in den Koffer packen und mit nach San Francisco nehmen." Lil schaute auf und grinste.

Jody lachte. „Es ist wirklich erstaunlich. Ich kann nicht glauben, was ich da höre."

„Nur weil ich seit Jahren Junggeselle bin, bedeutet das nicht, dass ich mir kein Happy End wünsche."

„Lil", sagte Jody. „Mal im Ernst, wie groß sind die Chancen, dass Grier überhaupt daran denkt, umzuziehen? Sein Leben ist in diesem Bundesstaat."

„Du hast recht. Es ist eine schöne Fantasie, die nicht wahr werden wird."

„Es sei denn, etwas ändert sich."

„Zum Beispiel?"

„Ich habe keine Ahnung. Aber halte mich auf dem Laufenden."

„Trotzdem danke."

„Möchtest du Frühstück?"

„Nein. Ich werde versuchen, noch ein paar Stunden zu schlafen. Ich bin vollkommen erschöpft."

„Ich bin ganz Ohr."

„Träum weiter, Kumpel."

„Du wolltest von mir auch immer die Details aus meinem Sexleben wissen", protestierte Jody.

„Und wenn ich mich richtig erinnere, hast du dich immer bedeckt gehalten."

„Aber du bist sonst so offenherzig."

„Nicht dieses Mal."

„Wow. Er bedeutet dir wirklich etwas, nicht wahr?"

„Hast du irgendetwas von dem mitbekommen, was ich gesagt habe?"

„Meine Güte ... Mir fehlen die Worte ..."

„Dann halt einfach die Klappe."

ALS GRIER aus der Innenstadt wieder in Elk Grove Village war, war es Viertel vor acht. Santino war bereits angezogen und ging ungeduldig auf und ab. „Wo warst du denn?"

„Unterwegs."

„Dann mach dich jetzt fertig. Wir haben einen langen Tag vor uns."

„Ich gehe ja schon", murmelte Grier. Er hatte keine Ahnung, wie er die nächsten Stunden überleben sollte, nachdem er die halbe Nacht Liebe gemacht hatte. Nachdem es nun keine Geheimnisse mehr gab, hatten Lil und er die Hände nicht voneinander lassen können. Sie hatten es noch zwei Mal gemacht, bevor sie in einen tiefen Schlaf gefallen waren, um nur von dem Wecker geweckt zu werden, den Lil für ihn gestellt hatte.

„Hast du jemanden kennengelernt?", wollte Santino wissen, als sie endlich auf die I-90 auffuhren und weiter auf der I-94, dann auf die US-53 Richtung Wisconsin. Sie betreuten den Umzug einer Familie von Mount Prospect, einem Vorort in der Nähe von Elk Grove, nach Eau Claire, eine fünfeinhalbstündige Fahrt. Darauf hatte Grier wirklich keine Lust, aber er musste die Fahrt ertragen. Zum Glück hatten die anderen den Truck gestern schon geladen, sodass er nur noch eine Harley einladen musste, damit er sie später dabei hatte, wenn Santino ihn beim Taste absetzte. Er hatte vor, den Rest des Tages zu schlafen, nachdem sein Vater, der anscheinend gerne den riesigen Truck fuhr, ihn ausgefragt hatte.

„Ja", murmelte Grier.

„Was macht sie beruflich?"

„Sie ist ein er, Dad."

„Was hast du gesagt?", fuhr Santino auf, was Grier aus dem Halbschlaf riss. Er war zu müde, um zu erkennen, dass er sich gerade geoutet hatte.

„Oh Scheiße."

„Ich dachte, dieser Unsinn wäre vorbei."

„Nicht wirklich", erwiderte Grier und bereitete sich auf einen Streit vor.

„Willst du mir sagen, dass du immer noch ein Homo bist?"

„Immer noch?", sagte Grier frech. „Schwul sein ist wie schwanger sein, Dad. Entweder man ist es oder nicht."

„Verdammt noch mal, Grier! Ich dachte, diese Sache hättest du hinter dir gelassen."

Grier biss sich auf die Zunge. Er wollte seinem Vater gern eine passende Antwort geben, aber er wusste, dass er es damit nur noch schlimmer machen und dem Mann einen Grund liefern würde, ihn aus dem Truck und wahrscheinlich aus seinem Haus zu werfen. „Dad, das ist nicht der richtige Ort für dieses Gespräch."

„Wann sollen wir denn darüber sprechen? Du bist ja nie da."

„Das liegt daran, dass ich arbeite, und wenn ich nicht arbeite, bin ich Babysitter."

„Ich weiß, aber du und ich verbringen überhaupt keine Zeit mehr zusammen."

„Wir reden morgen, okay?"

„Warum nicht jetzt?"

„Ich bin todmüde. Ich brauche Schlaf oder ich bin nutzlos, wenn wir nach Eau Claire kommen."

„Weil du die ganze Nacht mit deinem *Typen* rumgemacht hast?"

„Lass gut sein, Dad." Grier seufzte. Er war nicht in Stimmung für diesen Mist. Er hatte keine Ahnung, wieso er sich geoutet hatte. Vielleicht hatte es mit Lil und seinen Gefühlen für ihn zu tun, die so stark waren, dass Grier keine Ahnung hatte, was er davon halten sollte. Er hatte noch nie so für jemanden empfunden. Und zu wissen, dass Lil in fünf Tagen abreisen würde, ließ ihn Dinge sagen und tun, die leichtsinnig waren. Sein Patzer gerade eben war der beste Beweis dafür und nun würde die Fahrt unerträglich werden.

„Ich bin ja schon still", murrte Santino, „aber verlass dich darauf, das letzte Wort ist noch nicht gesprochen."

„Müde ...", murmelte Grier und wandte sich ab. Er lehnte sich an das Fenster und war innerhalb von Sekunden eingeschlafen.

Der Rest der Fahrt verlief ereignislos. Santino hielt sich an sein Wort und brachte das Thema nicht wieder auf. Sie brachten den Umzug in weniger als zwei Stunden hinter sich, ein Rekord für solch eine riesige Ladung, aber Grier wollte unbedingt zurück und arbeitete wie ein Besessener.

Er schlief auf dem Weg nach Hause und ging damit weiteren Fragen aus dem Weg. Santino setzte ihn und sein Motorrad am Grant Park ab, bevor er den Truck wieder nach Elk Grove brachte. Nachdem er mehrere Stunden geschlafen hatte, konnte Grier nun über das Gespräch mit seinem Vater nachdenken und war tatsächlich froh, dass das Thema endlich zur Sprache gekommen war. Zumindest würde es ein Gespräch anregen, und wer weiß? Vielleicht gab es ein positives Ergebnis, mit dem er nie gerechnet hätte.

Der Stand war voller Leute, die das Eis von Vinita probieren wollten. Er zwängte sich zwischen Jillian und Jake und machte sich an die Arbeit. „Wo ist Luca?", fragte er Jillian.

„Bei meiner Mutter."

„Kommt er nicht?"

„Nicht heute Abend. Du hast ihn gestern ausgelaugt."

Grier schaute sie von der Seite an. „Wir waren im Zoo, Jill. Wie anstrengend kann das schon sein?"

„Wer ist dieser Lil, von dem er immer wieder redet?"

„Er ist ein Freund."

„Luca war sehr angetan von ihm."

„Er ist ein toller Kerl."

„Ist es eine ernste Beziehung?"

„Spielt das eine Rolle?"

Jillian zuckte mit den Schultern. „Nicht wirklich."

„Er holt mich um zehn Uhr ab, dann kannst du ihn kennenlernen."

„Es ist mir egal, Grier." Jillian drehte sich um und warf die Haare zurück, eine Geste, die ihn auf die Palme bringen sollte.

„Warum bist du so wütend?" Er langte nach ihrem Arm und hielt sie auf.

„Seit wann stellst du Luca deine Dates vor?", wollte Jillian wissen und funkelte ihn wütend an. „Das gefällt mir nicht."

„Wieso?" Grier war plötzlich auf der Hut. Sie hatte ihn noch nie über seine Dates ausgefragt oder darüber, was er mit Luca unternahm, sondern hatte ihn ihm stundenlang überlassen, ohne zu zögern. Doch plötzlich war sie misstrauisch?

„Ich denke, Ali hat recht", meinte Jillian. „Luca ist jetzt älter und bekommt mehr von seiner Umgebung mit. Ich will nicht, dass er mit deinen sexuellen Vorlieben konfrontiert wird."

„Du weißt verdammt genau, dass schwul zu sein keine Vorliebe ist."

„Das ist doch Nebensache, Grier. Der Punkt ist, dass du Schwänze lutschst und ich nicht möchte, dass er mit deinen Freunden, oder wie auch immer du sie nennst, zu tun hat."

Grier fühlte, wie ihm das Blut in den Kopf schoss. Er konnte nicht glauben, dass sie das gerade gesagt hatte. Auch wenn sie nicht geglaubt hatte, dass er schwul war, war sie nie derart respektlos gewesen, und im Moment klang sie sogar eindeutig homophob.

„Wir müssen ernsthaft darüber reden."

„Worüber reden?", fragte sie unschuldig.

„Meine Rechte."

Sie lachte. „Du hast keine Rechte, Grier."

Er zerrte sie ans andere Ende des Stands, wo niemand sie hören konnte. „Als sein Vater habe ich jedes Recht."

„*Er. Hat. Keinen. Vater.*"

„Bullshit!"

„Auf dem Papier ist der Vater unbekannt und allein das zählt vor Gericht", konterte Jillian.

„Wo kommt das denn auf einmal her, Jillian?"

„Ich will ihn nur beschützen, Grier." Jillians Augen funkelten. „Dir scheint an seiner Zukunft ja nichts zu liegen."

„Wovon redest du?"

„Wer ist dieser Typ, mit dem du ausgehst? Du hattest bisher noch nie eine Beziehung, jedenfalls keine, über die du gesprochen hattest. Willst du verschwinden und mich im Stich lassen?"

„Ist das alles, worüber du dir Sorgen machst? Dass du keinen Babysitter mehr hast?"

„Nein", protestierte sie.

„Und seit wann hast du etwas mit Ali?"

„Sag mir nicht, dass du eifersüchtig bist."

„Fuck!"

„Das dachte ich mir", spuckte Jillian aus. „Also was spielt das für eine Rolle?"

„Alles, was Luca betrifft, spielt eine Rolle. Ali denkt also, dass er ein Experte für Kindererziehung ist, weil er mit dir zusammen ist? Hat er schon einmal angeboten, auf meinen Sohn aufzupassen?"

„Hör auf, ihn als deinen Sohn zu bezeichnen!", zischte Jillian und trat so dicht an ihn heran, dass er ihren Atem riechen konnte. Sie hatte vor Kurzem Hotdogs gegessen und davon wurde ihm übel. Trotzdem würde er nicht zurückweichen.

„Er *ist* mein Kind, Jillian, vergiss das niemals!"

10

LIL HUSTETE und unterbrach die hitzige Diskussion zwischen Grier und der jungen Frau, die vermutlich die berüchtigte Jillian war. Grier sah erleichtert aus, ihn zu sehen, und lächelte ihn strahlend an, wohingegen Jillian ihn unhöflich angaffte.

„Jillian, das ist Lil Lampert."

„Hi."

Sie war so kalt wie die Eiscreme, die sie verkaufte, und schaute Lil direkt an. Lil hielt ihrem Blick stand, denn er war es gewohnt, von Fremden angestarrt und verurteilt zu werden, die etwas brauchten, um ihre Wut zu befeuern. Er hatte schon vor Jahren gelernt, diese Sache zu ignorieren. Er lächelte sie süßlich an. „Wie geht's?"

„Gut."

„Ich gehe jetzt", verkündete Grier und drehte sich zum Gehen um.

„Wir sind noch nicht fertig", protestierte Jillian.

„Ich schon", sagte Grier wütend. „Wir sehen uns morgen."

Er verließ den Stand und langte nach Lil, der ihm die Hand entgegenstreckte. Sie verschränkten ihre Finger und Lil trat näher an ihn und küsste ihn auf die Lippen. „Geht es dir gut?"

„Jetzt schon."

Lil legte den Arm um Grier und sie gingen in Richtung Michigan Avenue. „Du siehst müde aus", stellte Lil fest. *Du siehst wütend aus* wollte er eigentlich sagen, doch er beschloss, Grier nicht zu bedrängen.

„Ich bin fix und alle. Ich bin auf den Beinen, seit wir uns heute Morgen verabschiedet haben."

„Warum machen wir dann nicht etwas Entspannendes, statt auszugehen, wie wir eigentlich geplant hatten? Ich habe kein Problem damit, mit einem großen Bier im Whirlpool zu sitzen. Du etwa?"

„Das klingt himmlisch. Aber werden Clark und Jody nicht etwas dagegen haben?"

„Grier, ich habe es dir doch schon gesagt. Ich bin ihr Gast und kann mitbringen, wen ich will. Außerdem weiß Jody, was ich empfinde."

„Worüber?", fragte Grier und schaute Lil mit seinen dunklen Augen an.

Scheiße, hab ich das gerade wirklich gesagt? „Er weiß, dass ich keine Nachteule mehr bin."

„Okay."

Großer Gott. Als Nächstes mache ich ihm noch einen Heiratsantrag. „Hattest du mit Jillian Streit?"

„So könnte man das auch nennen", schnaubte Grier. „Wenn du nicht gekommen wärst, wären wir bestimmt aufeinander losgegangen."

„Möchtest du darüber reden?"

„Später."

„Kein Problem", lenkte Lil ein. „Warte mal einen Moment."

„Was ist los?"

„Ich hab mein Motorrad dabei."

„Ich fahre nicht Motorrad."

„Ich weiß, Lil. Ich folge deinem Taxi. Warte einen Moment, okay?"

Es dauerte nur etwa zehn Minuten, bis Lil das Röhren der Harley hörte und Grier vor ihm auftauchte und sich mit einem Fuß abstützte, um die Balance zu halten. „Bist du sicher, dass du deine Meinung nicht ändern willst? Du darfst auch meinen Helm benutzen."

„Keine Chance."

„Dein Pech", sagte Grier und grinste. Mit seiner Lederjacke und seinem schwarzen Helm sah er wie ein harter Kerl aus.

Lil winkte ein Taxi heran. Grier folgte ihm nach Bucktown und wartete, bis Lil die Vordertür aufgeschlossen und den Alarm ausgeschaltet hatte. Das Garagentor öffnete sich leise. Er schob sein Motorrad hinein und stellte es neben dem silbernen Land Cruiser ab. Sie gingen zusammen die Treppe hinauf und schalteten den Alarm wieder ein, nachdem sie die Tür abgeschlossen hatten. Es war 23 Uhr und im Hauptschlafzimmer waren die Lichter aus.

Lil fasste nach Grier und zog ihn an sich. Er küsste ihn auf die Lippen und freute sich, wie der jüngere Mann den Mund sofort für ihn öffnete. „Du hast mir heute gefehlt", seufzte er, als sie sich voneinander lösten.

„Du mir auch", gab Grier zu.

Die trübe Stimmung hielt an, trotz Griers Reaktion auf den Kuss. Er schien in Gedanken versunken zu sein. Als Lil Griers Kinn hob, um in dessen dunkle Augen zu sehen, waren sie getrübt, also schob er seine amourösen Gedanken fürs erste beiseite in der Hoffnung, dass ein paar Bier Grier soweit entspannten, dass er über das sprach, was ihn bedrückte.

Lil holte einen Sechserpack aus dem Kühlschrank und sie gingen die Treppe hinauf zur Dachterrasse, wo sich der Whirlpool befand. Er war aus Gründen der Privatsphäre hinter einem Sichtschutz aus Latten verborgen. Grier hatte bereits seine Jacke auf dem Holzboden abgelegt und zog sich sein T-Shirt in einer fließenden Bewegung über den Kopf. Lil staunte erneut über den Anblick der Tattoos und der perfekten Bauchmuskeln, die sich bei jeder Bewegung anspannten. Seine guten Absichten lösten sich in Luft auf, als das blaue Licht des Whirlpools verlockende Schatten auf Griers Torso warf. „Du bist so verdammt heiß", seufzte Lil, der sich keine Sekunde länger zurückhalten konnte. Er riss Grier an seine Brust und vergrub das Gesicht an der weichen Haut an seinem Hals. „Ich will dich so sehr, dass ich schon zittere."

„Ich weiß", antwortete Grier atemlos und sichtbar erregt.

Sie zogen sich aus, ohne den anderen aus den Augen zu lassen. Lil liebte es, wie Grier ihn mit hungrigem Blick betrachtete und ihm das Gefühl gab, der begehrenswerteste Mann der Welt zu sein. Er wusste, dass er attraktiv war, und er arbeitete sehr hart, um seinen Körper in Form zu halten. Allerdings macht er sich Sorgen um das Altern und darüber, deshalb seine Anziehungskraft zu verlieren, eine Sorge, die für die meisten Menschen nachvollziehbar war, doch besonders für einen schwulen Mann, der sich in einer Gesellschaft bewegte, die von der Jugend besessen war. Griers offensichtliche Erregung war berauschend. Dies war ein Mann, der äußerlich perfekt war und jeden haben konnte, den er wollte. Das war für Lil das ultimative Aphrodisiakum. Sie kamen zusammen, harter Schwanz an hartem Schwanz, und küssten sich erneut. „Kondome …", stöhnte Grier und zog sich zurück. „Ich *muss* dich ficken."

Lils Herz hämmerte in seiner Brust. Er ging auf die Knie und tastete in den Taschen seiner Hose, die er zur Seite geworfen hatte, dann schrie er vor Freude beinahe auf, als er es in dem weichen Stoff spürte. Er zog die Verpackung und eine kleine Flasche Gleitgel hervor, dann kroch er zu Grier und rollte das Kondom über den geschwollenen Schaft seines Liebhabers, anschließend verteilte er großzügig Gleitgel, um ihn vorzubereiten.

Er reichte ihm das Gleitgel, dann drehte er sich herum, legte den Kopf auf die Arme und hob erwartungsvoll den Hintern. „Bereit, Grier."

Lil spürte, wie Grier seinen benetzten Daumen an seinem Loch rieb. Er drückte dagegen und stöhnte laut auf, als Grier eindrang und ihn dehnte. Grier beugte sich vor und küsste Lils Schulter, ohne seinen Finger aus seinem engen Gefängnis zu befreien. Als er spürte, dass Lil sich entspannte, nahm er einen weiteren Finger hinzu. „So eng, Babe."

Lil atmete aus und versuchte, sich noch mehr zu entspannen, um sich für Grier zu öffnen. „Jetzt", drängte er. Er war so geil, dass er innerhalb von Minuten kommen würde, aber erst wenn er jenen köstlichen Stich spürte, der sich zu brennender Lust verwandeln würde. Er keuchte auf, als Grier kraftvoll in ihn eindrang und bei jeder Bewegung seine Prostata traf, bis Lil sich um Griers Schwanz zusammenzog und seinen Saft auf den Boden spritzte, während Grier sich in das Latex ergoss.

„Oh Gott … Lil", seufzte Grier und stürzte auf Lils breiten Rücken, der ihn auffing. „Das habe ich wirklich gebraucht."

Lil tastete hinter sich und tätschelte Griers Arschbacke. „Jederzeit, Süßer."

Grier streifte das Kondom ab, verknotete es und warf es in den Mülleimer, der praktischerweise neben ihnen stand. Das letzte, was er wollte, war, seine Gastgeber mit einem gebrauchten Kondom zu beleidigen.

Lil legte die Hand auf Griers unteren Rücken und leitete ihn zum Whirlpool. Hoffentlich würde dieser ihm helfen zu entspannen und den verärgerten

Gesichtsausdruck wegzuwischen, der sein hinreißendes Gesicht verzerrte. Sie stöhnten vor Freude auf, als das Wasser um sie herum pulsierte. Er reichte Grier ein Bier und beobachtete, wie er die Flasche in wenigen Zügen leerte. Die feurig rote Aura, die Grier umgeben hatte, löste sich nach ihrem Orgasmus auf. Er war entspannter und spritzte Lil spielerisch von seiner Seite des Whirlpools aus nass. „Möchtest du über deinen Tag sprechen?", fragte Lil vorsichtig.

„Nicht im Moment."

Lil nahm ein weiteres Bier und reichte es Grier. „Wann auch immer du reden willst, ich höre zu."

„Danke, Lil. Hast du heute etwas Nettes unternommen?"

„Ich habe mir das Chicago Board of Trade Building angesehen."

„Wie fandest du es?"

„Um ehrlich zu sein, ich konnte nicht hineingehen. Ich bin wieder gegangen und war stattdessen auf der Michigan Avenue."

„Du hast also deine Kreditkarte zum Glühen gebracht", scherzte Grier. „Hast du dich neu eingekleidet?"

Lil stellte sein Bier auf dem Boden neben sich ab und rutschte an Griers Seite. „Ich habe *dich* neu eingekleidet", flüsterte er. „Bei Victoria's Secret."

„Lil." Griers Stimme war wie ein Blitzschlag in seinen Lenden.

Lil setzte sich auf die Oberschenkel des brünetten Mannes und begann, ihn zu küssen, dabei stellte er schockiert fest, dass sein Schwanz bereits wieder interessiert zuckte. „Wer braucht schon Viagra, wenn du da bist?"

„Es dauert noch sehr, sehr lange, bis du dieses Zeug brauchst", meinte Grier.

Lil schnitt ihm die Worte mit einem weiteren Kuss ab und bald rieben sie sich wieder aneinander auf der Jagd nach einem weiteren Orgasmus. Lil spürte, wie Griers Schwanz hart wurde. Er griff in das Wasser und packte ihre beiden Schwänze, die er mit langsamen Bewegungen wichste, während er Grier weiterhin tief küsste. Es dauerte nicht lange, bis sie beide keuchend abspritzten.

Lil lehnte sich an Griers Brust und legte das Gesicht an die Kuhle zwischen Nacken und Schulter. Grier schlang die Arme um Lil, während sie dem donnernden Herzschlag des anderen lauschten. „Kannst du über Nacht bleiben?"

„Besser nicht. Morgen ist Luca bei mir und ich will zu Hause sein, wenn Jillian ihn bringt. Ich will ihr nichts bieten, was sie gegen mich verwenden kann."

„Grier, was ist heute passiert?"

„Eine Menge."

„Ich kann dir nicht helfen, wenn du nicht darüber redest."

„Ich will dich damit nicht belasten, Lil. Das ist nicht fair."

„Sei nicht albern. Ich frage, weil ich es wissen will."

„Wirklich?" Grier klang überrascht.

„Ist das nicht offensichtlich?"

„Ich hatte es gehofft."

„Rede mit mir, Liebling."

„Ich habe mich heute Morgen vor meinem Dad geoutet."

„Und du bist immer noch am Leben. Das ist doch ein gutes Zeichen", scherzte Lil.

Grier lachte. „Ich denke schon. Er war eigentlich ganz okay. Er hat mich nicht aus dem Laster geworfen."

„Sieh es doch mal von der positiven Seite. Eine Hürde weniger."

„Aber die Diskussion ist noch nicht zu Ende", erwiderte Grier bitter.

„Manche Eltern brauchen eben etwas Zeit."

„Hattest du Glück oder war es für dich auch schwierig?"

„Meine Mutter wusste, dass ich schwul bin, bevor ich es wusste", sagte Lil mit einem Grinsen. „Sie hat einen Hang fürs Dramatische. Ihre große Liebe ist das Theater und wir waren so oft dort, wie wir konnten. Der Gedanke, einen schwulen Sohn zu haben, hat sie nie gestört. Sie hat sich eher Sorgen gemacht, was andere mir antun könnten. Sie hat diese ganzen Horrorgeschichten über Hassverbrechen gehört und hatte Angst um meine Sicherheit. Besonders, da ich ihre dramatische Ader geerbt habe. In jüngeren Jahren war ich ziemlich wild", gab Lil zu. „Was du jetzt siehst, ist meine ruhigere Version."

„Wenn ich dich ansehe, sehe ich einen sehr selbstbewussten Mann, Lil. Das finde ich an dir so attraktiv. Ich bin es leid, in meiner Welt festzusitzen. Ich wünschte, ich könnte so offen sein wie du oder Jody und Clark."

„Süßer, Clark hat seine eigene Reise hinter sich und auch sie war nicht leicht. Jodys Eltern sind das genaue Gegenteil. Sie sind sehr verständnisvoll und unterstützen ihn. Wir alle müssen mit dem klarkommen, was wir haben. Auch du wirst deinen Weg finden, wenn du deine Entscheidungen akzeptierst, dann wird sich alles ergeben. Deine Familie wird erst lernen, dich zu akzeptieren, wenn du dich selbst akzeptierst."

„Ich bin mit meiner Sexualität im Reinen, Lil, aber ich mache mir Sorgen, dass ich jegliche Chancen auf das Sorgerecht verspiele, wenn ich Jillian zwinge, mich öffentlich als Lucas Vater anzuerkennen."

„Grier, wir leben nicht mehr im Mittelalter. In vielen Staaten dürfen schwule Männer heiraten und Familien haben. Die Gerichte gestehen Männern öfter das Sorgerecht zu, als du denkst. Willst du das wirklich durchziehen?"

„Jillian verändert sich von Tag zu Tag mehr. Ich weiß nicht, ob es an Alis Einfluss liegt oder ob sie schon immer so gedacht hat. Ich dachte wirklich, wir wären uns wegen Luca einig, aber gestern, und auch heute Abend, hat sie Dinge gesagt, die mich an ihren wahren Gefühlen zweifeln lassen."

„Ist dein Bruder homophob?"

„So könnte man das wohl nennen."

„War das schon immer so?"

„Im letzten Jahr ist es schlimmer geworden. Ich bin daran gewöhnt, dass er mich herumkommandiert und abfällige Bemerkungen über meine Schwäche für Schwänze macht, aber seit Moms Tod ist er entschlossen, Dad vor meiner

Homosexualität zu beschützen. Er ist davon überzeugt, dass ich unseren Vater ins Grab bringen werde."

„Was gibt ihm das Recht, über dich zu urteilen?"

„Ich schätze, weil er der Ältere ist."

„Du wirkst auf mich nicht besonders unterwürfig."

„Das bin ich auch nicht, aber ich liebe meinen Dad und würde nichts tun, das ihm wehtut."

„Anscheinend stellst du die Gefühle aller anderen vor deine eigenen."

„Was meinst du damit?"

„Du hast selbst gesagt, dass dein Leben wegen Luca in der Warteschleife ist. Aber es liegt nicht nur an ihm, nicht wahr? Alle anderen kommen zuerst – dein Vater, dein Bruder, Jillian. Wann bist du dran?"

11

DER VORWURF tat weh, aber er war so liebevoll ausgesprochen, dass Grier sein Instinkt, sich zu verteidigen, zurückdrängte.

„Ich weiß nicht, Lil."

„Denkst du nicht, es wäre an der Zeit, dich selbst einmal an erste Stelle zu stellen?"

„Und was ist mit Luca?"

„Du hilfst ihm nicht, wenn du dein Leben weiterhin von äußeren Umständen bestimmen lässt. Ich weiß, das ist leichter gesagt als getan, und ich habe keine Ahnung, wie Jillian oder ihre Familie denken, aber ich sehe, dass es dir nicht gut geht. Grier, du musst für dich selbst einstehen."

„Ich will niemandem wehtun."

„Deine Handlungsunfähigkeit tut Luca weh … Er muss wissen, dass er einen Vater hat und dass er nicht von ihm verlassen wurde. Gott weiß, was Jillian ihm erzählt hat. Weißt du es?"

„Sie hat Luca erzählt, dass sein Vater krank wurde und weggehen musste."

„Sie hat ihm also gesagt, dass er tot ist?"

„Nein, aber Luca nimmt an, dass sein Vater bei meiner Mutter im Himmel ist, denn dort gehen Leute hin, wenn sie krank sind und nicht zurückkommen können."

„Was willst du ihm sagen, wenn er nach Einzelheiten fragt?"

„Keine Ahnung."

„Geht er schon zur Schule?"

„Er ist in der ersten Klasse."

„Es überrascht mich, dass er noch keine Fragen gestellt hat. Kinder sind nicht gerade für ihr Taktgefühl bekannt. Es ist ein Wunder, dass er nicht mit tausend Fragen nach Hause kommt."

„Ich will ja nichts sagen, aber wieso denkst du, dass gerade du ein Experte bist? Woher willst du wissen, was in der Schule passieren wird und was nicht?"

„Ich *war* Luca. Und als die Leute mich nach meinem Vater gefragt haben, hat es wehgetan. Der Gedanke, dass ich so unwichtig bin, dass mein Dad ohne Erklärung einfach gegangen ist, hat mich lange Zeit gequält."

„Es tut mir leid … Ich hatte keine Ahnung."

„Aber ich schon, Grier, und ich will nicht, dass Luca denkt, er wäre es nicht wert, geliebt zu werden."

„Scheiße … Hast du dich so gefühlt?"

„Jahrelang."

„Wie bist du darüber hinweggekommen?"

„Ich habe viele dumme Dinge getan, bis meine Mutter einen wirklich guten Therapeuten für mich gefunden hat."

„Welche dummen Dinge?"

„Welche nicht? Zum einen war ich ziemlich mannstoll. Das Klischee eines Clubgängers, der Aufmerksamkeit sucht und sie dann mit Liebe gleichsetzt."

„Ich versuche gerade, mir das vorzustellen."

Lil lachte. „Glaub mir, ich war ein richtiger Player. Jody kann dir das bestätigen. Obwohl ich zu der Zeit, als wir uns auf dem College kennengelernt haben, meinen Vaterkomplex weitgehend abgelegt hatte."

„Ich dachte, du hättest einen Stiefvater."

„Habe ich auch und er ist ein toller Kerl. Trotzdem ändert das nichts an der Tatsache, dass mein eigen Fleisch und Blut weggelaufen ist, ohne zurückzublicken."

„Du hast nie wieder von deinem leiblichen Vater gehört?"

„Nein."

„Was für ein Arschloch."

„Ich denke nicht mehr über ihn nach."

„Was war am schwersten für dich, als du ein Kind warst?"

„Bestätigung ... Ich musste wissen, dass ich etwas wert bin."

„Hat deine Mutter dir nicht gezeigt, wie sehr sie dich liebt?"

„Andauernd, aber das war nicht genug. Die Person, die mir am wichtigsten war, hat mich zurückgewiesen."

„Denkst du, Luca wird mich irgendwann hassen?"

„Er liebt dich sehr, Grier. Ich habe gesehen, wie ihr miteinander umgeht, aber je länger du die Wahrheit vor ihm verbirgst, desto schwieriger wird es am Ende werden. Du solltest nicht warten, bis aus ihm ein wütender Teenager wird."

„Ich liebe ihn so sehr. Nachts liege ich wach und denke über seine Zukunft nach. Ich will, dass er die Möglichkeiten hat, die ich nie hatte."

„Wieso hat Jillian nicht die Wahrheit gesagt? Eine Vergewaltigung zu erfinden, ist so extrem."

„Jillian macht nie Fehler. Wir drei, Jake, Ali und ich, wir haben andauernd Ärger bekommen, aber sie war die kleine Miss Perfect – Einserschülerin, Klassensprecherin, Obercheerleader, arbeitet freiwillig im Krankenhaus. Sie war der Augenstern ihrer Eltern. Sie hat lieber behauptet, dass sie vergewaltigt wurde, als zuzugeben, dass sie einen Fehler gemacht hat. Als sie ihren Eltern erzählt hat, dass sie schwanger ist und das Kind bekommen wollte, da ihre Familie katholisch ist und nichts von Abtreibung hält, hat sie das praktisch zur Heiligen gemacht."

„Wollten sie keine Anzeige erstatten?"

„Sie hat sich geweigert und ihren Eltern gedroht, dass sie von zu Hause ausziehen würde, was sie in helle Aufregung versetzt hat."

„Ich kann nicht glauben, dass sie damit durchgekommen ist."

„Ihre Eltern sind nicht sehr konfrontativ, Lil. Sie waren so dankbar, dass sie die angebliche Vergewaltigung überlebt hat, dass es ihnen nie in den Sinn gekommen wäre, ihr zu widersprechen. Sie stand ihr zur Seite und als Luca geboren wurde, haben ihn alle ins Herz geschlossen. Ihre Eltern haben sich mit dem Babysitten abgewechselt, damit sie aufs College gehen konnte, und als ich nach zwei Jahren von der Illinois State zurückkam, wurde ich auch eingespannt."

„Ich verstehe immer noch nicht, warum sie gelogen hat."

„Ich nehme an, dafür müsstest du die Familiendynamik verstehen."

„Kannst du mir einen Überblick geben?"

„Die Garcias sind Immigranten, die sehr hart gearbeitet haben, um ihren Kindern ein gutes Leben zu geben. Sie haben Doppelschichten gearbeitet, um ihnen geben zu können, was sie selbst nie hatten. Sie sind in der Philippino-Gemeinde sehr angesehen und hatten große Hoffnungen für Jillian, die für sie der Inbegriff des amerikanischen Traums ist. Alleinerziehend zu sein, passte da nichts ins Bild. Tatsächlich hat ihr Vater immer gesagt, dass es niemanden gibt, der seiner Tochter würdig ist."

„Aber das ist doch bei den meisten Eltern so, nicht wahr? Niemand ist gut genug."

„Aber ich war es", schnaubte Grier. „Unsere Eltern haben immer gescherzt, dass wir einmal heiraten würden."

„Was Jillians Besessenheit bestätigt hat."

„Das stimmt wohl. *Tita* Nita und *Tito* Enteng lieben Ali und mich fast so sehr wie ihre eigenen Kinder. Es hätte sie umgebracht zu erfahren, dass ich ihre Tochter ruiniert habe, und es hätte unsere Familien auseinandergebracht."

„Wenn sie so gute Freunde gewesen wären, hätten sie doch darüber reden und die Sache aus der Welt schaffen können."

„Das scheint Jillian nicht zu glauben. Und seien wir ehrlich, sie kennt sie besser als wir."

„Denkst du nicht, dass es eher mit Jillians Stolz zu tun hatte als mit der Wahrheit?"

„Was meinst du damit?"

„Sie hatte ein Auge auf dich geworfen und als ihr Plan nicht aufgegangen war, konnte sie die öffentliche Zurückweisung nicht ertragen. Deshalb hat sie sich dieses lächerliche Szenario ausgedacht. Das war leichter, als zuzugeben, dass sie in einen schwulen Mann verliebt ist, der kein Interesse daran hat, ihr Ehemann zu werden."

„Du denkst, sie ist derart manipulativ? Unser Sex war spontan."

„Vielleicht von deiner Seite, aber wenn sie wirklich so ist, wie du sie beschreibst, dann wusste sie genau, was sie tut."

„Aber ich habe doch angeboten, sie zu heiraten."

„Es wäre eine Farce gewesen."

„Das ist einiges, worüber ich nachdenken muss, Lil."

„Ich denke, es wäre die Mühe wert, denn deine Entscheidungen beeinflussen Lucas Zukunft. Bist du sicher, dass niemand die Wahrheit kennt?"

„Ich bin mir sicher."

„Hattest du keine Zweifel, nachdem du Luca zum ersten Mal in den Armen gehalten hast?"

Griers Augen funkelten, als er an die vielen Nächte dachte, in denen er seinen Frust und seine Wut abreagiert hatte. „Solche Momente gab es."

„Bei deinen Leder-Kumpels?"

„Woher weißt du das?"

„Ich kenne mich da aus, Grier. Du hast diese Art gewählt, ich eine andere. Wir unterscheiden uns nicht sehr voneinander."

„Ich habe mit BDSM experimentiert, um die Schuldgefühle loszuwerden, aber ich habe schnell erkannt, dass das nicht mein Ding ist. Zum Glück haben meine Leder-Kumpels, wie du sie nennst, sich als gute Freunde herausgestellt, die mir geholfen haben, mich zu erholen. Sie haben mich mit Harley Davidson und der Biker Szene vertraut gemacht. Diese Freundschaften bestehen immer noch. Unter diesen Männern habe ich mich wohlgefühlt und ich musste mich nicht rechtfertigen, warum ich lange Fahrten und Tattoos mag. Sie haben mich mit all meinen Fehlern akzeptiert, anders als Jillian und Ali, die mich ständig ändern wollen. Du hättest Jillians Gesicht sehen sollen, als ich zum ersten Mal mit einem Tattoo nach Hause kam. Ich dachte, sie explodiert", schnaubte Grier. „Ali hätte nicht schockierter sein können, wenn ich mir den Schwanz abgeschnitten hätte."

„Gott bewahre." Lil küsste ihn auf die Lippen. Er saß noch immer auf Grier und rieb seine Hüften an Griers Schwanz. „Das wäre wirklich eine Tragödie gewesen."

Grier leckte über Lils Mund und verwöhnte ihn mit heißen Küssen, bei denen sie beide stöhnten. „Das sieht mein Schwanz auch so."

„Ich merke es, Süßer. Wollen wir das hier unten fortsetzen?"

„Na los." Grier schob Lil von seinem Schoß, dann nahmen sie ihre Handtücher und schlangen sie sich um die Hüften.

Das Haus war vollkommen umgebaut. Zwar zeigte das Äußere ein typisches Backsteinhaus, aber das Innere war der Inbegriff von italienischem Chic. Die Fußböden glänzten, es gab Teppiche mit geometrischen Mustern und alles war modern eingerichtet. Das Haus hatte vier Stockwerke – den Keller, in dem das Gästezimmer war, das Erdgeschoss mit Küche, Wohnzimmer und Esszimmer und die erste Etage mit dem Hauptschlafzimmer. Das oberste Stockwerk war im Grunde eine Dachterrasse, die als „Vergnügungsbereich" fungierte. Dort waren der Whirlpool und ein abgeschlossenes Fernsehzimmer an der Seite. Eine Wendeltreppe verband alle Stockwerke, außerdem gab es einen Fahrstuhl.

„Mir gefällt, wie das Haus eingerichtet ist", stellte Grier fest, während sie darauf warteten, dass der Aufzug die obere Etage erreichte.

„Die Besitzer haben ein kleines Vermögen investiert. Diese Türen zum Beispiel", erklärte Lil und öffnete die abgeschrägte Glastür, die in den winzigen Aufzug führte. „Sie hätten Standard-Türen verwenden können, aber sie haben sich für diese hier entschieden. Im ganzen Haus gibt es Dinge, die außerhalb der Norm sind. Das macht es so außergewöhnlich."

„Ist es überall italienisch eingerichtet?", wollte Grier wissen.

„Die Badezimmereinrichtung ist in Italien hergestellt, aber die Küche ist amerikanisch."

„Wenn ich ein Haus dekorieren würde, würde es aussehen wie dieses", grübelte Grier. „Doch das wird nie passieren. Dad hat seine Meinung über meinen Berufswunsch nicht geändert. Er würde liebend gern meine Ausbildung finanzieren, solange es sich um einen männlichen Beruf dreht, nicht etwas, das eine Frau tun würde."

„Offensichtlich hat der Mann keine Ahnung, wovon er redet. Du musst etwas recherchieren, Grier. Erstell eine Liste der besten Innenarchitektur-Firmen des Landes. Du wärst überrascht, wie viele von Männern geführt werden. Sicher, Frauen sind in der Mehrzahl, aber in diesem Beruf herrscht Gleichberechtigung. Dein Vater ist einem Klischee aufgesessen."

„Er ist Lkw-Fahrer, Lil."

„Dann erklär es ihm."

„Ist es dafür nicht etwas zu spät? Er ist über 60."

„Er ist immer noch fähig, neue Dinge zu lernen. Wenn dir dein Berufswunsch wirklich so wichtig ist, solltest du dafür kämpfen, Grier. Das gilt für alles in deinem Leben", stellte Lil fest.

„Halt mir keine Vorträge", schnappte Grier.

Lil legte die Arme um Grier und zog ihn an sich. „Stelle nur das Offensichtliche fest."

„Vielleicht bin ich dafür nicht bereit."

„Okay." Lil zog sich zurück. „Lassen wir das Thema."

„Gut."

Als sie das Schlafzimmer erreichten, ging Lil direkt zum Schrank und holte die pinkfarbene Tüte von Victoria's Secret hervor. Er hoffte, dass er die liebevolle Stimmung wiederherstellen konnte, die er durch seine ungebetenen Ratschläge ruiniert hatte. Es war bereits das zweite Mal, dass er Griers defensive Seite zu spüren bekommen hatte. Beim ersten Mal hatte er von Luca erfahren. In beiden Fällen war Grier dem Offensichtlichen aus dem Weg gegangen.

„Willst du sehen, wie ich meinen Nachmittag verbracht habe?", fragte Lil mit einem Glitzern in den Augen.

„Ja."

12

LIL ZOG ein pinkfarbenes Päckchen heraus und öffnete es langsam. Drei Spitzentangas in Einheitsgröße kamen zum Vorschein, die die Verkäuferin ihm aufgedrängt hatte. Sie hatte Lil versichert, dass sie zu jeder Körperform passen würden und Lil hatten die leuchtenden Farben gefallen. Er hatte sich für Zitronengelb, Royalblau und schreiend Pink entschieden.

„Wow, die sind toll", flüsterte Grier. Röte stieg in seine Wangen und sein Atem stockte, während er den Stoff liebevoll streichelte.

„Das dachte ich mir." Lils Augen verdunkelten sich vor Verlangen. Er zog an Griers Handtuch, das zu Boden fiel, und genoss den Anblick des definierten Körpers, der vor ihm stand. „Lass mich dich anziehen", bat Lil, dann nahm er den blauen Tanga und ging auf die Knie. Er schob das Höschen über Griers muskulöse Oberschenkel nach oben, dabei rieb er seine Nase an Griers schwerem Hodensack. Er leckte den Lusttropfen ab, der aus Griers Schlitz drang und Lil lockte, der anschließend an der Seite des geschwollenen Schafts leckte, der nach oben zu Griers Bauch zeigte. Der Tanga passte genau und hielt Griers Ausstattung perfekt. Der Bund lag direkt oberhalb der blauen Sterne und Lil zog ihn ein wenig herunter, um mit der Zunge an die Tattoos zu gelangen, während seine andere Hand an Griers leicht behaarten Beinen auf und ab wanderte. Lil stöhnte vor Verlangen auf und er bekam Gänsehaut, als Grier mit den Fingern durch sein kurzes, blondes Haar fuhr und fest daran zog. Er stand widerwillig auf, dann ging er zum Schrank und zog die neue schwarze Lederjacke hervor, die er für sich selbst gekauft hatte. „Zieh die an, Liebling."

„Ich denke nicht, dass sie mir passt."

„Wir haben in etwa die gleiche Größe, nur dass deine Schultern viel beeindruckender sind als meine es jemals sein werden", stellte Lil ehrlich fest.

„Du bist zu bescheiden."

„Ich sage es nur, wie es ist."

„Das ist mir aufgefallen", meinte Grier stirnrunzelnd.

„Muss ich in deiner Gegenwart aufpassen, was ich sage?"

„Das klingt ja so, als würde ich von dir verlangen, die Luft anzuhalten."

„Es wäre eine Qual." Lil rollte übertrieben mit den Augen. „Ich musste meine Zunge seit Jahren nicht im Zaum halten."

„Ich kann mir Besseres vorstellen, dass du mit deiner Zunge anstellen kannst", meinte Grier. „Soll ich für dich modeln?"

„Ja", hauchte Lil. Er streifte Grier die Prada-Jacke über und strich das weiche Leder glatt. Ihn so zu sehen, oben das schwarze Leder und unten die feine

Unterwäsche, stellte etwas mit Lils Magen an, von seinen Lenden gar nicht erst zu reden. Er wurde erneut hart, zum dritten Mal in dieser Nacht. Ein Rekord, seit er die Siebenunddreißig überschritten hatte. Sein Herz hüpfte wie eine gefangene Forelle. „Du bist so wunderschön."

„Ich wette, das sagst du zu allen hübschen Kerlen", scherzte Grier.

„Nur zu denjenigen, die mein Blut zum Kochen bringen."

„Bin ich nur ein weiterer Kerl in deinem Stall?", fragte Grier. Seine Worte waren leichthin gesagt, aber die Verletzlichkeit in seinen Augen war nicht zu übersehen.

„Zuerst einmal", sagte Lil, „habe ich keinen Stall. Und wenn ich einen hätte, wärst du der einzige Hengst."

„Ist das wahr?"

„Natürlich ist das wahr. Was denkst du denn? Dass ich noch zehn von deiner Sorte zu Hause habe?"

„Ich habe keine Ahnung, was du in San Francisco hast."

Lil nahm Grier in die Arme und schaute ihn eindringlich an. „Ich bin nicht in einer Beziehung."

„Möchtest du das denn?"

Lil küsste ihn und Grier öffnete automatisch den Mund, damit Lil ihn erkunden konnte. Als sie sich voneinander lösten, waren sie atemlos, dennoch wiederholte Grier seine Frage. „Suchst du nach etwas Festem?"

„Bietest du dich an?", fragte Lil, während er nach einer Antwort suchte.

Grier starrte in dieses ehrliche Gesicht, dann wandte er widerwillig den Blick ab. „Kommst du ins Bett?"

Sie landeten in einem Knäuel auf dem Bett. Grier saß auf Lils Oberschenkeln und verlor sich in dessen kornblumenblauen Augen, die ihn liebevoll anschauten. „Lil?"

„Was, Liebling?"

„Ich ziehe jetzt die Jacke aus."

„Noch nicht."

„Okay."

Lil streckte die Hand aus und steckte sie unter das weiche Leder, um mit Griers dunkelbraunen Nippeln zu spielen, die sofort auf Lils Berührung reagierten. „Du bist so wunderschön, Grier."

„Hör auf, das zu sagen."

„Es ist wahr."

Grier holte überrascht Luft, als Lil mit dem Daumennagel über die empfindliche Haut kratzte. „Es würde toll aussehen, wenn du hier einen silbernen Stab hättest", sagte Lil und deutete auf Griers Brustwarze.

„Darüber habe ich schon nachgedacht."

„Ich begleite dich, wenn du möchtest."

„Ich möchte."

Lil lächelte hintergründig. Er schob den blauen Spitzenstoff zur Seite, sodass Griers Schwanz hervorsprang. „Ich liebe deinen Schwanz", schnurrte er, während er den Schaft auf und ab rieb.

Grier kam auf die Knie und schob den Tanga an seinen Oberschenkeln herunter. Er kämpfte mit dem Stoff, den er loswerden wollte, doch das war mit Lil zwischen seinen Beinen unmöglich. Er sah frustriert und wenig grazil aus. Lil rollte sich zur Seite, bevor Grier den Stoff zerriss, denn sein Liebhaber hatte es sehr eilig.

„Wo ist das Gleitgel?", wollte Grier ungeduldig wissen.

Lil deutete auf den Nachttisch, dabei fragte er sich, wieso Grier so aufgeregt war. Er schien sich etwas beweisen zu müssen. Grier drehte ihn herum und hob seine Hüften, damit Lil auf Händen und Knien war. Lil drehte den Kopf, um Grier anzusehen, der immer noch die Lederjacke trug, die sich bei jeder Bewegung öffnete und einen Blick auf verschwitzte Haut und bunte Tattoos freigab. Er sah unglaublich sexy aus und Lil konnte die Gefühle, die in ihm aufkamen, nicht unterdrücken. Er musste unbedingt Griers Schwanz in seinem Arsch spüren. „Bereit, Liebling."

Grier nahm ihn schnell und schob seinen mit einem Kondom bedeckten Schwanz in Lils wartenden Körper. Er schien mit jeder Bewegung selbstbewusster zu werden. Er spießte Lil aggressiv auf und stöhnte vor Lust, als Lil jedes Mal aufschrie, wenn Griers Schwanz dessen Prostata streifte.

„Gut, Lil?"

„Himmlisch", schnaufte Lil und stützte sich am Kopfende ab.

„Ich will, dass es gut für dich ist, Lil. Ich will dein Hengst sein."

„Oh Gott."

Grier schlang die Arme um Lils Torso und beugte sich vor, um heiße Küsse auf Lils Nacken zu verteilen und ihn mit enthusiastischem Saugen zu markieren, während er ihn mit kraftvollen Stößen nahm. Lil langte nach oben und packte Grier im Nacken. „So gut, Liebling."

In einer fließenden Bewegung drehte Grier sich herum, sodass Lil nun oben war. Grier stöhnte laut, als Lil seinen Schwanz neu positionierte, der bei der Drehung herausgerutscht war, und schrie auf, als er von der süßen Hitze aufgenommen wurde. Lil hatte den Kopf in Ekstase zurückgeworfen, während er sich auf Griers Schwanz auf und ab bewegte. Dabei machte er es sich selbst und Grier beobachtete jede seiner Bewegungen. Er spielte mit Lils Nippeln und zwickte sie, bis sie ganz hart waren. Dann spürte er, wie Lil erschauerte, bevor er seinen Saft auf Griers Brust und Hals spritzte. Das löste auch bei Grier einen Orgasmus aus. Er kam hart, während Lils Körper seinen Schwanz mit pulsierenden Wellen massierte.

Lil brach auf Griers verschwitztem Oberkörper zusammen und lauschte den abgehakten Atemzügen und donnernden Herzschlägen.

„Gut?"

„Mehr als gut", schnurrte Lil zufrieden.

Sie schliefen ein und erwachten gegen vier Uhr morgens. Grier wand sich vorsichtig unter Lil hervor, der immer noch auf ihm lag. Er ging ins Badezimmer und zog eine von Lils Boxershorts an, dann ging er nach oben in die Küche. Dort stellte er überrascht fest, dass Clark an der Anrichte stand und Kaffee trank.

„Tut mir leid", entschuldigte Grier sich auf der Stelle, denn er wusste, dass seine Haare wahrscheinlich fürchterlich aussahen und getrocknetes Sperma auf seiner Brust klebte.

„Keine Sorge, Mann. *Mi casa es su casa*." Clark lächelte.

„Danke. Ich wollte mir gerade etwas zu trinken holen."

„Der Kaffee ist fertig, aber im Kühlschrank ist auch Bier und Wasser, wenn du etwas Kühles möchtest."

„Warum bist du so früh auf?"

„Ich muss am Vormittag nach Boubonnais ins Trainingslager."

„Das sind fast einhundert Kilometer von hier aus", stellte Grier fest.

„Ich weiß und der Verkehr wird fürchterlich, wenn ich mich nicht früh auf den Weg mache. Was ist deine Ausrede?"

Grier schnaubte. „Ich muss nach Hause, um auf Luca aufzupassen. Jillian reißt mir den Arsch auf, wenn ich nicht pünktlich bin."

„In welche Richtung musst du?"

„Westlich."

„Oh, zu dumm. Ich hätte dich mitgenommen."

„Danke, aber ich habe mein Motorrad hier."

„Wo ist es?"

„In deiner Garage."

Clark nickte und schaute Grier weiterhin an, der sich fühlte, als wäre er in einem Verhör. „Lil sagte, dass du für deinen Dad arbeitest."

„Nur, bis ich mich loseisen und tun kann, was ich wirklich will."

„Und was ist das?"

„Innenarchitektur."

„Kein Wunder, dass du dich mit Lil so gut verstehst."

„Eine Sache, die wir gemeinsam haben."

„Lil ist ein toller Kerl", meinte Clark. „Du hättest es schlimmer treffen können."

„Kann ich dir eine Frage stellen?"

„Schieß los."

„Wie hast du den Mut gefunden, dich zu outen?"

Clark schluckte den Rest seines Kaffees herunter und stellte die Tasse in die Spüle. „Irgendwann stellte sich die Frage nicht mehr. Ich wollte eine Karriere, aber Jody wollte ich noch mehr. Manchmal muss man den Sprung wagen und hoffen, dass ein Netz auftaucht, um einen aufzufangen."

„Wusstest du, dass es ein Netz geben würde?"

„Nein. Ich dachte, meine Karriere wäre vorbei."

„Das war mutig."

Clark schaute Grier an, der ihn anstarrte, als wäre er der Dalai Lama. Seine Bewunderung war offensichtlich. „Hör mal, Grier, es war wirklich nicht leicht."

„Ich weiß. Ich habe darüber gelesen."

„Glaub nicht alles, was die Presse schreibt ... An unserer Geschichte ist noch mehr dran, aber kurz gesagt, du musst es genug wollen, um die Folgen zu riskieren."

„Das stimmt wohl", sagte Grier und nickte. „Einen schönen Tag, Clark."

„Dir auch, Kumpel. Wir sehen uns."

Grier nahm zwei Wasserflaschen und ging wieder nach unten. Er überlegte bereits, was er heute alles zu erledigen hatte und wann er sich wieder mit Lil treffen konnte. Ihm wurde immer mehr bewusst, dass diese Beziehung mehr was als eine flüchtige Romanze, auch wenn er wusste, dass sie bald zu Ende gehen würde. Der Gedanke, schon bald Lebewohl sagen zu müssen, war niederschmetternd, aber sie hatten noch vier Tage und er hatte vor, jede Minute davon zu nutzen.

Lil schlief immer noch fest, deshalb stellte Grier das Wasser auf den Nachttisch und nahm eine Dusche. Als er sauber und präsentabel war, saß Lil im Bett und trank aus der Wasserflasche.

„Hey", grüßte Grier ihn. „Ich wollte dich nicht wecken."

„Das hast du nicht, Liebling. Musst du schon gehen?"

„Ich muss um sieben in Elk Grove sein, und wenn ich wieder zu dir ins Bett komme, schaffe ich das nie."

„Ich hätte damit kein Problem", meinte Lil grinsend. „Sehen wir uns später?"

„Ich habe Luca bis sechs Uhr."

„Wie oft ist er bei dir?"

„Jeden zweiten Tag und manchmal am Wochenende."

„Hat sie noch jemanden?"

„Ihre Eltern, aber sie weiß, dass sie sich auf mich verlassen kann, wenn sie mich braucht."

„Sie hat dich in der Hand."

Grier hielt inne. „Fangen wir nicht damit an, okay?"

Lil zuckte mit den Schultern. „Rufst du mich an?"

13

GRIER SCHAFFTE es gerade rechtzeitig nach Hause. Jillian stand bereits mit Luca in der Auffahrt und schaute verärgert auf ihre Uhr.

„Tut mir leid", entschuldigte Grier sich, während er das Motorrad in die Garage lenkte. Er schaltete die mächtige Maschine aus und zog den Helm aus, dann lächelte er Luca an, der zu ihm rannte und ihn begrüßte. „Hey Kumpel, wie geht's?"

„Gut." Luca lächelte breit. „Kann ich fernsehen?"

„Sicher. Bring deine Sachen rein und warte auf mich."

„Ich muss in zwanzig Minuten auf der Arbeit sein", schäumte Jillian.

„Du brauchst zehn Minuten dort hin", stellte Grier fest, während er von seinem Motorrad stieg und sich den Helm unter den Arm klemmte. „Wer holt ihn ab?"

„Entweder Mom oder Ali."

„Was?"

„Du hast mich schon verstanden."

„Seit wann passt Ali auf ihn auf?"

„Spielt das eine Rolle?"

„Er hat keine Ahnung von Kindern."

„Er wird es lernen müssen, wenn er ein Teil meines Lebens werden will."

Grier sah seine Chance, mehr Informationen zu bekommen. „Seit wann seid ihr zusammen?"

„Wieso? Bist du eifersüchtig?"

„Es kommt mir nur so plötzlich vor."

„Ali hatte schon immer etwas für mich übrig."

„Wieso wusste ich nichts davon?"

Jillian zuckte mit den Schultern. „Vielleicht, weil ich ihm nie viel Aufmerksamkeit geschenkt habe und er vor dir nicht dumm dastehen wollte."

„Und plötzlich bist du an ihm interessiert?"

„Er ist ein netter Kerl."

„Genau wie der Postbote, Jillian, aber mit ihm würdest du nicht ausgehen."

„Wieso bist du so zickig?"

„Nenn mich nicht so."

„Wem der Schuh passt …"

„Du benimmst dich wie ein totales Miststück."

„Ich hätte wissen müssen, dass du deshalb einen Aufstand machen würdest. Ali hat mich gewarnt, dass das passieren würde."

„Weiß Ali, dass ich Lucas Vater bin?"

„Natürlich nicht!"

„Er muss es erfahren."

„Das sehe ich nicht so."

„Wir können dieses Geheimnis nicht für immer bewahren, Jillian. Es war ein Fehler von mir, dich so lange damit durchkommen zu lassen. Ich will offiziell als Lucas Vater anerkannt werden."

„Das kannst du vergessen."

„Wieso?" Grier konnte den Ärger in seiner Stimme nicht zurückhalten.

„Ich will nicht, dass Luca erfährt, dass du sein Dad bist."

„Er liebt mich genauso sehr, wie ich ihn liebe."

„Das ist ja alles schön und gut, aber denkst du nicht, dass sich das ändern wird, wenn ich ihm erzähle, dass du lieber mit einem Kerl zusammen bist als mit mir, seiner Mutter? Denkst du, er wird dich dann immer noch lieben?"

„Ja", sagte Grier entschieden, auch wenn er sich eigentlich nicht sicher war. Wie *würde* Luca reagieren, wenn er wüsste, dass sein Vater homosexuell war?

„Ich will nicht, dass er sich wegen seiner Abstammung schämt."

„Das wird er nicht, wenn man es ihm vernünftig erklärt, doch er wird beeinflusst, wenn er mit Ali und seinen strikten Moralvorstellungen konfrontiert wird. Im Moment weiß Luca nicht einmal, was das Wort Schwul bedeutet."

„Ali ist nicht der einzige Mensch auf der Welt, der denkt, dass es falsch ist."

„Bis jetzt hattest du damit nie ein Problem. Wo kommt das auf einmal her?"

„Dich mit diesem Homo zu sehen, hat mir die Augen geöffnet, wie schwul du tatsächlich bist."

„Und genau das ist das Problem, nicht wahr? Du kannst nicht akzeptieren, dass du dich in den falschen Bruder verliebt hast."

„Das ist nicht wahr."

„Na klar ist es das! Dein verdammter Stolz ist schuld, dass du nicht zugeben kannst, dass du dich verrechnet und auf das falsche Pferd gesetzt hast. Ich habe dir nie etwas vorgemacht, Jillian. Ich habe dir sofort erzählt, dass ich schwul bin, als es mir selbst bewusst geworden ist."

„Ich weiß und es tut mir leid, dass es dazu kommt, aber ich will ein besseres Leben für meinen Jungen."

„Schwule Männer sind genauso erfolgreich wie jeder andere auch. Wer sagt, dass ich Luca kein gutes Leben bieten kann?"

„Sieh dich doch nur an, Grier. Du bist fünfundzwanzig, hast einen Job, der nirgendwohin führt, und hast nicht einmal eine eigene Wohnung. Um es kurz zu machen, du bist ein Verlierer."

„Ich bin hier, weil ich in Lucas Nähe sein wollte", spuckte Grier aus und trat dicht an Jillian heran. „Das weißt du verdammt genau."

„Ich will, dass er ein gutes Vorbild hat, jemanden, der erfolgreich ist und zu dem er aufsehen kann. Wie Ali."

„Sag mir bitte, dass du nicht ernsthaft in Erwägung ziehst, ihn zu heiraten."

„Er hat angeboten, Luca zu adoptieren. Dann wäre er zumindest ein Dilorio. Dein Nachname wird auf der berichtigten Geburtsurkunde stehen, auch wenn du nicht als Vater genannt wirst."

„Nein!"

„Komm schon. Das ist doch fast genauso gut."

„Ich kann nicht glauben, was ich da höre. Du solltest auf meiner Seite stehen, Jillian."

„Ich bin auf Lucas Seite."

„Denkst du nicht, dass er das Recht hat, zu wissen, dass sein wirklicher Vater ihn von ganzem Herzen liebt und lieber sterben würde, als mitanzusehen, wie ein anderer Mann Anspruch auf ihn erhebt?"

„Benimm dich nicht wie eine Dramaqueen, Grier."

Er packte sie an den Armen und schüttelte sie heftig. „Ich werde ihn nicht kampflos aufgeben."

„Lass los", kreischte Jillian. „Wenn du mich noch einmal anfasst, rufe ich die Cops."

Grier ließ sie sofort los und trat zurück. Er verengte die Augen und zischte: „Wer bist du?"

„Wer zum Teufel bist *du*!"

„Ich bin Lucas Vater", sagte Grier. „Und es ist an der Zeit, dass die Welt das erfährt."

„Sei vorsichtig, du kleine Schwuchtel. Ich habe mich bereits entschieden, was Ali angeht, und wenn du es ruinierst, wird das Konsequenzen haben."

„Richtig. Deine perfekte Welt wird in sich zusammenfallen."

Jillian stand in ihrer makellos weißen Schwesternuniform neben ihrem Auto, ihr rabenschwarzes Haar fiel ihr auf die Schultern wie ein sanfter Schleier. Sie war der Inbegriff von Professionalität, die liebevolle Versorgerin, die sie immer hatte sein wollen, aber Grier wusste nun, dass unter der Maske des Mitgefühls eine egoistische und berechnende Frau war, die ihr Leben, wie sie es geplant hatte, mit einer Rücksichtslosigkeit in die Tat umsetzte, mit der er bis jetzt nicht gerechnet hätte. Es war so offensichtlich wie ihr makelloses Aussehen ... die wunderschöne Frau, mit der er sein ganzes Leben befreundet war, war nicht mehr seine Freundin. Sie war sein Feind und sie war entschlossen, ihren Willen durchzusetzen, ungeachtet seiner Gefühle.

Bevor sie losfuhr, ließ sie das Fenster herunter, um eine letzte Sache loszuwerden. „Denk nicht einmal daran, zu meinen Eltern oder Ali zu gehen, denn ich habe genug gegen dich in der Hand, damit ein anderes Licht auf deine aufopfernden Babysitter-Dienste fällt. Dann darfst du dich ihm nicht mehr auf eineinhalb Meter nähern."

„Was soll das sein?", fragte Grier perplex.

„Kannst du *Reizwäsche* buchstabieren?" Sie lächelte bösartig und fuhr lachend davon.

Grier war so perplex, dass er nichts darauf erwidern konnte. Heiße Tränen der Hilflosigkeit und der Frustration brannten in seinen Augen und flossen an seinen Wangen hinunter. Er wischte sie schnell weg, denn er wollte Luca nicht in diesem Zustand gegenübertreten. Der Fernseher lief im Wohnzimmer und Luca saß auf dem Boden, wo er die Rice Crispies aß, die Grier für ihn besorgt hatte.

„Was schaust du da, Kumpel?"

„Fanboy und Chum Chum."

„Cool. *Tito* G geht kurz duschen, okay?"

„Okay."

„Luca?"

„Ja?"

„Kannst du mir eine Riesenumarmung geben?"

Luca stand auf und rannte auf Grier zu, der ihn auffing. Das hatten sie im Laufe der Jahre perfektioniert. Grier hielt seinen Sohn fest und atmete den Geruch des Babyshampoos ein, womit sein seidiges schwarzes Haar immer noch gewaschen wurde. Er rieb seine raue Wange vorsichtig an Lucas weicher Haut, um ihn nicht zu verletzen. „Ich hab dich lieb, Luca."

Luca lehnte sich zurück und legte seine kleinen Hände an Griers Wangen. „Ich hab dich auch lieb, *Tito* G." Er schaute in Griers feuchte Augen. „*Bitht* du traurig?"

„Nein, Kumpel … Es geht mir gut. Deine Umarmung war genau das, was ich gebraucht habe."

„Ich bin ein guter Umarmer."

„Das weiß ich." Grier lächelte und setzte Luca ab. „Ich gehe jetzt duschen, okay?"

Luca rannte zurück und setzte sich wieder vor den Fernseher.

Die Dusche besserte Griers Laune nicht, aber er setzte für seinen Sohn eine fröhliche Miene auf. Die nächsten drei Stunden vergingen friedlich. Jedes Mal, wenn er an sein Gespräch mit Jillian dachte, wollte er etwas kaputt machen. Wie hatte es nur so weit kommen können? Wenn seine Mutter noch am Leben wäre, wüsste sie, was zu tun war. Er hatte niemanden, mit dem er reden konnte, abgesehen von Lil, der eigentlich keinen Grund hatte, sich einzumischen. Der arme Mann würde um sein Leben rennen, wenn er von Jillians Drohung wüsste. Wie konnte ein Fetisch, den Jillian angefangen hatte, zu ihrer Geheimwaffe werden? Es war einfach falsch und Grier fühlte sich dadurch schmutzig, verdorben und einfach krank. Er würde nie das Sorgerecht für Luca bekommen, wenn das Gericht herausfand, dass er nicht nur schwul war, sondern auch nicht richtig im Kopf, und bei der Vorstellung, dass Ali sein Kind großzog, drehte sich ihm der Magen um.

Ali war das große Mysterium in diesem Chaos. Wann hatte er angefangen, in Jillian eine potenzielle Lebenspartnerin zu sehen? Er glaubte, seinen Bruder zu kennen. Sie hatten sich nahe gestanden und da sie vom Alter her so dicht beieinander lagen, waren sie praktisch Zwillinge und kannten die Gedanken des anderen, doch damit hatte Grier nicht gerechnet. War Ali all die Zeit in Jillian verliebt gewesen? Es musste ihn sehr geärgert haben, dass sie sich für den schwulen Bruder interessiert hatte, wo sie doch den 'normalen' hätte haben können, den erfolgreichen, den metrosexuellen, der ein Loft in der Innenstadt und eine erfolgreiche Karriere hatte.

Jake und Grier hatten Ali oft wegen seines Drangs, immer die Nummer Eins sein zu wollen, geärgert. In der Schule, bei der Arbeit, sogar was seine Kleidung anging. Er wollte immer der Beste sein. Während Jake sich für Fahrzeugtechnik interessiert hatte und Grier für Innenarchitektur, hatte Ali schon immer geplant, der nächste Stanley Morgan zu werden. Ein Leben, das sich nur um Geld drehte, fand Grier so abstoßend, dass sie sich immer weniger zu sagen hatten, lange bevor Grier sich geoutet hatte. Rückblickend gesehen fragte er sich, ob sein Outing Alis Verlangen nach Jill ausgelöst hatte, denn nun hatte er endlich eine Chance, sie für sich zu gewinnen, da Grier offensichtlich nicht interessiert war. Tatsächlich waren sie sich ziemlich ähnlich, Ali und Jillian – Überflieger und Perfektionisten. Sie gaben ein ideales Paar ab und würden aus Luca einen homophoben, geldgierigen Yuppie machen, der nur auf Äußerlichkeiten bedacht war!

Sein Telefon klingelte. Er schaute auf das Display und seufzte. „Lil?"

Sie verabredeten sich gegen sieben Uhr abends beim Taste. Heute Abend würde John Mayer im Shell auftreten und Lil wollte das kostenlose Konzert gern sehen. Danach wollten sie gemeinsam zu Abend essen.

„Hattest du einen guten Tag?", fragte Lil, bevor sie sich verabschiedeten.

„Ja."

„Das klingt nicht sonderlich überzeugend."

„Es geht mir gut, Lil. Wir sehen uns nachher."

„Okay, Liebling. Ich kann es kaum erwarten."

14

LIL SCHIELTE erneut zu Grier, während er sich Spaghetti Carbonara auf den Teller lud. Sie hatten beschlossen, sich ein Gericht zu teilen, aber Grier hatte seine Portion kaum angerührt und stattdessen mit den Brotstangen gespielt. Er brach sie in zwei Hälften, dann in Viertel, dabei hinterließ er einen Berg voll Krümel auf der weißen Leinentischdecke.

„Willst du darüber reden, bevor uns die Krümel-Polizei rauswirft?"

„Wie bitte?" Grier blinzelte Lil mit großen Augen an.

„Süßer, du bist zwar körperlich anwesend, aber nicht geistig."

Grier zuckte mit den Schultern. Lil konnte sehen, dass er schlechte Laune hatte, aber da er den Mann so wenig kannte, wusste er nicht, wie er sich verhalten sollte. War es besser, Grier allein über seine düsteren Gedanken brüten zu lassen oder sollte er ihn drängen, darüber zu reden? Er wollte sich nicht aufdrängen, andererseits sollte Grier wissen, dass er ein guter Zuhörer war.

„Ich weiß, dass du mir erzählen wirst, was dich bedrückt, wenn du bereit bist, Grier, aber es ist nicht nötig, alles in dich hineinzufressen."

„Wo wir gerade beim Thema sind … Ich hätte gern noch ein Bier." Grier winkte den Kellner heran und lächelte endlich, als ihm eine weitere eiskalte Flasche Budweiser gebracht wurde. Zwei leere Flaschen nahm der Kellner mit. „Cheers", sagte er, prostete Lil zu und leerte die Flasche mit wenigen Schlucken zur Hälfte.

„Na ja, das ist eine Möglichkeit, mit Problemen umzugehen. Kurzzeitige Bewusstlosigkeit hilft immer."

„Ich muss morgen nicht arbeiten, deshalb darf ich mich ja wohl betrinken, wenn mir danach ist."

„Bedeutet das, dass ich dich die ganze Nacht für mich allein haben werde?"

„Wieso solltest du die Nacht mit mir verbringen wollen? Ich bin im Moment eine lausige Gesellschaft."

„Du bist schon in Ordnung, auch wenn du lausig drauf bist."

Grier schnaubte. „So verzweifelt kannst du nicht sein."

„Hey." Lil langte über den Tisch und legte die Hand auf Griers. „Wie kommst du denn darauf?"

Grier zog seine Hand zurück und fuhr sich durch das stachelige Haar. „Ich bin nicht bereit, darüber zu reden."

„Gehst du mit mir tanzen?"

„Was?"

„Bitte. Letztes Mal sind wir nicht dazu gekommen. Vielleicht bessert die Musik deine Laune."

„Das bezweifle ich, aber wir können es ja versuchen."

Sie beendeten in Stille ihre Mahlzeit und als die Rechnung gebracht wurde, schnappte Grier sie sich. Er funkelte Lil an, ignorierte dessen Kreditkarte und legte stattdessen eine Einhundert-Dollar-Note in die Ledermappe. „Ich bin kein Sozialfall", sagte er wütend.

„Das hat auch niemand gesagt", entgegnete Lil. „Ich bin derjenige, der dich hierhin und dorthin schleppt, als wäre es nur fair, wenn ich bezahle."

„Ich habe gestern ein anständiges Trinkgeld bekommen, deshalb bezahle ich jetzt."

„Was auch immer du willst", murmelte Lil.

DIE TAXIFAHRT war unangenehm, denn Grier saß vorn beim Fahrer und Lil allein auf dem Rücksitz. Er hatte keine Ahnung, was in Griers Kopf vor sich ging, aber dieser Abend entwickelte sich nicht so, wie er geplant hatte. Am schlimmsten war, dass er die Mauer des Schweigens nicht durchbrechen konnte. Das war frustrierend für Lil, der für gewöhnlich jedem die Wahrheit entlocken konnte. Im Grunde war Grier ein Fremder, trotz seiner Gefühle für ihn. Er wusste nichts über Griers Leben, abgesehen von dem, was er in den letzten Tagen erfahren hatte, und das war nicht viel. Er wusste allerdings, dass Grier heute Abend auf Krawall gebürstet war und dass er, Lil, derjenige war, an dem er seine schlechte Laune auslassen würde.

Schließlich waren sie wieder bei Rick's und Grier ging als erstes zur Bar und holte sich ein weiteres Bier, zusammen mit dem Salty Dog, um den Lil ihn gebeten hatte. Lil vermutete, dass er den Wodka brauchen würde, um den Schmerz, den Griers seltsames Benehmen hervorrief, zu betäuben. Oder vielleicht war es gar nicht seltsam, sondern einfach Griers Art. Der liebevolle und zärtliche Mann, mit dem er die letzten Tage verbracht hatte, konnte nur eine Maske sein für eine intensive Person, die ihre Feindseligkeit trug wie einen Mantel. Er sah sogar bedrohlich aus heute Abend, ganz in schwarzem Leder und ohne einen Farbtupfer. Doch trotz der Wut, die ihm aus jeder Pore drang, war er unglaublich attraktiv und Lil konnte den Blick nicht von ihm abwenden.

Er nahm Grier das Bier ab und stellte es auf die Theke neben sein eigenes Getränk. „Tanz mit mir, Liebling."

Dunkle Augen blitzten protestierend auf, doch Grier gab nach, als Lil die Arme um seine Taille schlang und ihn auf die Tanzfläche führte. Die Musik war eine Mischung aus aktuellen Pop Hits und eingängig genug, dass Lil sich in dem Rhythmus verlieren konnte, auch wenn er die Lieder nicht kannte. Es war mehrere Jahre her, seit er in einem Club gewesen war, eine Tatsache, die er Grier verschwiegen hatte, als dieser gefragt hatte, ob er gern tanzte. Die Wahrheit war, dass er die bedeutungslosen Begegnungen leid war, die in diesen Etablissements zustande kamen. Die Männer, die dort verkehrten, waren nicht an einer langfristigen Beziehung interessiert und Lil war zu ungeduldig, um mit den Neulingen zurechtzukommen. Er hatte nach etwas Festem gesucht und war unerwartet in die Beziehung mit Grier gestolpert. Auch wenn es zu früh war, von einer Beziehung zu sprechen. Körperlich passten sie gut zusammen und Grier schien daran interessiert zu sein, die Sache fortzuführen, aber das war gestern gewesen. Heute war Lil sich nicht mehr sicher, dass sie das Gleiche wollten. Und selbst wenn doch, war die Chance, dass Grier nach San Francisco zog, ziemlich klein. Er hing an Luca, was keine Überraschung war, auch wenn Lil sich wünschte, dass er sich durchsetzen und für seine elterlichen Rechte kämpfen würde. Diese Ungerechtigkeit machte ihn wütend, doch er musste seine Zunge im Zaum halten, denn seine Meinung schien nicht willkommen zu sein und brachte eine dunkle Seite von Grier zum Vorschein, mit der er sich nicht anlegen wollte. Lil gestand es sich nur ungern ein, doch es war an der Zeit zu erkennen, dass es zwischen ihnen nur eine Urlaubsromanze war, die in ein paar Tagen zu Ende gehen würde. Wenn er am Montag das Flugzeug bestieg, würde er diesem sexy Mann, der im Moment in seiner eigenen Welt gefangen war, Lebewohl sagen müssen.

Die Stroboskoplichter tanzten auf dem Körper des sexy Brünetten, der den Kopf in den Nacken gelegt und die Augen geschlossen hatte. Lil konnte nicht aufhören, ihn anzuschauen, dabei entging ihm nicht, dass viele Männer auf der Tanzfläche versuchten, Griers Aufmerksamkeit zu erlangen. Sie stießen ihn 'aus Versehen' an und rieben ihre Hüften an Griers Arsch. Sie berührten seine nackten Arme und versuchten, die dunkle Weste, die er trug, zu öffnen. Dabei ignorierten sie Lil vollkommen. Es war eine Weile her, seit Lil mit jemandem zusammen gewesen war, der so attraktiv war, und die Eifersucht, die sein Blut zum Kochen brachte, überraschte ihn. Er trat näher an Grier heran und legte die Arme um seinen Hals, um die anderen Männer daran zu hindern, sich Grier zu sehr zu nähern. „Grier." Lils Stimme durchdrang den hypnotischen Zustand und Grier öffnete die Augen und lächelte.

„Hey."

„Küss mich", verlangte Lil, der seinen Anspruch verdeutlichen wollte.

Grier presste ihm einen Kuss auf die Lippen, der im Einklang mit dem pulsierenden Bass der Musik heiß und hungrig wurde. Er spürte Griers Erregung und es freute ihn, dass er diesen begehrenswerten Mann trotz ihres Altersunterschieds so weit bringen konnte. Grier streichelte Lils Hintern und zog ihn an sich, dabei rieb er seinen im Leder gefangenen Schwanz an Lils Erektion, die unter seiner dünnen Hose leicht auszumachen war.

„Ich will dich." Griers heißer Atem brannte an seinem Ohr und brachte in seinem Magen Schmetterlinge zum Tanzen.

„Ich weiß."

Grier leitete sie von der Tanzfläche in den Flur, der zu den Toiletten führte. Er schlang die Arme um Lil, während er sich an die Wand lehnte, ihn weiterhin küsste und sich an ihm rieb.

„Nehmt euch ein Zimmer", rief jemand, der auf dem Weg zu den Toiletten an den beiden vorbeiging.

Grier wandte den Blick. „Verpiss dich", bellte er, dann packte er Lils Hand und zog ihn in die Toilette. Er verschloss die Tür aus Pressspan und stieß Lil dagegen, dabei bedachte er ihn mit hitzigen Küssen, die beinahe die Farbe an den Wänden zum Schmelzen brachten.

Jemand hämmerte an die Tür und brüllte, dass sie sie öffnen sollten, doch Grier ignorierte die Stimme, stattdessen sank er auf die Knie. Er öffnete Lils Reißverschluss und befreite seinen Schwanz, der vor Lusttropfen glitzerte. „Ich will es", stöhnte Grier und nahm Lils Schwanz ganz in den Mund. Lil schloss die Augen und spürte, wie Grier hart an ihm saugte. Innerhalb von Minuten kam er in heißen Strömen und wurde von diesem talentierten Mund in himmlische Gefilde transportiert, der auch nicht nachließ, als er langsam schlaff wurde. Grier leckte an der empfindlichen Haut und knabberte daran und stand erst auf, als die Stimmen vor der Tür nicht mehr zu ignorieren waren und die Beleidigungen eskalierten.

„Du *beschissener Verlierer*! Öffne die Tür."

Danach erinnerte Lil sich nicht mehr an viel. Er spürte, wie Grier seinen Schwanz losließ und seinen Reißverschluss hochriss, doch danach war alles verschwommen. Er hörte, wie Holz zersplitterte und spürte einen Luftzug, als Grier mit der Faust ein Loch in die geschlossene Tür schlug. Dann packte er den Schreihals auf der anderen Seite der Tür am Hals und versuchte erfolglos, ihn durch die kleine Öffnung zu zerren. Schließlich riss Grier den Kerl mehrmals an die Holztür und schrie dabei aus voller Kehle: *Ich bin kein Verlierer*." Griers Wut hatte ihn in einen furchterregenden Fremden verwandelt und Lil musste ihn gewaltsam von dem armen Kerl lösen, der ebenso laut schrie.

„Lass ihn los, Liebling. Die Sache ist es nicht wert, dafür solchen Ärger zu bekommen."

„Ich bin kein beschissener Verlierer", brüllte Grier, der sich sichtlich nicht mehr unter Kontrolle hatte.

„Das hat auch niemand gesagt."

„Dieser verdammte Bastard hat mich gerade so genannt", sagte Grier mit Nachdruck. Sein Gesicht war gerötet und die Knöchel seiner rechten Hand bluteten. Doch der verwirrte Ausdruck in seinen Augen war das Schlimmste, wodurch Lil der Drang überkam, ihn zu beschützen und den Schaden zu reparieren.

„Ist schon okay, Grier. Alle haben ein wenig zu viel getrunken und ihr Beide habt überreagiert."

„Ich werde dich verklagen, du Hurensohn", spuckte der verletzte Mann aus und hielt sich den Kopf, als würde er sonst herunterfallen. Von außen waren keine Verletzungen zu erkennen, also war es vermutlich sein Ego, das am schlimmsten angeschlagen war. Lil war sich sicher, dass man die Drohungen mit ein paar taktvollen Worten und einer finanziellen Zuwendung beschwichtigen konnte.

„Komm schon, Liebling. Gehen wir ins Büro des Managers, weg von neugierigen Blicken."

Als alle sich beruhigt hatten, der Manager Lils Kreditkarte akzeptiert hatte, um den Schaden zu begleichen, und alle schriftlich bestätigt hatten, dass sie nicht klagen würden, war es fast vier Uhr morgens. Grier hatte seit seinem Ausbruch in der Toilette kein Wort gesagt und Lil die Verhandlungen überlassen.

Sie fuhren mit einem Taxi nach Bucktown, wo Grier Lil widerstandslos die Betonstufen hinauf folgte und wartete, während dieser den Alarm ausschaltete. Nun stand er wie ein Kind in der Mitte des Schlafzimmers und ließ sich von Lil ohne Widerworte ausziehen. „Möchtest du etwas zu trinken?", fragte Lil, bevor er die Bettdecke zurückschlug und Grier zum Bett zog.

„Wasser bitte."

Griers Stimme war vollkommen ausdruckslos, genau wie sein Gesicht. Lil hatte diesen Ausdruck schon einmal gesehen, nachdem Jody angegriffen worden war. Es hatte mehrere Tage und verschiedene Beruhigungsmittel erfordert, um seinen besten Freund aus seiner Schockstarre zu reißen, und bei Grier würde es vermutlich genauso sein. „Ich hole dir Wasser, okay? Es dauert nur einen Moment."

„Okay."

Lil bestieg den Aufzug und drückte die Drei in dem Wissen, dass er Jody und Clark einen Schrecken einjagen würde. Zum Glück setzte Jodys Ausbildung als Notfallmediziner sofort ein.

„Was ist los?", fragte er, als Lil das dunkle Schlafzimmer betrat.

„Hast du Schmerzmittel hier?"

„Wieso?"

„Grier ist in einen Kampf geraten und braucht welche."

„Was für ein Kampf?", warf Clark ein. „Bist du verletzt?"

„Es geht mir gut, Süßer, aber er ist vollkommen fertig."

„Hat er getrunken?

„Das ist schon Stunden her."

„Ich gebe dir eine Vicodin, die gegen die Schmerzen helfen sollte. Da er noch Alkohol im Blut hat, möchte ich ihm ungern etwas anderes geben. Komm zu uns in die Küche, wenn er schläft, und erzähl uns, was zum Teufel passiert ist." Jody klang sehr besorgt, aber er reichte Lil die Pille, um die er gebeten hatte.

„Okay."

Grier saß immer noch in seiner Unterwäsche auf dem Bett, als Lil das Zimmer betrat.

„Hier, Liebling. Nimm die mit etwas Wasser."

„Was ist das?"

„Eine Glückspille."

Grier schnaubte angewidert, aber er schluckte sie trotzdem. „Es tut mir leid, was passiert ist. Ich verschwinde, sobald es draußen hell ist."

„Denk nicht einmal daran. Schließ die Augen und ruh dich aus."

Grier legte sich auf das Bett und bedeckte die Augen mit dem Unterarm. Lil verließ das Zimmer, als er ihn schnarchen hörte.

15

DER ESPRESSO war bereits fertig, als Lil gegenüber von Jody und Clark am Küchentisch Platz nahm. Er nahm die Tasse, die Jody ihm reichte, und trank einen Schluck.

„Was ist passiert?", fragte Clark finster. Die Zeit hatte seiner Schönheit nichts anhaben können, stattdessen hatten Reife und Selbstvertrauen seinem Äußeren ein weiteres Element hinzugefügt und er war atemberaubend, auch wenn er gerade erst aufgestanden war. Seine juwelenfarbenen Augen schauten Lil eindringlich an und forderten eine Antwort.

„Grier hat die Fassung verloren, nachdem ihn jemand als Verlierer bezeichnet hat."

„Ich habe dir doch gesagt, dass du vorsichtig sein sollst." Clark stand auf. „Du weißt nichts über diesen Kerl!"

„Clark, bleib ruhig", meinte Jody und zog ihn wieder neben sich. „Lass ihn erzählen."

Lil fasste die Ereignisse zusammen, angefangen mit dem Abendessen und Griers schlechter Laune. Als er erzählte, was in der Toilette passiert war, während Grier vollkommen die Kontrolle verloren hatte, war er nicht überrascht, dass Clark und Jody einen Moment sprachlos waren.

„Geht es dem anderen Kerl gut?", wollte Clark wissen.

„Sein Hals sah aus, als wäre er dem Strang entkommen, und die Schläge wird er noch ein paar Tage spüren, aber ja, es geht ihm gut."

„Großer Gott", rief Jody aus.

„Es war ziemlich schockierend."

„Es scheint, als hätte Grier Probleme, seine Wut zu kontrollieren", sagte Clark. „Du beendest die Sache mit ihm besser."

„Einen Moment mal", fuhr Jody auf. „Du sagst so etwas, ohne seine Seite zu kennen. Ich erinnere mich da an einen Footballspieler, der Gipskartonwände durchschlagen hat, bevor ich ihn in meine liebevollen Hände bekommen habe."

„Das war etwas anderes", verteidigte Clark sich.

„Wieso?", konterte Lil. „Weil es um dich geht? Du hast keine Ahnung, unter welchem Druck Grier steht. Nach allem, was ich weiß, hat diese Schlampe, die sein Kind zur Welt gebracht hat, ihn vollkommen in der Hand. Vielleicht hatten sie einen Streit, vielleicht hat sein Vater ihm Ärger gemacht oder sein Arschloch von einem Bruder hat ihn so weit getrieben. Seid nicht so voreilig."

„Wieso sollten wir, wenn du offensichtlich alles entschuldigst, was er tut? Jemand muss auf dich aufpassen, Lil. Was, wenn er auf Steroiden ist?", schlug Clark vor. „Den Körper dazu hat er, warum also nicht auch das Temperament?"

„Grier ist einer der freundlichsten, sanftesten Männer, die ich je kennengelernt habe. Du solltest ihn einmal mit seinem Sohn sehen."

„Lil", sagte Jody beruhigend. „Wir versuchen nur, es von einem anderen Standpunkt zu sehen. Du bist in einen Mann verliebt, den du wie lange kennst? Vier Tage?"

„Was hat das schon zu bedeuten? Ich weiß einfach, dass er ein guter Mensch ist."

„Ich denke, im Moment ist es eher dein Schwanz, der das Denken übernimmt, Kumpel."

„Clark!", riefen Lil und Jody gleichzeitig.

„Ich meine ja nur. Du gibst ihm eine Menge Spielraum."

„Es ist meine Entscheidung und mein Leben", stellte Lil fest. „Ich wäre für etwas mehr Unterstützung und weniger Negativität dankbar."

„Wow … Du stehst wirklich auf ihn", meinte Clark ungläubig.

„Das hatten wir doch schon festgestellt."

„Ich werde mich mit meinem Urteil zurückhalten, aber ich will, dass du ehrlich bist und mir erzählst, wenn es einen weiteren Vorfall wie diesen gibt. Versprich es mir, Lil." Jodys Blick hielt ihn fest und Lil nickte schnell.

„Ich bin mir sicher, dass es eine einmalige Sache war", versicherte Lil. „Es lag am Alkohol und dem, was Grier schon beim Abendessen bedrückt hat, was auch immer es war." Er stand auf und stellte die leere Tasse in die Spüle. „Weckt mich, bevor ihr geht, okay?"

„Du hast Urlaub, Lil. Warum lässt du es nicht ruhiger angehen?", fragte Clark.

„Ich weiß nicht, ob Grier heute irgendwohin muss. Ich möchte, dass er noch für ein paar Stunden schläft, aber ich werde ihn vor Mittag wecken."

„Lil?"

„Was, Clark?", seufzte Lil, denn er rechnete mit einem weiteren unwillkommenen Ratschlag.

„Ich mag Grier wirklich."

„Überraschung."

„Er scheint ein netter Kerl zu sein, aber ich habe gelernt, Dinge infrage zu stellen und Menschen nicht mehr so blind zu vertrauen wie früher. Das hat eine Weile gedauert, aber ich hoffe, du weißt, dass du mir etwas bedeutest. Ich will, dass du in Sicherheit bist."

„Danke, dass du das gesagt hast. Es ist schön, zu wissen, dass du auf mich aufpassen willst, aber ich vertraue meinem Instinkt, Clark. Ich glaube nicht, dass Grier ein schlechter Mensch ist."

„Gute Menschen werden genauso frustriert, Lil. Das eine hat mit dem anderen nichts zu tun. Ich hatte auch meine qualvollen Momente, bevor Jody mich gerettet hat, und ich halte mich auch nicht für einen schlechten Menschen."

„Ich verstehe, was du meinst. Lass mich erst versuchen, herauszufinden, was der Auslöser war, bevor wir ein vorschnelles Urteil fällen, okay?"

LIL GING nach unten und kroch ins Bett. Er war erschöpft und musste seine Batterien aufladen, sonst wäre er den Rest des Tages zu nichts zu gebrauchen. Trotz der Bedenken der anderen hatte er keine Vorbehalte, neben jemandem zu schlafen, der einen anderen Mann beinahe erwürgt hätte. Im Schlaf sah Grier aus wie ein Engel und Lil rutschte zu ihm, schob vorsichtig einen Arm unter ihn und zog ihn an sich. Er fiel in einen tiefen Schlaf und wachte erst auf, als das Bett sich bewegte. Grier war angezogen und sah aus, als wäre er bereit zur Flucht.

„Hey", sagte Lil schläfrig. „Willst du schon gehen?"

„Ich muss los." Griers Tonfall war abweisend und entschlossen.

„Setz dich einen Moment zu mir, Liebling."

Grier setzte sich auf die Bettkante und starrte auf einen Punkt oberhalb von Lils Kopf. Er konnte ihm nicht in die Augen schauen, deshalb nahm Lil vorsichtig seine Hand. „Bitte sieh mich an."

„Du musst denken, dass ich ein Irrer bin."

„Das denke ich nicht."

„Ich schäme mich so sehr."

„Nicht doch, Liebling."

„Würdest du mir glauben, wenn ich dir sagte, dass ich so etwas noch nie getan habe?"

„Selbstverständlich glaube ich dir."

„Ich habe mich noch nie so aufgeführt. Du kannst jeden fragen, der mich kennt. Ich schlage mich nicht mal, wenn ich wütend oder frustriert bin. Ich lasse mich tätowieren oder mache eine lange Fahrt mit dem Motorrad."

„Deine Tattoos sind also ein Symbol deines Schmerzes?"

„Ja und nein ... Zu Anfang war es so. Es war der einzige Teil meines Lebens, den ich kontrollieren konnte. Niemand konnte meinen Körper überwachen oder mir sagen, was ich damit anfangen soll. Aber jetzt halte ich sie für Körperkunst. Ich benutze sie nicht mehr, um meiner Hilflosigkeit Ausdruck zu verleihen."

„Was tust du dann, wenn du dich vom Leben überwältigt fühlst?"

„Ich mache mit meinem Motorrad eine Fahrt. Wenn ich zurückkomme, ist mein Kopf für gewöhnlich wieder klar. Die Typen, mit denen ich zusammen fahre, lassen nicht zu, dass ich mich zu lange im Selbstmitleid suhle."

„Das scheinen tolle Freunde zu sein."

„Das sind sie. Lil, ich möchte dir zurückzahlen, was du letzte Nacht bezahlt hast."

„Das klären wir schon noch."

„Was war alles beschädigt?"

„Grier, das ist nicht wichtig."

„Bitte sag es mir."

„Ich habe dem Manager des Clubs meine Kreditkarte gegeben. Er wird mich in den nächsten Tagen anrufen und mir eine endgültige Summe nennen."

„Du hast ihm praktisch einen Blankoscheck gegeben?"

„So ziemlich."

„Großer Gott, Lil."

„Hey, wie viel kann eine Toilettentür schon kosten?"

„Was ist mit dem Kerl, den ich geschlagen habe?"

„Zum Glück für dich ist er einer der schlimmsten Störenfriede des Clubs. Es war nicht das erste Mal, dass er sich so benommen hat, und er war froh, die Cops außen vor zu lassen. Ich habe angeboten, durch den Club seine Arztrechnungen zu begleichen. Mit ihm persönlich werde ich nicht in Kontakt treten."

„Er war ein Arschloch."

„Ihr wart beide betrunken, da hat eins zum anderen geführt."

Grier schüttelte entschlossen den Kopf. „Ich kann immer noch nicht glauben, dass ich mit der Faust ein Loch in die Tür geschlagen habe, als wäre ich eine Figur aus *Iron Man*. Was habe ich mir bloß gedacht?"

„Du hast überhaupt nicht gedacht."

„Oh Gott, ich hätte ihn schwer verletzen können."

„Süßer, es ist vorbei … Hör auf, darüber nachzugrübeln."

„Ich kann nicht aufhören! Das wird mich noch eine Weile verfolgen."

„Es wird besser werden."

„Ich muss gehen."

„Sehen wir uns später?"

„Ich bin von vier Uhr bis zum Ende beim Taste."

„Können wir uns dort treffen?"

„Willst du nach letzter Nacht wirklich noch Zeit mit mir verbringen?"

Lil setzte sich auf und nahm Grier in die Arme. Er war stocksteif, aber Lil hielt ihn dennoch fest. „Stoß mich nicht weg, Liebling. Ich bin auf deiner Seite."

Grier sagte nichts, doch er entspannte sich und lehnte sich an Lil. Eine Weile saßen sie einfach so da und lauschten der Atmung des anderen. „Danke, dass du an mich glaubst."

„Grier, ich vertraue dir."

„Du hast ja keine Ahnung, was es mir bedeutet, dass mich jemand nicht andauernd verurteilt."

„Du bist ein guter Mann und ein sehr guter Vater."

Grier lehnte sich zurück und Lil konnte die Verletzlichkeit in seinen dunklen Augen sehen, die vor Tränen schwammen. Er küsste ihn tief in der Hoffnung, ihm etwas Trost zu spenden, doch er unterbrach den Kuss, bevor Grier vollkommen zusammenbrach. Das Letzte, was sein Liebhaber brauchte, war, sich noch verletzlicher zu fühlen. „Geh und mach dein Ding, Liebling. Wir sehen uns heute Abend."

Grier lehnte seine Stirn an Lils, während er zittrig Luft holte. „Danke."

„Gern geschehen."

16

DIE FAHRT zurück nach Elk Grove dauerte um diese Tageszeit nicht lange und Grier nutzte die leere Straße, um die kraftvolle Maschine seiner V-Rod auf der I-90 auszunutzen. Der Wind in seinem Gesicht und die vertrauten Geräusche seiner Harley wirkten Wunder. Er konnte spüren, wie er sich entspannte und die Wut, die ihn seit gestern Abend in ihren Klauen hatte, ihren Griff lockerte. Er war froh, dass er gestern mit seinem Motorrad zum Taste gefahren war, statt mit den Garcias. Diese Transportmethode und der Trost, den sie ihm spendete, waren ihm lieber.

Er war in weniger als dreißig Minuten zu Hause und fand dort überraschend seinen Vater vor, der am Küchentisch saß, Kaffee trank und die Zeitung las. Für gewöhnlich war er ab sechs Uhr unterwegs, aber es war schon fast sieben.

„Hey Dad."

Santino legte die Zeitung ab und lächelte. „Guten Morgen. Wo warst du?"

„Ich habe die Nacht in Bucktown verbracht."

„Ach ja? Bei wem?"

„Bei Clark Stevens und seinem Partner Jody."

„Ich wusste nicht, dass ihr euch kennt."

„Wir haben uns beim Taste kennengelernt. Ein Freund von außerhalb ist bei ihnen zu Besuch und wir haben uns sofort gut verstanden."

„Ist das der Typ, mit dem du dich triffst?"

„Ja."

„Setz dich, Sohn. Lass uns reden."

Scheiße. Das letzte, was er nach der vergangenen Nacht brauchte, war ein Gespräch mit seinem Vater. „Ich nehme mir einen Kaffee", sagte Grier, um Zeit zu schinden. Er legte seinen Helm, die Schlüssel und seinen Geldbeutel auf die Anrichte neben der Tür und nahm eine Kaffeetasse von dem Ständer aus Edelstahl neben der Kaffeemaschine. Er gab etwas Milch in die dunkle Flüssigkeit und setzte sich seinem Vater gegenüber.

„Was ist mit deinen Händen? Hast du dich geschlagen?"

Grier schaute seine Hände schuldbewusst an. Seine Knöchel waren geschwollen und sahen aus wie Hackfleisch. „Das ist nichts", murmelte er.

„Das sieht nicht aus wie nichts", meinte Santino und runzelte die Stirn. Er stand auf und ging hinaus, dann kehrte er mit einer Flasche Wasserstoffperoxid, einer Tube mit antibiotischer Salbe und Wattebällchen zurück.

„Es ist bereits gereinigt, Dad. Das ist nicht nötig."

„Ich will sichergehen, dass es sich nicht entzündet."

Grier nickte. Er war gerührt von der Sorge seines Vaters und ließ seine Hand von ihm verarzten. „Na also", sagte Santino und tupfte Creme auf die Kratzer. „Ich denke, du wirst es überleben."

„Danke Dad. Wie kommt es, dass du noch zu Hause bist?"

„Der Umzug wurde abgesagt, deshalb habe ich einen Tag frei."

„Wow, ein freier Samstag. Hast du schon etwas vor?"

„Eigentlich nicht. Enteng und ich haben darüber gesprochen, zu golfen, aber das hängt davon ab, wer auf den Jungen aufpasst."

„Wo sind Jill und *Tita* Nita?"

„Arbeiten beide."

„Ich kann auf Luca aufpassen."

„Diese Familie hat wirklich großes Glück, dich zu haben. Ich habe noch nie eine solche Hingabe erlebt."

„Ich liebe den Jungen, Dad. Es macht mir wirklich keine Mühe."

„Na ja, bald ist jemand anders für ihn verantwortlich."

„Was meinst du damit?"

„Ali ist mit Jillian zusammen."

„Das habe ich gehört", brummte Grier. „Wann hat das angefangen?"

„Wer weiß? Ich habe keine Ahnung von Alis Liebesleben, aber wenn es mit ihm und Jillian klappt, hätte ich nichts dagegen. Es wäre eine Erleichterung zu wissen, dass sie und Luca in guten Händen sind. Sie hatte es seit der Geburt den Jungen nicht leicht."

„Wovon redest du da?", entgegnete Grier ein wenig zu laut. „Wir haben sie von vorn bis hinten bedient und sie hat kaum einen Finger gerührt, um sich um Luca zu kümmern. Ich glaube, ich habe mehr Windeln gewechselt als sie."

„Warum bist du so wütend?"

Grier blickte zur Decke, um Santinos prüfendem Blick zu entgehen. „Ich weiß es nicht."

„Du bist doch nicht eifersüchtig, weil dein Bruder mit Jillian zusammen ist, oder?"

„Ich finde nur, es ist so unerwartet."

„Liebe *ist* unerwartet, Grier, auch wenn ich immer gedacht habe, dass du mit Jillian zusammenkommst. Ihr wart so lange wie *Mork und Mindy*."

„Wer?"

„War das vor deiner Zeit?", grübelte Santino. „Du kennst doch Robin Williams, oder?"

„Den Komiker?"

„Genau ... Er hatte Ende der Siebziger bis in die frühen Achtziger eine Sitcom."

„Dad." Grier lächelte nachsichtig. „Ich wurde 1985 geboren."

Santino kicherte. „Das stimmt. Jedenfalls war es eine tolle Show und deine Mutter hat sie geliebt."

„Und was willst du mir damit sagen?"

„Du und Jillian waren wie diese beiden Figuren. Immer haben sie wegen irgendetwas gestritten, aber sie waren eine Einheit. Ich dachte ehrlich, dass du sie heiratest."

„Ich bin schwul, Dad."

Santino stand abrupt auf und füllte seine Kaffeetasse. „Reden wir über diese ganze Schwulensache."

„Gern."

Santino setzte sich wieder hin und legte die Hände um die Tasse, anscheinend, um sich zu sammeln. „Es fällt mir schwer, zu verstehen, wie du dich zu Männern hingezogen fühlen kannst, wo du doch maskuliner bist als die Hälfte der Männer, die ich kenne, dein eigener Bruder eingeschlossen. Sieh dich nur an", sagte Santino. „Du hast dich offensichtlich geschlagen, du liebst es, auf deinem mörderischen Motorrad umherzurasen, du stemmst Gewichte und liebst Sport. Ich kann einfach nicht verstehen, dass du lieber mit einem Mann zusammen sein willst als mit einer Frau."

„Nicht alle schwulen Männer sind feminin, Dad. Das ist ein Klischee."

„Ach ja? Ich weiß nichts über Homos, deshalb musst du es mir erklären."

„Du könntest damit anfangen, keine Schimpfwörter für uns zu benutzen."

„Tut mir leid. Ich werde versuchen, vorsichtiger zu sein."

„Danke Dad."

„Kannst du deine Gefühle nicht kontrollieren?", wollte Santino wissen. „Die Gedanken an andere Männer vergessen und mit Frauen zusammen sein? Du könntest eine Familie haben, Grier. Jillian würde dich bestimmt heiraten, wenn du sie fragst. Dann könntest du Lucas Daddy sein."

„Das sagt nichts Gutes über ihre Gefühle für Ali aus, nicht wahr?"

„Oh Scheiße." Santino stockte. „Ich weiß gar nichts mehr. Ich wünschte, deine Mutter wäre hier. Sie wüsste, was zu tun ist."

„Sie würde sagen, dass ich mir selbst treu sein muss. Ich kann mich nicht zwingen, Frauen zu mögen, um dich zufriedenzustellen."

Du hast es ja noch nie versucht", fauchte Santino. „Hast du überhaupt schon einmal mit einer Frau geschlafen?"

Grier hob überrascht von der Direktheit seines Vaters die Augenbrauen. „Tatsächlich habe ich das."

„Und trotzdem bist du lieber mit Männern zusammen als mit Frauen? Allein der Gedanke daran macht mich krank."

„Es tut mir leid, Dad. Ich wünschte, ich könnte sein, was du von einem Sohn erwartest, und ich weiß, dass ich eine große Enttäuschung für dich bin, aber ich kann nicht länger verleugnen, wer ich bin. Das wäre, als würdest du von mir verlangen, mit der linken Hand zu schreiben."

„Das ist ein dummes Beispiel."

„Nicht dümmer, als von mir zu verlangen, Frauen zu mögen."

„Wie kannst du mit einem anderen Mann intim sein? Das passt doch gar nicht zusammen."

„Vergiss den Sex, Dad! Es geht nicht immer nur darum."

„Wenn es nicht der Sex ist, wieso bevorzugst du dann Männer gegenüber Frauen? Ich will es wirklich verstehen, Grier."

„Es geht darum, den Menschen zu finden, der dich vollständig macht, bei dem du dich sicher und geliebt fühlst. Wie du für Mom empfunden hast."

Santino starrte ihn an. „Könntest du das nicht bei einer Frau finden?"

Grier schüttelte den Kopf. „Ich wünschte, ich könnte, um deinetwillen. Das Leben wäre so viel einfacher, aber eine Beziehung zu erzwingen, weil es einfacher wäre, wäre allen gegenüber unfair. Ich würde eine Lüge leben, was letztendlich zu viel Leid führen würde."

„Du wirkst im Moment auch nicht besonders glücklich."

„Ich versuche, ein paar Dinge zu regeln."

„Kann ich dir dabei helfen?"

Grier konnte seine Sorgen nicht teilen, bis Jillian und er sich geeinigt hatten, was im Moment ziemlich unwahrscheinlich war. Dennoch war er von der neuen Einstellung seines Vaters gerührt. „Ich komme schon klar, Dad."

„Noch mal zurück zum Sex." Santino verzog das Gesicht. „Ich will nicht, dass du krank wirst. Unter diesen Leuten geht so viel herum."

„Nicht", sagte Grier und langte nach der Hand seines Vaters. „Bisher warst du respektvoll und ich weiß deine Bemühungen zu schätzen, aber beleidige mich bitte nicht oder dieses Gespräch ist zu Ende."

„Ich sage ja nur, Grier."

„Und ich bitte dich erneut, vergiss den Sex oder ich verschwinde."

Santino seufzte schwer. „Wer ist der neue Mann in deinem Leben?"

„Lil ist Architekt und ein guter Freund von Clark und Jody. Er ist aus San Francisco zu Besuch und reist in ein paar Tagen wieder ab, daher wird es so schnell wieder vorbei sein, wie es begonnen hat", erzählte Grier und die Wahrheit hinter dieser Aussage traf ihn unvorbereitet. Ihn überkam ein so intensives Gefühl von Verlust, dass er fast zusammenbrach. „Ich sollte mich duschen."

Grier wollte aufstehen, doch Santino hielt ihn zurück. „Du magst diesen Kerl wirklich, oder?"

„Ja, das tue ich."

„Du kannst ihn immer noch besuchen."

„Ich schätze schon." Grier klang niedergeschlagen. „Sag Enteng, dass ich auf Luca aufpasse, dann könnt ihr Golf spielen."

„Grier?"

„Was, Dad?"

„Du weißt, dass ich dich liebe, oder?"

Grier nickte und verließ schnell die Küche. Wenn er noch eine weitere Minute hierblieb, wurde er zusammenbrechen und heulen wie ein Kleinkind, was dazu führen würde, dass er alles erzählte. Er war aber noch nicht bereit, mit den Folgen umzugehen. Er brauchte Zeit, um seine Gefühle und alles, was in den letzten Tagen passiert war, zu verarbeiten. Erst dann konnte er mit seinem Vater über das Chaos reden, das er angerichtet hatte.

LUCA WAR bereits in Griers Zimmer, als dieser aus der Dusche kam. „Hey! Seit wann bist du hier?"

Luca schaute zu ihm auf und lächelte. „*Theit* eben."

Grier erwiderte das Lächeln und seine Laune besserte sich schlagartig. „Was siehst du dir an?"

„Barney."

Grier ließ sich neben dem Jungen nieder und legte den Arm um Lucas Schultern. „Was hat das lilafarbene Monster denn heute vor?"

17

„HAST DU heute etwas Besonderes vor?", fragte Jody bei einer Tasse Kaffee. Es war schon fast Mittagessenszeit, aber Lil war gerade erst aufgestanden, denn die Ereignisse der letzten Nacht hatten ihn erschöpft.

„Ich warte auf den Anruf von Grier."

„Kann ich dich etwas fragen?"

„Nein, aber ich bin mir sicher, dass du es trotzdem tun wirst."

„Wo soll das mit euch hinführen?"

„Wieso muss es irgendwohin führen?"

„Lil, komm schon …"

„Ich versuche, realistisch zu sein", seufzte Lil und nahm einen Schluck Kaffee. „Ich weiß, dass ich am Montag wieder abreise, weshalb wir nicht mehr viel Zeit zusammen haben, und seine Probleme werden sich nicht in zwei Tagen lösen lassen. Ich frage mich, warum meine Gefühle und mein gesunder Menschenverstand nicht auf einer Wellenlänge sind."

„Du bist ernsthaft in den Kerl verliebt?"

„Das bin ich, trotzdem sind mir die Fallstricke bewusst."

„Und du konntest dich nicht in jemanden verlieben, der weniger kompliziert ist?"

Lil hob eine Augenbraue. „Wenn das so einfach wäre, hätte ich schon seit Jahren einen Partner."

„Partner? Jetzt machst du mir wirklich Angst", stichelte Jody. „Wo ist der sorglose, männerverschlingende Lil, den ich kenne?"

„Ich habe keine Ahnung", meinte Lil trübselig. „Was zum Teufel soll ich bloß tun?"

„Was würdest du tun, wenn du frei wählen könntest?"

„Ich würde diese falsche Schlange von einer Brücke stoßen und Grier und Luca mit nach San Francisco nehmen."

„Das wäre keine schlechte Idee."

„Du befürwortest Mord?", fragte Lil verblüfft.

„Du liebeskranker Irrer! Wieso bittest du Grier nicht, dich in San Francisco zu besuchen?"

„Ich weiß nicht, ob er das kann."

„Hast du ihn denn gefragt?"

„Nein."

„Du kannst nicht im Lotto gewinnen, wenn du kein Los kaufst."

„Das stimmt."

„Schaff ihn aus dieser Umgebung und zeig ihm die Stadt an der Bucht. Wer weiß, wie es danach weitergeht."

„Er wird Luca nie zurücklassen – nicht bei diesem ganzen Aufruhr."

„Wir reden hier nicht von etwas Festem. Nur eine kurze Atempause, um den Stress eine Weile zu entkommen. Nach allem, was du mir erzählt hast, reißt er sich für alle anderen den Hintern auf, außer für sich selbst. Vielleicht zeigt ihm ein Ortswechsel eine neue Perspektive auf und hilft ihm, Entscheidungen zu treffen, die er nie in Betracht gezogen hätte."

Lil horchte sofort auf. „Das klingt nach einer guten Idee."

„Einen Versuch ist es wert."

„Ich werde das Thema ansprechen und sehen, was passiert."

„Sag mir Bescheid, wenn wir etwas tun können. Clark macht sich große Sorgen um dich."

„Das ist sehr nett von ihm, aber Grier ist keine wandelnde Zeitbombe. Ich glaube wirklich, dass das, was gestern Abend passiert ist, eine einmalige Sache war. Du hättest heute Morgen seinen Blick sehen sollen. Ich habe noch nie jemanden erlebt, der sich so quält."

„Das mag ja sein, aber Wutausbrüche sind nicht immer vorhersehbar. Du weißt so gut wie ich, was Clark durchgemacht hat. Deshalb versetzt er sich zu Recht in deine Lage. Das machen Freunde so."

„Und das weiß ich auch sehr zu schätzen, aber mein Gesamteindruck und mein Bauchgefühl sagen mir, dass Grier keine Probleme hat, seine Wut zu kontrollieren. Sicher, im Moment ärgert er sich über Jillian und die unfaire Situation mit Luca, aber er ist ein ziemlich fröhlicher Mensch, wenn man bedenkt, dass er in den letzten Jahren nur für andere gelebt hat."

„Und du bist dir sicher, dass dieses Opfer ihn nicht in einen wütenden und frustrierten Menschen verwandelt hat?"

„Ich will nicht sagen, dass er perfekt ist, Jody. Ich bin mir sicher, dass er sein Leben liebend gern selbst in die Hand nehmen würde, genau wie das von Luca, aber ich kann mir nicht vorstellen, dass er einfach so durchdrehen würde."

„Ich hoffe, dass du recht hast, Lil. Denn im Grunde kennst du ihn kaum."

„Ich weiß genug."

„Wir reden jetzt nicht von Sex, oder?"

„Oh bitte … Es ist so viel mehr als das."

„Das freut mich."

„Nicht, dass der Sex nicht einfach unglaublich wäre."

„Okay, das will ich gar nicht hören."

„Du warst schon immer so prüde", meinte Lil kichernd. „Ich dachte, die Ehe hätte dich ein wenig locker gemacht. Entschuldige das Wortspiel."

„Du bist widerlich", murrte Jody.

„Ich weiß." Lil lächelte. „Aber das erwartest du doch von mir, oder?"

„Im Moment bist du vollkommen unvorhersehbar."

„Das liegt an diesem Liebesvirus, mit dem ich mich angesteckt habe. Erschreckend."

„Wem sagst du das. Halt mich per Twitter auf dem Laufenden, okay?"

„Ich twittere nicht", sagte Lil. „Wer hat dafür schon die Zeit?"

„Da hast du recht."

„Demi und Ashton schon."

Jody grinste. „Ich muss mich für die Arbeit fertig machen. Ich werde gegen Mitternacht zu Hause sein."

„Deine Arbeitszeiten sind scheiße."

„Das wunderbare Leben eines Arztes in der Notaufnahme."

„Aber du würdest es nicht anders haben wollen, oder?"

„Nein."

„Clark kommt mit deinen Arbeitszeiten zurecht?"

„Wir haben gelernt, im Schlaf zu ficken."

Lil verschluckte sich und spuckte die Hälfte seines Kaffees wieder aus. „Eine kleine Warnung wäre nett gewesen."

„Erwischt", kicherte Jody.

LIL TROCKNETE gerade seine Haare ab, als sein Telefon zu vibrieren begann. Er nahm es schnell zur Hand, als er Griers Namen sah.

„Hey", grüßte Lil ihn warm. „Wie fühlst du dich?"

„Es geht mir gut. Hör mal, es gibt eine Planänderung. Ich habe Luca."

„Das ist in Ordnung. Wollt ihr etwas mit mir unternehmen?"

„Wie wäre es mit einer Zoohandlung?"

„Ich habe eine Katze, nicht wahr?"

„Ich habe Luca versprochen, mit ihm hinzugehen."

„Dir ist aber klar, dass du diesen Laden mit etwas Warmem und Flauschigem verlassen wirst, nicht wahr?"

„Das ist mir bewusst, aber er hat sich in die Vorstellung verbissen wie ein Pitbull."

„Okay. Wo treffen wir uns?"

„Du kannst ein Taxi nehmen oder die blaue Linie der Metro. Ich würde dich an der Rosemont Station abholen."

„Wie lange dauert die Fahrt mit dem Zug?"

„Etwa vierzig Minuten."

„Und mit dem Taxi?"

„Über eine Stunde zu dieser Tageszeit und es würde dich ein Vermögen kosten."

„Also nehme ich den Zug. Ich rufe dich an, wenn ich einsteige."

„Lil?"

„Was, Liebling?"

„Ich vermisse dich."

Lil holte scharf Luft und atmete sie ganz langsam aus. Er wollte sagen *Ich liebe dich und will so sehr, dass du Teil meines Lebens bist, dass ich es praktisch schmecken kann*, aber ausnahmsweise konnte er sich zurückhalten. „Ich vermisse dich auch."

„Beeil dich."

„Ich bin fast angezogen, also sollte es nicht länger als eine Stunde dauern."

„Okay."

ER BRAUCHTE weniger als eine Stunde und als er die Rosemont Station über die Treppe und durch den Haupteingang verließ, entdeckte er Grier und Luca, die direkt davor geparkt hatten. Sie saßen in einem roten Truck und Luca lehnte sich weit aus dem Fenster, während er wild mit beiden Armen winkte. „*Tito* Lil! Wir sind hier."

Lil lief ein wenig schneller. Er öffnete die Autotür und war gerührt, als Luca ihn umarmte, als hätte er ihn lange nicht gesehen. „Hey Kleiner. Wie geht's dir?"

„Wir gehen zu Pet Land."

„Das werden wir. Steig wieder ein, Kleiner."

Grier lächelte ihn an und Lil bemerkte, dass die Spuren der letzten Nacht verschwunden waren, was zweifellos an Lucas Anwesenheit lag. Vater und Sohn gemeinsam zu sehen, war ein wenig überwältigend. Sie waren beide in verschiedener Weise wunderschön, und sich dennoch so ähnlich. Lil wurde von einer Sehnsucht überfallen, dass er sie beide dauerhaft in seinem Leben haben wollte. Er hätte nie erwartet, dass es möglich war, etwas so sehr zu wollen, besonders da er nicht einmal gewusst hatte, dass es ihm gefehlt hatte.

Grier half ihm mit den Gurten von Luca, sodass er sicher in seinem Britax Autositz saß, der fest in den Silverado 1500 eingebaut war. Er hatte den Truck vor ein paar Jahren gekauft, als er erkannt hatte, dass er Luca auf seiner Harley nicht mitnehmen konnte. Das stand im Moment außer Frage, möglicherweise für immer. Der Truck diente auch dazu, kleinere Gegenstände zu transportieren, die die Firma nicht in einen der gigantischen Trucks laden wollte. Fünf Fahrgäste hatten genug Platz und Luca fühlte sich in seinem Sitz sehr wohl.

„Fertig?"

„Los, los, *Tito* G."

Grier lachte und fuhr los in Richtung Woodfield Mall in Schaumburg. Die Zoohandlung war nicht direkt in dem Einkaufszentrum, sondern in einer kleinen Geschäftszeile in der Nähe, bei der man viel besser parken konnte. Er hatte Glück und fand direkt vor Pet Land einen Parkplatz und sie eilten, angesteckt durch Lucas Enthusiasmus, aus dem Truck. Luca packte Griers Hand und zerrte ihn zu dem Laden, dann quietschte er vor Freude, als er die Käfige mit den verschiedenen Katzen und Hunden entdeckte, die man kaufen konnte.

„Ich will *diethe Katthe thehen*", verlangte Luca und deutete auf ein Himalaya-Kätzchen, das in der Ecke eines der Käfige döste. Er wandte sich zu Grier. „Darf ich *thie* halten?"

„Ich denke schon", antwortete Grier. „Ich suche jemanden, der uns helfen kann."

Lil blieb vor den Käfigen stehen und betrachtete die verschiedenen Tiere. Sie waren bezaubernd und man musste schon ein Herz aus Stein haben, um ihrem Charme nicht zu verfallen. „Welche möchtest du?"

Luca ging auf und ab und stand schließlich wieder vor dem Käfig, in dem er die erste Katze entdeckt hatte. „*Diethe.*"

„Ein entschlossener Mann, das gefällt mir."

„Hä?"

„Er ist sehr hübsch."

„*Itht dath* ein Junge?"

„Warten wir ab, bis wir ihn herausnehmen können, dann finden wir es heraus. Möchtest du lieber einen Jungen oder ein Mädchen?"

„Ich möchte ein Mädchen, damit ich ihr ein *pinketh* Hello Kitty-*Halthband* kaufen kann."

„Jungs können auch Pink anziehen", meinte Lil leichthin.

Lucas Augen rundeten sich erstaunt. „Neeeein."

„Nein?"

„Mommy hat *gethagt, dath* nur Mädchen Pink *anthiehen* dürfen."

„Ach ja?"

„Ja." Luca nickte heftig. „*Tito* Ali hat meinen pinken *Schlafanthug* weggeworfen."

18

LILS AUTOMATISCHE Antwort auf die sexistische und rundweg homophobe Idee, die Jillian und ihr sogenannter Freund Luca in den Kopf gesetzt hatten, wurde von Griers fröhlichem Gesicht unterbrochen. Die junge Verkäuferin, die er mitgebracht hatte, öffnete den Käfig und legte dem schläfrigen weißen Kätzchen ein Halsband mit Leine um den Hals. Sie hob das Tier hoch und reichte es Luca, sobald sie den abgetrennten Bereich erreicht hatten, in dem Leute ein Tier, das sie kaufen wollten, kennenlernen konnten, ohne dass man befürchten musste, dass es entkam und durch den Laden rannte.

„Bitte sehr."

„*Itht eth* ein Junge oder ein Mädchen?"

„Es ist ein Mädchen, mein Schatz."

„Gut", sagte Lil lächelnd.

„Gut?" Grier schaute ihn fragend an.

„Später", erwiderte Lil stirnrunzelnd.

„Kann ich *thie* haben?", fragte Luca.

„Spielen wir zuerst mit ihr", schlug Grier vor. Luca setzte sich im Schneidersitz hin und hielt das Kätzchen auf seinem Schoß. Es begann zu schnurren wie ein kleines Motorboot, sobald Luca es hinter den Ohren kraulte. „Hört mal", rief er fröhlich.

„Das bedeutet, sie ist zufrieden", erklärte Lil.

„*Thufrieden*?" Luca wandte sich zu Grier.

„Glücklich, Luca. Wenn Katzen schnurren, bedeutet das, dass sie glücklich sind."

Luca hob das Kätzchen hoch, rieb seine Wange an ihrem Fell und knurrte. „Ich schnurre auch, *Tito G.*"

Grier ging neben ihm in die Hocke und strich eine Strähne aus dem Gesicht seines Sohnes. „Das war ein Riesen-Schnurrer, Kumpel. Wie willst du sie nennen?"

„Kann ich *thie* mit nach *Hauthe* nehmen?"

„Ja."

Luca strahlte seinen Vater an und gab ihm einen Kuss auf die Wange. „Danke", flüsterte er. „Du *mutht leithe thein, thontht wecktht* du *thie* auf."

„Okay", flüsterte Grier zurück. „Wie ist ihr Name?"

„Bianca."

„Wie kommst du denn darauf?"

„*Auth* dem Film."

„Welcher Film?"

„Der mit Bernard und Bianca, der *Mäuthepolithei*.“

„Ein schweres Wort“, sagte Grier lachend. „Jetzt erinnere ich mich – Bernard und Bianca – Die Mäusepolizei.“

„Genau“, rief Luca aus. „Kann ich *thie tho* nennen? *Dath* bedeutet *weith* auf Italienisch, *weitht* du?“

„Sicher, Kumpel. Also Bianca.“

Grier stand auf und ging zu Lil, der die Szene mit einem Lächeln auf den Lippen beobachtete. „Er ist zauberhaft.“

„Ich weiß.“ Grier nickte. „Ich liebe es, ihn reden zu hören, aber dieses Lispeln muss verschwinden. Ich habe gerade einer Logopädin ein kleines Vermögen überwiesen, die schwört, dass sie ihn heilen kann.“

„Es ist eigentlich ganz charmant.“

„Im Moment mag es niedlich sein, aber nicht mehr, wenn er älter ist. Ich will nicht, dass er geärgert wird, und du weißt ja, wie es in der Schule zugehen kann. Ich habe Jillian schon mehrfach gebeten, mit ihm zur Sprachtherapie zu gehen, aber sie ignoriert mich. Deshalb kümmere ich mich jetzt selbst darum.“

„Ich bin mir sicher, dass die Therapeutin ihn in null Komma nichts so weit hat.“

„Das hoffe ich.“

„Trotzdem“, meinte Lil lächelnd, „ich mag es, aber ich verstehe auch deine Gründe.“

„Wie meintest du das vorhin mit dem Geschlecht der Katze?“

„Oh, reden wir nicht darüber“, sagte Lil mit einem Augenrollen.

„Wieso nicht?“

„Mir fallen bessere Methoden ein, deinen Blutdruck in die Höhe zu treiben.“

„Was hat Luca gesagt?“ Grier runzelte die Stirn.

Lil wiederholte das Gespräch, dabei beobachtete er, wie Griers Gesichtsausdruck sich innerhalb eines Augenblicks von milde zu wütend verwandelte.

„Deswegen will ich nicht, dass Ali etwas zu sagen hat, was ihn angeht“, schäumte Grier.

„Du brauchst einen Anwalt.“

„Du hast wahrscheinlich recht.“

„Das habe ich und je eher du es tust, desto besser für Luca und dich.“

„Sobald ich jemanden engagiere, ist die Katze aus dem Sack.“

„Es ist notwendig, Grier.“

„Ich muss sie dazu bringen, vernünftig zu werden.“

„Sie wirkt auf mich nicht wie jemand, der besonders vernünftig ist.“

Grier schnaubte. „Du hast ja keine Ahnung.“

„Ich bin ganz Ohr, Liebling.“

„Später.“

Luca zupfte an Griers T-Shirt. „*Thie* braucht ein Bett, *Tito G*, und Futter", fügte er hinzu. „Und irgendwo *thum* Pipi machen und einen Napf für Futter und *Wather*, und oh, ihr *Halthband*", ratterte Luca seine geistige Checkliste herunter. „*Wath itht* mit Flöhen? Bianca *muth thauber thein, sontht* mag Mommy *thie* nicht."

Mommy kann sich ins Knie ficken fluchte Grier innerlich, wütender denn je. Er seufzte laut. „Wir besorgen ihr einen Kratzbaum und ein Flohhalsband."

„Aber ich wollte *einth* mit Hello Kitty", jammerte Luca.

„Sie bekommt beides."

„And a partridge in a pear tree", trällerte Lil. Grier stieß ihm den Ellenbogen in die Seite.

Mit dem Armen voller Zubehör und um viele Dollar ärmer marschierten sie zum Truck und warfen alles auf die mit Vinyl bespannte Ladefläche, abgesehen von Bianca, die zufrieden in ihrer Transportbox neben Lucas Autositz schlief.

„Was für ein Abenteuer." Lil drehte den Kopf zum Rücksitz. „Dein Kätzchen ist wunderschön, Luca."

Luca nickte und lächelte glücklich. „Wie dein *Thebathtian*?"

„Sie sind sehr unterschiedlich, aber gleich liebenswert."

Grier fuhr zurück nach Elk Grove Village, dabei schielte er auf die Uhr, um sicherzugehen, dass Lucas Großvater zu Hause war. Das bescheidene Haus im Ranch-Stil war genau wie das der Dilorios, nur dass es blau war statt weiß. Er schnallte Luca ab und bald hatten sie erneut die Arme voller Utensilien für Bianca, die sie zur Vordertür schleppten. Enteng öffnete, sobald er den vertrauten roten Truck sah.

„Meine Güte! Was hast du gekauft, Luca?"

„*Tito G* hat mir eine *Katthe* gekauft. Kann ich *thie* behalten, *Lolo*?"

„Sicher." Der weißhaarige Mann lächelte zustimmend und ließ Grier und Lil ins Haus.

„Das ist Lil, ein Freund von mir", rief Grier auf dem Weg in die Küche, wo er alles ablegte. Als er wieder ins Wohnzimmer kam, drängte Enteng Lil gerade, sich wie zu Hause zu fühlen.

„Bitte setzt euch. Möchtet ihr etwas zu essen oder trinken? Ich habe noch Reste, die ich aufwärmen kann."

„Nein, danke. Wir gehen zum Abendessen aus."

„Kommen Sie aus Chicago, Lil?"

„Nein, ich lebe in San Francisco."

„Das ist eine tolle Stadt, viel philippinisches Essen."

„Es gibt eine große asiatische Gemeinde dort."

„Ich weiß. Ich bestelle Süßwaren bei einer philippinischen Bäckerei in der Bay Area. Kennen Sie sie? Goldilocks?"

„Nein. Davon habe ich noch nie gehört."

„*Masarap*, was, Luca?"

„*Dath* bedeutet lecker", sagte Luca. „Ich kann philippinisch sprechen."

„Ich bin beeindruckt", schwärmte Lil. „Ich kann nur englisch sprechen."

„Mein Enkelsohn ist sehr schlau", sagte Enteng stolz. „Er ist wie seine Mutter."

„In der Tat", sagte Lil sanft, dabei ließ er Grier nicht aus den Augen. „Sollen wir uns auf den Weg machen?"

„Mir egal." Griers Unmut über diesen Kommentar war offensichtlich. Seine Laune war drastisch gesunken.

Lil ging neben Luca in die Knie und schüttelte seine kleine Hand. „Du musst mir berichten, wie es Bianca geht. Schreib mir eine Postkarte, okay?"

Luca nickte entschlossen. „Ich kann schreiben, *Tito* Lil. Ich werde dir schreiben."

„Das klingt toll, Luca." Lil gab ihm einen Kuss auf die Wange, dann stand er auf und schüttelte Entengs Hand. „Es hat mich gefreut, Sie kennenzulernen, Sir."

„Keine Ursache. Grier, sehen wir uns nachher beim Taste?"

„Heute Abend nicht, aber morgen vielleicht."

„Morgen ist der letzte Tag, da könnte ich deine Hilfe gebrauchen."

„Ich werde da sein", antwortete Grier, bevor er sich zu Luca beugte und ihn umarmte. „Ich muss gehen, Kumpel."

Luca schlang seine dünnen Arme um Griers Hals und drückte ihn. „Danke für meine Bianca."

„Gern geschehen. Sei gut zu ihr. Du bist jetzt für sie verantwortlich."

„*Dath* werde ich."

„Ich weiß", sagte Grier lächelnd. Oh Gott, er liebte dieses Kind. „Wir sehen uns morgen, okay?"

„Ja."

Sie fuhren wortlos los, dabei deutete Grier auf ein anderes Haus. „Dort wohne ich."

„Du wohnst wirklich nah bei Luca."

„Findest du?"

„Hey, lass dich nicht runterziehen. Unternimm etwas dagegen."

Grier seufzte. „Es tut mir leid, dass du das alles mitbekommst. Du hattest bestimmt keine Ahnung, in welchen Mist ich dich hineinziehen würde, als wir uns kennengelernt haben."

„Nein, das hatte ich nicht, aber es war die beste Woche meines Lebens."

„Im Ernst?"

„Grier, komm am Montag mit mir nach San Francisco."

„Was? Das kann ich nicht."

„Nicht für immer. Nur für ein paar Tage."

„Das ist ziemlich kurzfristig, oder?"

Lil zuckte mit den Schultern. „Ich habe mir bloß gedacht, dass du gern sehen würdest, was die Welt noch zu bieten hat. Ich zeige dir alles und du könntest dir das San Francisco Art Institute ansehen und meine Angestellten kennenlernen."

„Ja?"

„Komm schon, Liebling. Du verdienst etwas Zeit für dich."

„Ich kann nicht lange bleiben. Viele Leute verlassen sich auf mich."

„Ich weiß, aber manchmal hilft es, einen Schritt zur Seite zu treten, um dir eine bessere Perspektive auf ein Problem zu geben."

„Du bist sehr überzeugend."

„Wir müssen dir ein Flugticket buchen."

„Einen Moment." Grier endete auf der Arlington Heights Road und fuhr zurück nach Elk Grove Village.

„Wo fahren wir hin?"

„Zu meinem Vater und fragen nach Urlaub."

„Jetzt?", rief Lil aus. Der Gedanke an ein spontanes Treffen mit einem Mann, mit dem man angeblich nicht diskutieren konnte, machte ihm Sorgen. Plötzlich dachte er an Clarks homophoben Vater. „Ich nehme an, du willst, dass ich mit ins Haus komme?"

„Jetzt oder nie."

„Okay. Tun wir es."

19

SANTINOS ÜBERRASCHUNG über Griers plötzliches Auftauchen wurde schnell zu Misstrauen, als er dessen Begleiter bemerkte. Lil hatte fest mit offener Homophobie gerechnet, doch er blieb ruhig, trotz des misstrauischen Blicks und der zusammengezogenen Augenbrauen. Griers Vater hatte ein ausdrucksstarkes Gesicht, das kaum verbarg, dass er nicht erfreut war, den Liebhaber seines Sohnes kennenzulernen. Trotzdem schaute Lil ihm direkt in die Augen und war erleichtert, als Santino ihn halbwegs freundlich grüßte, nachdem sie einander vorgestellt worden waren.

„Was habt ihr vor?", wollte Santino von Grier wissen.

„Wir haben Luca abgesetzt und wollen jetzt zu Abend essen."

„Wo?"

„Shaw´s Crab House."

„Das klingt gut."

„Möchten Sie uns begleiten?", fragte Lil. Er bemerkte Griers überraschten Blick, doch er war mehr an dem interessiert, was Santino zu sagen hatte. Der ältere Mann schaute ihn nachdenklich an und Lil fühlte sich beruhigt, als sein Stirnrunzeln nachließ. „Vielleicht ein andermal", antwortete Santino.

„Dad, Lil hat mich eingeladen, ein paar Tage mit ihm nach San Francisco zu kommen."

„Wann?"

„Wir würden am Montag fliegen."

„Das ist ja schon übermorgen." Santino erhob protestierend die Stimme. „Wir haben im Moment viel Arbeit."

„Wenn ich jemanden finde, der meine Schichten übernimmt, kann ich dann gehen?"

„Wie lange wärst du weg?"

„Fünf bis sieben Tage."

„So lang?"

„Ich hatte seit mindestens fünf Jahren keinen Urlaub."

„Das stimmt", gab Santino widerwillig zu. „Finde jemanden, der für dich übernimmt, dann ist es in Ordnung. Wo willst du übernachten?"

„Er bleibt bei mir, Sir."

Santino verzog das Gesicht. „Sie sind Architekt?"

„Ja, Sir."

„Und Sie werden …" Santino zögerte.

„Dad!" Grier trat erschrocken vor.

„Grier ... alles zeigen?" Santino stolperte über seine Worte.

Lil konnte sehen, dass der Gedanke an ihn und Grier als Paar dem Mann unangenehm war, aber er dennoch versuchte, Griers Gefühle zu respektieren, was Lils Meinung von ihm besserte. Santino mochte homophob sein, aber er liebte seinen Sohn mehr als seine vorgefassten Ansichten.

„Ich werde mit ihm eine Stadtführung machen, Sir."

„Das ist gut." Santino nickte. Er wandte sich an Grier und erinnerte ihn an seine anderen Pflichten, als könnte Grier diese jemals vergessen. „Du musst auch einen Babysitter für Luca finden, während du weg bist."

„Ich denke, sie werden auch ohne mich zurechtkommen."

„Trotzdem ... Sie werden jemanden brauchen. Luca ist drei Tage pro Woche bei dir, seit er zwei Jahre alt ist. Er wird dich vermissen."

„Ich werde dich auch vermissen, aber es ist ja nur für eine Woche."

„Ich meine ja nur, Grier. Das ist eine lange Zeit für ein Kind."

„Ich kümmere mich darum, okay?"

„Na schön. Sehen wir uns nachher?"

„Wahrscheinlich nicht", erwiderte Grier und schaute seinem Vater dabei direkt in die Augen. Bestimmt rechnete er mit einem weiteren Vortrag.

„Also dann morgen?"

„Auf jeden Fall." Grier atmete aus. Er trat vor und umarmte Santino, was den alten Mann überraschte. „Danke Dad."

„Verschwinde hier", brummte Santino. „Viel Spaß."

„Das lief besser als erwartet", meinte Lil, als der Truck losfuhr.

„Ich weiß." Grier hatte mit dem Schlimmsten gerechnet und nun war er vor Aufregung ganz aufgekratzt. Er drehte sich zu Lil und rief: „Ich fahre nach San Francisco!"

Lil lachte freudig, denn Griers Aufregung hatte ihn angesteckt. „Du brauchst ein Flugticket."

„Darum kümmere ich mich morgen."

Lil berührte Grier am Arm. „Ich lade dich ein."

„Vergiss es."

„Bitte lass mich. Die Gebühren werden astronomisch sein, da es so kurzfristig ist."

„Ich schulde dir schon das Geld von letzter Nacht."

„Ich weiß noch nicht einmal, wie viel es sein wird."

„Ich habe Geld, Lil. Ich bin kein armer Schlucker."

„Das habe ich nie behauptet, aber diese Reise war meine Idee, also lass mich zumindest für das Ticket bezahlen."

„Bist du immer so großzügig?"

„Nur bei Leuten, die mir etwas bedeuten."

Grier nahm den Blick kurz von der Straße und schaute in blaue Augen, die ihn offensichtlich anhimmelten. Er langte nach Griers Hand und drückte sie. „Danke."

„Gern geschehen."

Das Abendessen bei Shaw's war entspannt, nun, da sie wussten, dass sie noch mindestens acht oder neun weitere Tage zusammen verbringen würden. Lil nahm sich eine Auster und verwandelte die gesamte Mahlzeit in ein erotisches Vorspiel, indem er den Saft aus der Muschelschale schlürfte und dabei deren legendären Effekt auf die Libido pries. „Nicht, dass du dabei Unterstützung bräuchtest", witzelte er.

„Genauso wenig wie du", konterte Lil.

Sie aßen zwei Dutzend Wellfleet Austern, die an diesem Morgen aus Cape Cod eingeflogen worden waren. Lil war hocherfreut, als er sie auf der Karte entdeckt hatte, und da er ein echter Liebhaber von gutem Essen war, überzeugte er Grier, dass sie den Preis wert waren. Grier hatte einfach mit den Augen gerollt und nachgegeben.

Dazu tranken sie eine Flasche Santa Margherita Pinot Grigio, ein Wein zu einem vernünftigen Preis, den Lil bereits kannte. Erneut war Grier, der sich mehr mit Bier auskannte als mit feinem Wein, ein gelehriger Schüler. Er konnte sich eine Zukunft gut vorstellen, in der Lil ihm die feineren Dinge des Lebens näherbrachte, die ihm bisher entgangen waren.

Zum Hauptgang gab es Schellfisch mit Parmesan-Kruste, geröstetem Spinat und einer Zitronen-Butter-Soße. Es war köstlich und Lil pries den Küchenchef und das Restaurant im Allgemeinen in den höchsten Tönen. „Ich hätte nicht erwartet, im Mittleren Westen so wunderbare Meeresfrüchte zu bekommen", stöhnte er vor Freude.

„Das ist Chicago", meinte Grier, „nicht die Appalachen. Hier gibt es alles, was es auch in San Francisco gibt, wenn nicht sogar mehr."

„Ich weiß", entschuldigte sich Lil. „Ich vergaß, dass das hier das Zentrum ist. Trotzdem gibt es in San Francisco Dinge, die es in Chicago nie geben würde."

„Und was zum Beispiel?"

„Mich", meinte Lil und lächelte bedeutungsvoll.

„Blödmann."

Zum Dessert gab es einen Key Lime Pie, den sie sich gern teilten. „Ich bin satt", verkündete Grier und legte den Löffel hin. „Wenn ich noch eine einzige Sache in den Mund nehme, muss ich kotzen."

Lil hob die Augenbrauen. „Ich hoffe, das meinst du nicht ernst."

„Du bist unmöglich", lachte Grier. „Komm schon, lass uns von hier verschwinden."

Sie teilten sich die Rechnung und Lil versuchte gar nicht erst zu diskutieren, denn er wusste, wie wichtig es Grier war, für sich selbst zu bezahlen. Es war ein angenehmer Abend und auf dem Weg zurück nach Chicago waren sie froh, dass die Rush Hour schon lange vorbei war.

„Möchtest du ausgehen?", fragte Grier. „Morgen Abend können wir uns nicht sehen, denn ich muss helfen, den Stand beim Taste abzubauen. Außerdem muss ich packen."

„Ich würde lieber nicht ausgehen", sagte Lil. „Warum setzen wir uns nicht in den Whirlpool und unterhalten uns?"

„Klingt gut", sagte Grier und nickte.

„Wie fühlst du dich, Grier?", fragte Jody, als sie im blubbernden Wasser des Whirlpools saßen. Clark und Jody waren in der Küche gewesen, als Lil und Grier hereingekommen waren, und hatten sich ihnen auf der Dachterrasse angeschlossen. Jeder der Männer hatte eine Flasche Bier in der Hand und sah zufrieden aus.

„Ich habe eine kleine Verletzung an der Hand."

„Du hast Glück, dass du dir nichts gebrochen hast."

„Gott beschützt die Betrunkenen und die Narren. Gestern Abend war ich beides. Es tut mir wirklich sehr leid, dass ich euch solchen Ärger gemacht habe."

„Keine Sorge … Ich bin Notarzt und mit einem Mann verheiratet, der auch schon oft das Vergnügen hatte."

„Hey! Ich bin seit Jahren nicht mehr explodiert", protestierte Clark.

„Stimmt, aber ich wollte Grier trösten."

„Scheiße passiert, weißt du?", schnaubte Clark. „Jo-Jo hat mir beigebracht, wie ich meine Wut auf positive Art und Weise abreagieren kann."

„Ich verstehe", sagte Grier und nickte. „Ich werde bald ein paar schwere Entscheidungen treffen müssen. Das wird mir wahrscheinlich bei der ganzen aufgestauten Wut helfen."

„Schaden kann es nicht", gab Clark zurück. „Das Schwierigste ist, sich einzugestehen, dass man etwas verändern muss. Es ist so viel einfacher, nichts zu tun."

Grier schaute überrascht auf. „Ich weiß, dass du in der Vergangenheit Probleme hattest, aber ich kenne nicht die ganze Geschichte."

„Lil wird sie dir erzählen", bot Clark. „Kurz gesagt: Ich wollte alle zufriedenstellen, aber habe kläglich versagt. Ich habe dem einen Menschen wehgetan, der mir am meisten auf der ganzen Welt bedeutet hat, und ihn fast verloren. Ich möchte nicht miterleben, wie dir das Gleiche passiert, wenn ich es verhindern kann."

„Danke. Ihr seid so nett zu mir, obwohl wir uns gerade erst kennengelernt haben."

„Lil ist wie ein Bruder für mich", erklärte Jody. „Abgesehen von Clark ist er der wichtigste Mensch in meinem Leben und ich will, dass er glücklich ist. Wenn du irgendwie dazu beitragen kannst, wirst du immer ein Freund für mich sein."

„Und wenn nicht", sagte Clark entschlossen, „drehe ich dir den Hals um."

Grier schaute die beiden an und gestand: „Ich arbeite immer noch daran, mich meinen Problemen zu stellen. Zu wissen, dass Lil auf meiner Seite ist, ist sehr wichtig für sein Selbstvertrauen. Ich weiß, dass ihr das kaum glauben werdet, da wir uns erst seit sechs Tagen kennen, aber ich habe Gefühle für euren Freund und ich gebe euch mein Wort, dass ich ihm niemals absichtlich wehtun werde."

Lil legte den Arm um Griers Schultern und zog ihn an sich, um ihm einen Kuss auf die Wange zu geben, während Jody und Clark sie beobachteten.

„Das reicht mir", verkündete Jody. „Und jetzt reden wir über eure Pläne für die nächste Woche. Ich habe gehört, dass du nach San Francisco fliegst."

20

GRIER HÖRTE geduldig zu, während Jillian jeden erdenklichen Grund aufzählte, warum er nicht auf diese Reise gehen sollte. Er hatte gewartet, bis alles in den Vinita-Truck geladen war und Enteng nach einem weiteren erfolgreichen Taste of Chicago auf dem Weg zurück nach Elk Grove Village war, um mit ihr zu reden.

„Das ist so kurzfristig", beschwerte sie sich. „Wie kannst du mir das antun?"

„Ich habe mit der Einladung nicht gerechnet, aber es ist eine tolle Gelegenheit, mir eine Stadt anzusehen, für die ich mich schon immer interessiert habe."

„Wieso? Weil du dort stolz die Regenbogenfahne schwingen kannst?"

„Weißt du was? Ich bin diese homophobe Einstellung, die du neuerdings hast, wirklich leid. Wo kommt das auf einmal her?"

„Sie war schon immer da."

„Du und ich sind schon seit Ewigkeiten Freunde, Jillian. Wir haben so viel zusammen erlebt und ich habe nie diese Feindseligkeit bei dir gespürt. Liegt es daran, dass du jetzt einen Mann in deinem Leben hast, der dir alles geben kann, was du immer wolltest? Ist das ein Grund, sich gegen mich zu wenden? Ich habe alles in meiner Macht stehende für dich und Luca getan, trotzdem behandelst du mich wie Dreck, weil ich mich zu meinem eigenen Geschlecht hingezogen fühle."

„Ich bin wütend, weil du keine Probleme damit hast, uns für eine Schwuchtel im Stich zu lassen, die du erst vor ein paar Tagen kennengelernt hast."

„Du hast dich genauso wenig für meine Gefühle interessiert, als du einen anderen Mann in Lucas Leben gebracht hast, ohne vorher mit mir zu sprechen."

„Er ist dein Bruder, nicht einfach irgendwer!"

„Das spielt keine Rolle. Die Wahrheit ist doch, dass ein anderer Mann die Rolle einnehmen soll, die mir gebührt. Das werde ich nicht zulassen."

„Und wie willst du mich daran hindern?"

„Ich weiß es nicht, aber wenn ich es tue, bist du die Erste, die es erfährt."

„Willst du, dass das Ganze in einen Kampf vor Gericht ausartet?"

„Ja, wenn es sein muss. Ich habe einen Fehler gemacht, als ich zugelassen habe, dass du allen erzählst, es wäre eine Vergewaltigung gewesen. Die Schwangerschaft hat mich unvorbereitet getroffen, und ja, ich habe bei dem Gedanken, Vater zu werden, die Nerven verloren."

„Ganz genau! Hast du wirklich gedacht, ich würde aller Welt erzählen, dass ich so dumm war, mich von einer Schwuchtel ficken zu lassen?"

„Wenn ich mich recht erinnere, hast du das Ficken übernommen."

„Fahr zur Hölle, Grier! Du kannst niemals beweisen, dass Luca dein Kind ist. Mein Wort steht gegen deins und ich werde einen DNS-Test nicht erlauben."

„Das wirst du müssen, wenn das Gericht es anordnet."

„Wenn du das tust, werde ich allen erzählen, dass du in pinkfarbener Unterwäsche herumläufst. Denkst du wirklich, dass du dann das Sorgerecht für einen kleinen Jungen bekommst?"

„Du bist ein verdammtes Miststück und weißt ganz genau, dass es so nicht läuft. Was ich in meinem Privatleben tue, hat nichts mit meiner Liebe zu Luca zu tun. Ich bin ein verdammt guter Vater und kümmere mich besser um ihn, als du es je könntest."

„Ich bin eine gute Mutter!", fauchte Jillian.

„Er verbringt den Großteil seiner Zeit bei Babysittern."

„Ich versuche, unseren Lebensunterhalt zu verdienen."

„Genau wie ich."

„Mit Möbelschleppen", höhnte Jillian. „Wow, das ist toll."

„Du treibst mich direkt zu einem Anwalt, Jillian."

„Noch einmal, mein Wort steht gegen deins. Ich bin die Prinzessin, schon vergessen? Ich bin diejenige, die die Abzeichen nach Hause gebracht und der Familie Ehre gemacht hat. Ich bin kein Loser, Grier."

„Und genau darum geht es, nicht wahr? Darum ging es die ganze Zeit. Du konntest deiner Mom und deinem Dad nicht erzählen, dass du versagt hast. Konntest dich in der Philippino-Gemeinde nicht mehr sehen lassen, die zu den Garcias aufschaut und sie als Vorbilder betrachtet für das, was man in Amerika erreichen kann, wenn man hart genug arbeitet. Du musstest die Beste sein und hast dich lieber als das Opfer eines Gewaltverbrechens ausgegeben, statt als der klischeehafte schwangere Teenager zu gelten. Hätten sie sich über dich lustig gemacht, wenn du zugegeben hättest, dass du mit jemandem geschlafen hast, der gar nicht an dir interessiert war? Dass du mich betrunken gemacht und mich praktisch genötigt hast, um zu versuchen, meine sexuelle Orientierung zu ändern? Selbstverständlich nicht! Jillian Garcia gibt sich lieber als Opfer aus, als sich zu einer Lachnummer zu machen, nicht wahr?"

Der Schlag kam unerwartet und der Schmerz drang tief. Grier trat zurück, um den Drang zurückzuschlagen zu unterdrücken. Stattdessen hielt er den Atem an und schluckte seine Wut hinunter. „Wenn du ein Mann wärst, hätte ich dich jetzt umgehauen."

„Wenn ich ein Mann wäre, wären wir verheiratet", schluchzte Jillian. „Warum musst du bloß schwul sein?"

Grier glotzte sie sprachlos an.

„Geh!", kreischte sie. „Geh mit deinem Homo-Freund nach San Francisco und komm nie wieder zurück!"

„Oh, ich komme zurück", versicherte Grier ihr. „Darauf kannst du dich verlassen ... Und wenn du etwas Dummes tust, während ich weg bin, gehe ich zu Ali und erzähle ihm, was für einen Menschen er heiraten will. Er hat keine Ahnung, dass die heilige Jillian mit seinem Bruder geschlafen hat, stimmt's?"

„Wage es ja nicht", zischte sie. Ihre engelsgleiche Schönheit schien sich vor Griers Augen zu verwandeln, das Resultat der Enttäuschung, weil er ihren wahren Charakter erkannte. Ihre mandelförmigen Augen wurden reptilienartig, als sie sie vor Wut zusammenkniff, und er konnte spüren, wie ihr schlanker Körper Wut ausstrahlte. Sie kämpfte um Selbstkontrolle, das musste er ihr zugestehen, und sie machte mehrere tiefe Atemzüge, um die Wut zu zügeln. „Wir befinden uns also in einer Sackgasse", stellte sie kühl fest.

„Sieht so aus."

„Wann kommst du zurück?"

„Nächstes Wochenende."

„Willst du es Luca sagen?"

„Ich gehe mit ihm zu McDonald's."

„Hast du um meine Erlaubnis gebeten?"

Grier schnaubte. „Seit wann?"

„In Zukunft wünsche ich informiert zu werden, wenn du mit ihm irgendwohin gehen willst. Und diese Sache mit der Katze wird sich nicht wiederholen, ist das klar?"

„Warum? Weil du nicht zuerst auf die Idee gekommen bist?"

„Fick. Dich."

„Gleichfalls", spuckte Grier aus. „Wir sehen uns in einer Woche."

„Luca, niemand nimmt dir die Pommes weg", scherzte Grier, während er zusah, wie sein Sohn sich zwei auf einmal in den Mund stopfte. „Mach langsam, Kumpel."

„Lecker", sagte Luca mit vollem Mund.

„Wann hast du zuletzt etwas gegessen?"

Er zuckte mit den Schultern. „Weiß nicht mehr."

Grier runzelte die Stirn und fragte sich, ob er sich Sorgen machen sollte oder ob es nichts zu bedeuten hatte. „Wer hat heute auf dich aufgepasst?"

„*Lola*, und dann *Tito* A."

„*Lola* hat dir bestimmt ein ordentliches Frühstück gemacht, nicht wahr?"

Luca nickte. „Frühstücksfleisch und *Reith* und Eier."

„Typisch", murmelte Grier zu sich selbst. Er erinnerte sich an viele Frühstücke dieser Art im Haus der Garcias. Reis war ein Grundnahrungsmittel, genau wie Frühstücksfleisch. Wer hätte das gedacht.

„Okay. Und was gab es zum Mittagessen?"

„*Cheerioth*."

„Was?"

„*Tito* A hat ferngesehguckt und ist eingeschlafen. Ich habe mir *Müthli* geholt und es aus der *Bokth gegethen*."

„Ohne Milch?"

„Genau."

108

Grier schüttelte angewidert den Kopf und murmelte: „Unglaublich ... und seitdem?"

„Nichts."

„Kein Wunder, dass du am Verhungern bist. Iss so viel, wie du willst, Kumpel. Wie wäre es mit einem Milchshake?"

„Schokolade."

Grier holte einen kleinen Shake und schaute zu, wie Luca ihn zügig leerte, wobei er fürchterliche Geräusche machte, als er leer war.

„Kumpel, ich fahre für ein paar Tage weg."

„Wohin?" Luca riss die Augen auf.

„Nach San Francisco mit *Tito* Lil."

„Kann ich mitkommen?", jammerte er. „Ich will mitkommen."

„Nicht dieses Mal, Luca."

„Bitte! Ich verspreche, lieb zu sein."

„Jemand muss bei Bianca bleiben."

„Das kann Mommy machen."

„Nein, wir haben doch gesagt, dass du für Bianca verantwortlich bist."

Luca nickte und seine dunklen Augen füllten sich mit Tränen. „Ich werde dich *vermithen*."

„Ich werde dich auch vermissen, aber ich bringe dir ein Geschenk mit."

„*Wath* denn?"

„Etwas ganz Besonderes."

„Okay. Wie oft schlafen, bis du nach Hause kommst?"

„Fünf oder sechs Mal."

Luca hielt den Atem an, dann schluchzte er laut: „So oft?"

„Komm her", sagte Grier und zog Luca auf seinen Schoß. „Es ist in Ordnung, traurig zu sein, und es ist in Ordnung, ein wenig zu weinen. Ich weiß, dass du mich vermissen wirst, aber du wirst jede Menge zu tun haben, während ich weg bin." Grier drückte Luca an seine Brust und lauschte seinem Schluchzen. Es war das erste Mal, dass sie getrennt sein würden, seit Grier vom College zurückgekehrt war, und ihm tat die Trennung auch weh, aber er versuchte, nicht zu genau darüber nachzudenken, sonst würde er seine Meinung ändern.

„Du musst jeden Tag Biancas Katzenklo sauber machen, Luca und vergiss nicht, den Müllbeutel zuzuknoten, damit es in deinem Zimmer nicht stinkt."

„Okay." Luca holte zittrig Luft. „Was ist mit ihrem Futter?"

„Gib ihr jeden Morgen, wenn du aufstehst, etwas Trockenfutter in ihren Napf und gib ihr jeden Tag Wasser. Katzen haben viel Durst und du musst dafür sorgen, dass sie genug zu essen und zu trinken hat. Du willst doch nicht, dass sie solchen Hunger hat wie du vorhin, oder?"

„*Wath* noch?"

„Das ist alles. Sei ein braver Junge. Ich bin schneller zurück, als du denkst."

Luca klammerte sich an seinen Vater, bis sie in den Truck stiegen und Grier sich vorsichtig von ihm löste. „Ich gebe dir meine Telefonnummer, Luca. Ruf mich an, wenn du mit mir reden möchtest."

„Ich *weith* nicht wie."

Grier schrieb die Nummer auf einen Notizblock, den er für Notfälle in seinem Truck hatte. Er riss den Zettel ab und reichte ihn Luca. „Lies mir die Zahlen bitte vor."

„*Einth*. Acht. Vier. *Thieben*. *Thwei*. Drei. Null. *Thekth*. Vier. *Thwei*. Fünf."

„Perfekt." Grier reichte Luca sein Handy. „Jetzt such die Nummern hier drauf und tu so, als wolltest du mich anrufen."

Luca studierte die Zahlen und begann langsam, mit seinem kleinen Daumen die Zahlen zu drücken. Grier beobachtete ihn genau und war erfreut, als er es richtig gemacht hatte. „Ich will, dass du diese Nummer in deinem Zimmer aufbewahrst und sie auch benutzt, wenn du mit mir reden willst."

„Wo *tholl* ich *thie* aufheben?"

„In der Kiste mit deinen Videospielen."

„*Gehtht* du *thofort* ran?"

„Auf der Stelle."

„Versprochen?"

„Ja, ich verspreche es."

21

GRIERS JOB bei Dilorio Trucking hatte ihn in viele der Bundesstaaten nördlich, östlich und südlich von Illinois geführt, aber er war noch nie an der Westküste gewesen und geflogen war er auch noch nie. Es war sein erstes Mal und rechtfertigte in Lils Augen jeden Cent für das Businessclass Ticket, damit sie zusammensitzen konnten. Er wollte nicht auf den Ausdruck des Staunens in Griers Augen verzichten, nur um ein paar Dollar zu sparen. Grier hatte aufgeregt Lils Hand gepackt, als die Motoren des Flugzeugs aufgeheult und es auf der Startbahn in Position gebracht hatten. Das Geräusch der kraftvollen Maschinen war wie Musik in den Ohren des Mannes, der ein Motorrad besaß und die enorme Kraft zu schätzen wusste, die ihn durch die Luft tragen würde. Grier genoss es in vollen Zügen, als das Flugzeug abhob. Lil konnte den Blick nicht von seinem jungen Gefährten abwenden und wollte ihn am liebsten küssen, doch er hatte genug Anstand, es nicht zu tun.

„Das war wirklich der Hammer", rief Grier aus, als sie ihre Flughöhe erreicht hatten.

„Möchtest du einen Drink?", fragte Lil und musste über diesen Enthusiasmus lächeln.

„Was nimmst du?"

„Eine Bloody Mary."

„Das klingt gut."

Die Getränke wurden zügig serviert und Lil stieß mit Grier an. „Auf dein Abenteuer."

„Danke." Griers Lächeln war atemberaubend.

„Wer springt für dich auf der Arbeit ein?"

„Jake hat sich angeboten."

„Du hast nicht viel über ihn gesprochen."

„Wir standen uns sehr nah, als wir jünger waren, aber in unserem letzten Schuljahr haben wir und entfremdet."

„Weshalb?"

„Ich habe mich geoutet, danach wurde es komisch zwischen uns."

„Inwiefern?"

„Du weißt doch, wie das ist. Als ich ihm erzählt habe, dass ich schwul bin, dachte er, ich würde mich sofort an ihn ranmachen."

„Die Hälfte der Menschheit denkt, wir wären nur auf Sex aus."

„Manche von uns sind es", neckte Grier und leckte vielsagend den Rand seines Plastikbechers.

„Hör auf damit oder ich führe dich in den Mile High Club ein."

„Davon habe ich gehört."

„Leg es nicht darauf an." Lil verzog den Mund. „Erzähl mir von Jake."

Grier zuckte mit den Schultern. „Er ist das genaue Gegenteil von Jillian – entspannt, unkompliziert und leicht zufriedenzustellen. Seine Eltern haben früh gemerkt, dass er nicht die gleichen Ambitionen hat wie Jillian, deshalb haben sie ihn nicht gedrängt."

„Du sagtest, er ist Mechaniker?"

Grier nickte und nahm einen Schluck von seinem Drink. „Er arbeitet für einen Toyota-Händler in Schaumburg."

„Weiß er, dass du Lucas Vater bist?"

„Ich habe dir doch gesagt, dass niemand es weiß."

„Er muss doch bemerkt haben, dass Jillian von dir besessen ist."

„Sicher hat er das, aber wie alle anderen hat er mitgespielt. Bis ich verkündet habe, dass ich schwul bin. Da hat er ihr gesagt, dass sie mich in Ruhe lassen soll."

„Aber sie hat ihn ignoriert."

„Jillian hat ehrlich geglaubt, dass ich nur schwul bin, weil ich noch nie Sex mit einer Frau hatte. Sie war entschlossen, mich auf den richtigen Weg zu führen." Grier lachte traurig.

„War sie Jungfrau?"

„Das hat sie zumindest gesagt, aber ich weiß es nicht mit Sicherheit."

„Denkst du, sie hat die Schwangerschaft nicht abgebrochen in der Hoffnung, dass du deine Meinung änderst?"

„Vielleicht. Das ist schwer zu sagen, Lil. Ich weiß, dass ihre Träume geplatzt sind, als ich ihr gesagt habe, dass ich immer noch schwul bin, auch nachdem wir Sex hatten, und all ihre Träume von einer perfekten Zukunft sich in Luft aufgelöst haben."

„Aber du hast angeboten, sie zu heiraten."

„Unter Zwang."

„Es überrascht mich, dass sie die Chance nicht ergriffen hat."

„Ich denke, da hat ihr Verstand endlich eingesetzt. Sie wusste, dass es Heuchelei wäre, und hat sich einen Plan B ausgedacht."

„Was bringt jemanden dazu, eine Vergewaltigung zu erfinden? Ich kann ihre Beweggründe immer noch nicht verstehen."

„Kennst du den Film *Slumdog Millionaire*?"

Lil nickte. „Wieso?"

„Laut den Erzählungen von Enteng und Nita waren sie sehr arm. Sie wussten oft nicht, wo sie ihre nächste Mahlzeit herbekommen sollten. Sie haben Jake und Jillian erzählt, dass die Slums in dem Film genauso schlimm waren wie die auf den Philippinen, aus denen sie stammen."

„Ernsthaft?"

„Es stimmt. Nita konnte nur auf die Krankenpflegeschule gehen, weil ihre Mutter als Dienstmädchen bei einer reichen Familie gearbeitet hat, die ihr bei den

Studiengebühren geholfen hat. Enteng hat überhaupt keine richtige Ausbildung und hat als Aushilfe in verschiedenen Villen auf den Philippinen das Kochen gelernt. Das klingt nach Dritter Welt und ist schwer zu glauben, aber es war eine große Sache für sie, nach Amerika zu kommen und die Greencard zu gewinnen, war für sie wie für die Figur aus *Slumdog*."

„Ich versuche zu verstehen, worauf du mit dieser Geschichte hinauswillst."

„Vielleicht hilft es dir, Jillian zu verstehen, wenn du die Denkweise ihrer Eltern kennst."

„Das bezweifle ich, aber sprich weiter. Die Geschichte ist faszinierend."

„Als Enteng und Nita nach Chicago kamen, hatten sie anscheinend nichts außer den Klamotten am Leib. Sie haben beide zwei Jobs gehabt, um zurechtzukommen. Niemand hat härter gearbeitet als sie. Meine Mutter hat ihnen oft mit den Zwillingen geholfen, denn die Garcias hatten meistens Doppelschichten. Jeder Erfolg und jede neue Anschaffung war ein Schritt weiter weg von ihrer Vergangenheit. Ein eigenes Haus und ein eigenes Geschäft zu besitzen und dass ihre Kinder mit Luxus aufwuchsen, von dem sie selbst nur träumen konnten, war die Belohnung für all die schweren Jahre. Meine Familie wurde zum Vorbild für sie und sie haben versucht, meinen Eltern in praktisch allem nachzueifern. Meine Mutter war in Nitas Augen die perfekte amerikanische Frau."

„Und wie passt du da hinein?"

„Ich habe dir doch schon erzählt, dass sie Ali und mich fast so sehr lieben wie ihre eigenen Kinder. Sie wollten, dass Jillian einen von uns heiratet, und da sie von klein auf an mir interessiert zu sein schien, haben sie sie bestärkt. Nita hat bei Jillians Fantasien, dass sie meine Frau werden würde, mitgespielt. So sehr sie auch auf eine gute Bildung bestanden haben, denn das war gleichbedeutend mit einem guten Leben, den richtigen Partner zu finden, war ebenso wichtig. Jeder Junge, mit dem Jillian zusammen war, wurde abgelehnt, einfach weil er nicht ich war."

„Wieso gerade du? Nicht dass ich dich nicht für perfekt halten würde, aber sind sie nicht zu Sinnen gekommen, als du dich geoutet hast?"

„Niemand hat mich ernst genommen. Ich stand auf Football und Bodybuilding, deshalb waren sie sich sicher, dass ich nur einen Scherz machen wollte."

„Wer macht denn darüber Witze? Im Ernst, sind diese Leute derart naiv? Hast du sie nie zurechtgewiesen?"

„Ich wollte meinen Vater nicht noch mehr aufregen. Er hat schon fast einen Schlaganfall bekommen, als man ihm mitgeteilt hat, dass ich und ein anderer Schüler in anstößiges Benehmen verwickelt waren."

„Was bedeutet das?"

„Ein Blow Job auf dem Schulgelände."

Lil rief aus: „Das hast du nicht."

„Hey, ich war in der Dusche und Johnny ist vor mir auf die Knie gegangen. Sollte ich ihn etwa wegstoßen, wenn mein Schwanz direkt in seinem Gesicht war?"

„Auf keinen Fall", sagte Lil grinsend. „Ich hätte das Gleiche getan."

„Na ja, ich habe eine Menge Ärger bekommen. Danach dachte ich, es wäre besser, mich bedeckt zu halten und bei den Plänen der anderen mitzuspielen. Jillian und ich waren in der Schule immer zusammen, was meinen Vater und ihre Eltern bestärkt hat."

„Was ist mit deiner Mom?"

„Ich glaube, sie hatte mich durchschaut, aber hat um meines Dads willen nichts gesagt."

„Und als sie schwanger wurde, hattest du ein Problem."

„Jep."

„Aber eine Vergewaltigung?"

„Ich denke, sie war in der Zwickmühle. Nach dem Abschlussball habe ich ihr gesagt, dass ich sie nicht auf die gleiche Art liebe wie ein Mann eine Frau liebt. Danach wurde es sehr unangenehm zwischen uns und sie muss die Nerven verloren haben, als sie herausgefunden hat, dass sie schwanger ist."

„Aber du hast doch angeboten, sie zu heiraten."

„Ich war wütend auf sie, weil sie so dumm gewesen ist, schwanger zu werden. Mein Heiratsantrag war nicht gerade romantisch. Ich habe sie praktisch angebrüllt."

„Wenigstens hat sie den Antrag nicht angenommen."

„Ich wünschte, sie hätte es. Selbst wenn wir uns ein paar Monate später hätten scheiden lassen, wäre ich trotzdem rechtlich gesehen Lucas Vater. Jetzt bin ich ein Niemand."

„Das lässt sich ändern."

„Nicht ohne Kampf."

„Aber ist es das nicht wert?"

„Ich will nicht, dass er verletzt wird, Lil. Ich will, dass Jillian zu Sinnen kommt, ohne dass das Gericht involviert ist."

„Das halte ich für unmöglich. Nicht nach allem, was du mir erzählt hast."

„Vielleicht, aber ich möchte es versuchen."

„Wollen wir diese Entscheidung für diese Woche vertagen?"

„Ja." Grier nickte. „Ich will meinen Urlaub genießen."

„Ich kann nicht erwarten, dir meine Stadt zu zeigen."

„Ich kann nicht erwarten, sie zu erkunden. Es gibt so viele Dinge, die ich sehen möchte."

„Was zum Beispiel?"

„Die gewundenen Straßen, die farbenfrohen viktorianischen Häuser, die man immer auf Postkarten sieht, die Golden Gate Bridge, Napa Valley, den Ozean", zählte Grier aufgeregt auf. „Ich will den Pazifik sehen und die gigantischen Redwood-Bäume."

Lil konnte ein Grinsen nicht unterdrücken. „Wir unternehmen all das und noch mehr."

„Was noch?"

„Du wirst das Castro zu sehen bekommen."

„Au ja."

„Und das Art Institute of California."

Grier runzelte die Stirn. „Lil, das geht nicht."

„Es schadet nicht, es sich einmal anzusehen, oder?"

„Ich schätze nicht."

Lil wusste, dass Griers Gedanken sofort wieder bei Luca waren. Es fiel ihm mittlerweile ziemlich leicht, Griers Gesichtsausdruck zu deuten, und wann immer er an seinen Sohn dachte, war ein bestimmter Ausdruck in seinen Augen. Lil konnte sich nicht einmal vorstellen, welche Verantwortung es bedeutete, ein Kind großzuziehen. Er hatte eine Kostprobe bekommen, als er ein wenig Zeit mit Luca verbracht hatte, aber es war eine wundervolle Aufgabe und seine Bewunderung für Griers Hingabe zu seinem Sohn wuchs mit jeder neuen Information, die er bekam. Griers Entscheidung, Lucas Bedürfnisse über seine eigenen zu stellen, war wichtiger als sein Name auf der Geburtsurkunde und sprach Bände über den Mann, in den Lil sich verliebt hatte. Er hoffte, dass die Woche in San Francisco ihre Verbindung verstärken würde, und er wollte Grier ein paar Optionen präsentieren, die er nicht gehabt hatte, bevor sie sich getroffen hatten. Lil hatte recherchiert und einer der Orte, die er Grier zeigen wollte, was das Büro eines Anwalts.

SIE NAHMEN am Flughafen ein Taxi und fuhren auf dem Bayshore Freeway in die Stadt, bogen an der Sixteenth Street ab und fuhren rechts auf der Van Ness in Richtung California Street, wo Lils Appartementgebäude war. Er war vor ein paar Jahren in diesen Teil der Stadt gezogen und hatte das Castro hinter sich gelassen, denn er wollte etwas Größeres, das näher an seinem Büro im Finanzdistrikt lag. Er wollte auch eine Garage, da er oft zu Baustellen an der East Bay fahren musste und deshalb ohne eigenes Auto nicht mehr zurechtkam. Er hatte sich die Wolkenkratzer in der Gegend von Embarcadero angesehen und der Ausblick hatte ihn ernsthaft gelockt, aber seine Höhenangst und die Gedanken an ein Feuer oder ein Erdbeben hatten ihn abgehalten. Stattdessen hatte er ein älteres Appartementgebäude gefunden, das in hochwertige Eigentumswohnungen umgewandelt worden war. Seine Wohnung mit drei Zimmern lag im obersten Stock und hatte einen tollen Ausblick auf den Lafayette Park und die Umgebung.

„Ich dachte, du hast es lieber modern?", stellte Grier fest, als er vor dem zwölfstöckigen Gebäude stand, das mindestens fünfzig Jahre als sein musste.

„Warte ab, bis du das Innere siehst."

22

Es DAUERTE noch mehrere Stunden, bis Grier die Gelegenheit bekam, sich die Innenausstattung von Lils Appartement genau anzusehen. Im Moment sah er nur die Lichter, die strategisch im Schlafzimmer platziert waren, und den 60-Zoll-Plasmafernseher, der an der Wand montiert war. Er war von der Eingangstür direkt ins Schlafzimmer manövriert worden, ohne dass Lil den Mund von Griers Lippen genommen hatte.

„Ich will dich küssen, seit wir Chicago verlassen haben."

„Wieso hast du es nicht getan?", keuchte Grier atemlos.

„Wir wären aus dem Flugzeug geworfen worden."

„Eine Schande", stellte Grier fest und fuhr mit beiden Händen unter Lils Hemd, um es ihm in einer fließenden Bewegung auszuziehen. Er saugte an Lils Nippel und zeichnete Kreise um den braunen Knubbel.

Lil zischte: „Ja."

„Das gefällt dir, nicht wahr?", sagte Grier leise und saugte so fest an dem anderen Nippel, dass Lil aufschrie und seinen Hüften von der Matratze abhoben.

„Ahh …"

Grier zog Lil aus und schleuderte dessen Jeans durch den Raum, gefolgt von seinen Boxers. Er hockte zwischen Lils Beinen und schaute in dessen blaue Augen, die vor Verlangen brannten.

„Ich will dich, Liebling."

„Bald", erwiderte Grier und zog sein eigenes Shirt aus.

Lil streckte den Arm aus und fuhr die roten und blauen Tattoos an Griers rechtem Arm nach, dabei flüsterte er leise Koseworte. Seine Finger strichen federleicht über Griers Brust, dabei zwickten sie beide Nippel, doch bewegten sich stetig nach unten. Er öffnete Griers Jeans, einen Knopf nach dem anderen, und quälte sie beide mit der langsamen Geschwindigkeit. Als der letzte Knopf offen war und der Jeansstoff sich teilte, sog er scharf die Luft ein und war hocherfreut, als er den schwarzen Spitzentanga sah. „Ich hatte gehofft …"

„Fast hätte ich es nicht getan", sagte Grier und beugte sich herunter, um Lil zu küssen. „Ich hatte Sorge, dass ich am Flughafen durchsucht würde und mich ausziehen muss."

„Das hätte einen Aufruhr verursacht", scherzte Lil, der die Aufregung kaum aus seiner Stimme verbannen konnte.

„Nicht jeder steht auf Leder und Spitze."

„Narren."

„Lil."

„Lass mich." Lil änderte ihre Position, sodass Grier nun auf dem Rücken lag. Er packte die Jeans und zog sie an Griers langen Beinen herunter, dann warf er den schweren Stoff zur Seite. Grier verschränkte die Hände hinter dem Kopf, damit er Lil zuschauen konnte, der anscheinend jeden Zentimeter von Griers Körper kosten wollte, angefangen bei seinen Achselhöhlen. Lil vergrub sich an der weichen Haut, atmete den moschusartigen Geruch tief ein und stöhnte vor Lust auf. Er zog mit den Zähnen an den kurzen Haaren und ließ erst los, als Grier aufschrie und die Position änderte. Er hinterließ eine Spur aus Speichel auf Griers Brust und folgte den Sternen an den festen Bauchmuskeln hinunter, bis er den Tanga erreichte und begann, an dem Strumpfhalter zu knabbern.

„Bitte", flehte Grier.

Lil ließ den Strumpfhalter los und begann, Griers Schwanz durch den schwarzen Spitzenstoff hinweg zu lutschen. Seine Zunge wand sich unter den Rand, spielte mit Griers geschwollenem Schaft und bedeckte ihn mit Speichel, dann rieb er erneut durch den Stoff an der Beule und trieb Grier fast in den Wahnsinn. Grier begann, mit vor Verlangen rauer Stimme zu betteln. Er zog an Lils Haar und rieb sich an dessen Gesicht.

„Bitte …" Das Hinauszögern war himmlisch und brachte ihn in Sphären der Lust, die nur durch einen Höhepunkt befriedigt werden konnten. „Bitte Lil", flehte Grier erneut und seufzte laut, als Lil den Tanga zur Seite schob und seinen Schwanz bis zum Ansatz in den Mund nahm.

Er kam auf der Stelle. Er zuckte und erschauerte, während er in Lils Kehle spritzte. „Oh Scheiße", schrie er auf und entschuldigte sich, weil er Lil nicht vorgewarnt hatte, der bloß abwinkte und weiterhin begierig jeden Tropfen schluckte.

„Oh Gott", stöhnte Grier und riss Lil an seine Brust, wo er ihn fest umklammerte. „Danke."

„Ich denke, es ist eher anders herum, jedes Mal, wenn ich dich in Spitze sehe, kann ich meine Hände und meinen Mund nicht von dir lassen."

„Das ist gut zu wissen. Nach dem, was Jillian neulich gesagt hat, fühle ich mich wie ein Freak."

„Vergiss die Schlampe. Was hat sie gesagt, Liebling?"

„Sie hat gedroht, meine Vorliebe für Spitze öffentlich zu machen, wenn ich versuche, das Sorgerecht für Luca zu bekommen."

„Wann war das?"

„Als ich den Zusammenstoß in der Bar hatte."

„Deswegen hattest du so schlechte Laune."

Grier nickte. „Ich habe Angst, Lil. Was, wenn sie denken, dass ich abartig bin?"

„Zuerst einmal, was du in deinem Schlafzimmer tust, hat nichts mit deiner Fähigkeit als Elternteil zu tun. Wenn das so wäre, dürfte die Hälfte der Menschheit keine Kinder haben."

„Bist du dir sicher? Sie schien vollkommen überzeugt zu sein."

„Grier, hör auf damit. Du denkst nicht rational. Glaubst du wirklich, sie würde deinen Fetisch ansprechen, wenn du das Gleiche mit Leichtigkeit bei ihr machen könntest? Hast du mir nicht erzählt, dass sie gern Männerunterwäsche trägt?"

„Ja."

„Das tun viele Frauen. Das macht sie nicht abartig und du solltest dir deshalb auch keine Gedanken machen. Sie bläst sich einfach auf in der Hoffnung, dass du den Gedanken, Luca anzuerkennen, fallenlässt. Darum ist es meiner Meinung nach wichtig, dass du dich rechtlich beraten lässt. Dann weißt du wenigstens, was auf dich zukommt, wenn es hart auf hart kommt."

„Bist du dir sicher, dass es auf eine Auseinandersetzung hinausläuft?"

„Ich würde mit Zähnen und Klauen um diesen Jungen kämpfen."

„Das würdest du?"

„Auf jeden Fall. Und Jillian wird ihn auch nicht einfach so aufgeben, also ja, es wird zu einer Auseinandersetzung kommen, aber du kannst gewinnen, wenn du ordentlich vertreten wirst."

„Die Mütter bekommen immer das Sorgerecht."

„In der Vergangenheit, ja, aber heutzutage nicht mehr unbedingt. Väter haben die gleichen Rechte und gewinnen auch vor Gericht."

„Woher weißt du das alles?", fragte Grier. Er war gerührt, dass Lil so an seiner Sache interessiert war.

„Ich habe nachgelesen."

„Bin ich dir so wichtig?"

Lil küsste ihn sanft. „Das seid ihr beide, mein Liebling."

Lil drehte sie um, sodass er wieder oben war, und war nicht überrascht, als Grier die Augen schloss, um seinem Blick zu entgehen. Lil hatte ein Glitzern in seinen Augen gesehen, bevor er sie geschlossen hatte, um die Gefühle zu verbergen, die dicht unter der Oberfläche schlummerten. Die Versuchung nachzugeben und Grier zu sagen, wie viel er ihm tatsächlich bedeutete, war groß, aber Lil hielt sich zurück, denn er wusste, dass er Grier damit nur noch mehr belasten würde. Er wollte ihm nicht noch eine weitere Entscheidung aufbürden. In den nächsten Tagen war noch genug Zeit dafür und er würde wissen, wenn es der passende Augenblick war. Im Moment musste er ihn nur noch einmal küssen und hoffen, dass sie die Magie von vorhin wiederfanden, die von der harschen Realität verdrängt worden war.

Es dauerte nicht lange, bis Lils Körper auf die heißen Küsse reagierte und seine Erektion mit ganzer Macht zurückkehrte. Er fuhr mit der Hand an Griers Körper herunter und zog ihm den Spitzenstoff aus, dann langte er nach Gleitgel und einem Kondom, die er in einer Schublade neben seinem speziell angefertigten Bett aufbewahrte. Nachdem er sich vorbereitet hatte, machte er seinen Partner mit schlüpfrigen Fingern bereit, dabei freute er sich über Griers Vielseitigkeit, der nicht auf eine Rolle festgelegt war. Er genoss, unten zu sein ebenso sehr wie oben zu sein. Er war mehr auf Lils Vergnügen bedacht als darauf, Dominanz zu zeigen, was sich in jeder geübten Bewegung seiner Hände und seines Mundes zeigte. Er liebte selbstlos und wollte die größtmögliche Befriedigung bereiten, wodurch Lils Gefühle für ihn nur noch stärker wurden.

Als sie befriedigt waren, schliefen sie in den Armen des anderen ein. Als Lil die Augen öffnete, was er allein in seinem Kingsize-Bett. Die Schlafzimmertür stand offen und er rief nach Grier, der entspannt hereinkam.

„Sie haben geläutet?"

Lil lachte und musste an Lurch von der *Addams Family* denken. Allerdings war der Mann, der im Türrahmen stand, mit nichts als seinen farbenfrohen Tattoos, dem über zwei Meter großen Monster nicht im Entferntesten ähnlich. Lil setzte sich auf, lehnte sich an das gepolsterte Kopfteil und genoss den Anblick seines Gastes. „Was machst du, Liebling?"

„Ich hatte Durst und habe beschlossen, mich etwas umzusehen, während ich in der Küche war. Dein Appartement ist wundervoll."

„Danke."

„Hast du alles selbst eingerichtet?"

„Ich hatte Hilfe von der Inneneinrichtungsabteilung meiner Firma."

„Du hast eine Inneneinrichtungsabteilung?" Grier sah überrascht aus.

„Sicher. Ich entwerfe Häuser, da biete ich meinen Kunden gern alles, was sie brauchen, unter einem Dach an."

„Alles in einem Laden", sagte Grier mit einem Grinsen.

Lil nickte.

„Wie viele Leute arbeiten für dich?"

„Mehrere Bauzeichner, zwei Assistenten, ein paar Praktikanten und die Designer. Etwa fünfzehn Leute insgesamt."

Grier pfiff. „Wow."

„Wir werden morgen hingehen. Ich will, dass du alle kennenlernst und ein Gefühl für das Business bekommst. Du wirst meine Designer lieben."

„Sind sie schwul?"

„Du klingst wie dein Vater."

Grier öffnete den Mund, um zu protestieren, doch dann schloss er ihn wieder. „Du hast recht. Das war eine dumme Frage."

„Als Arbeitgeber gebe ich jedem die gleiche Chance, Liebling, aber die Mehrheit meiner Angestellten ist tatsächlich schwul."

„Ist das ein Zufall?"

„Ich engagiere sie anhand ihres Talents und nichts anderes, aber wir sind hier in San Francisco."

„Ist es nicht einfacher, mit Leuten zu arbeiten, die die gleiche Orientierung haben wie du?"

119

„Wir haben die Liebe zur Schönheit gemeinsam. Der Rest spielt keine Rolle. Davon abgesehen verkehre ich privat nicht mit meinen Angestellten. Das ist schlecht fürs Geschäft."

„Okay."

„Mein Chefdesigner ist hetero, verheiratet und hat zwei Kinder."

„In Ordnung … Ich habe verstanden, worauf du hinauswillst."

„Ich will darauf hinaus, dass es keine Rolle spielt, mit wem man ins Bett geht. Es zählt nur, was man leisten kann."

„Nicht jeder denkt so."

„Dann umgib dich mit Leuten, die genauso denken wie du."

„Fang nicht damit an."

„Hast du Hunger?", fragte Lil, um das Thema zu wechseln.

„Ich könnte schon etwas essen."

„Magst du japanisches Essen?"

„Sicher."

„Japantown ist nicht weit von hier. Ich kenne eine tolle Sushibar."

„Ich brauche zuerst eine Dusche", meinte Grier.

„Wollen wir?", fragte Lil.

„Ist sie groß genug für zwei?"

Lil nahm Griers Hand. „Sieh selbst."

23

DAS BADEZIMMER und die Dusche im Besonderen waren wie alles andere in Lils Appartement bis ins Detail geplant und groß genug für zwei. Man musste sich keine Sorgen machen, den Ellenbogen an der gefliesten Wand anzuschlagen, wenn man sich in der großzügigen Enklave bewegte. Der Geruch von Neutrogena Waschgel hing in der Luft, während der Raum sich mit Dampf füllte, als Wasser aus dem verchromten Regentropfen-Duschkopf lief. Lil zeigte ihm, wie man mit einem Schalter die beruhigende regenartige Funktion zu einem harten Massagestrahl umstellen konnte, wenn einem der Sinn danach stand.

Sie ließen sich Zeit und erkundeten einmal mehr den Körper des anderen, während sie sich gegenseitig zärtlich einseiften. Wenig überraschend wurde daraus erneut ein Liebesspiel, was auf den weichen ägyptischen Handtüchern zu Ende ging, die Lil auf dem Marmorfußboden vor der Dusche ausgebreitet hatte, um dem Duschstrahl zu entgehen.

„Deine Beleuchtung ist sehr ungewöhnlich", meinte Grier, als er nach einem weiteren atemberaubenden Orgasmus wieder zu Atem gekommen war.

„Das hat mir noch nie jemand nach dem Sex gesagt", stellte Lil fest.

„Ich wollte dich vorhin schon fragen, aber ich wurde abgelenkt." Grier drehte sich auf die Seite, um Lil zu küssen, und fuhr fort: „Du bist einfach zu heiß."

„Das liegt an deiner Gegenwart", scherzte Lil.

„Sollen wir ein Fenster kippen?"

„Nein, dann holen wir uns eine Erkältung. Der Nebel zieht schon auf."

„Kälte? Du weißt nicht, was Kälte ist, wenn du noch nie einen Winter in Chi-Town erlebt hast."

„Du hast recht. Und darauf kann ich auch verzichten, glaub mir."

„Bei dem Film musste ich weinen", gab Grier zu.

„Ich auch", rief Lil aus. „Eine weitere Sache, die wir gemeinsam haben."

„Erzähl mir von deiner Beleuchtung."

„Die LEDs sind ferngesteuert und jeder Raum hat einen Sensor, der die Lichter einschaltet, sobald er Bewegung wahrnimmt. Das ist praktisch, besonders wenn man vom Einkaufen kommt und die Hände voll hat. Oder einen hübschen Mann dabei hat. Ein weiterer Vorteil ist, dass ich nie eine Glühbirne wechseln muss."

Grier stand auf und zog Lil hoch. „Führ mich herum. Ich will alles über dein Appartement wissen."

Lil schlang ein Handtuch um seine Hüfte und folgte Grier ins Schlafzimmer. Der Brünette hatte sich kein Handtuch genommen und Lil genoss den Anblick seines muskulösen Rückens. „Was willst du wissen?"

„Dein Bett – Ich habe noch nie so gemütlich gelegen."

Lil grinste. „Du bist sehr scharfsinnig. Es ist ein Hypnos."

„Noch nie davon gehört."

„Das ist ein weltbekanntes britisches Unternehmen, das die besten Matratzen der Welt herstellt. Aber du wirst sie nicht bei Sears finden."

„Es kostet wahrscheinlich mehr als meine Harley."

Lil lachte. „Das stimmt."

„Scheiße … Was ist mit dem Rahmen?"

„Charles P. Rogers."

„Wer?"

„Er stellt maßgefertigte Bettrahmen her. Das gepolsterte Leder kann sehr hilfreich sein." Lil lächelte, während er daran dachte, wie oft er mit dem Kopf dagegen gestoßen war. Bei einem Kopfteil aus Holz hätte er sich eine Gehirnerschütterung geholt.

Grier strich mit den Händen über das schwarze Leder und bewunderte die Handarbeit. „Sehr schön", murmelte er.

„Diese Namen werden dir geläufiger werden, wenn du Innenarchitekt bist."

Grier schnaubte. „Wenn Schweine fliegen können."

Lil nahm ihn in die Arme. „Du musst es nur wirklich wollen."

„Ich kann meine Verantwortung nicht einfach vergessen."

„Mit einem Collegeabschluss kannst du Luca eine bessere Zukunft bieten. Und was ist falsch daran, etwas mit deinem Leben anzufangen, das du liebst?"

„Mein Vater würde verrückt werden."

„Dein Vater scheint ein vernünftiger Mann zu sein. Ich bin mir sicher, er ließe sich überzeugen."

Grier manövrierte Lil ins Wohnzimmer, um ihre Tour fortzusetzen. „Deine Möbel scheinen importiert zu sein."

„Und du", sagte Lil, nachdem er Griers Lippen geküsst hatte, „hast ein exzellentes Auge. Das Leder kommt aus Mailand. Die Tische sind von Philippe Starck Designs aus Cassina USA. Der Teppich ist persisch."

„Was ist mit dem Esstisch?" Er hatte eine runde Glasplatte, die auf einem Gestell aus ionisiertem Stahl lag.

„Das ist von Marion Bellini, auch aus Cassina."

„Hast du etwas gegen amerikanische Designer?"

„Ich liebe sie alle, aber alles muss zu dem Raum in dem Geschmack des Kunden passen. Zurzeit bevorzuge ich italienisch. Nächstes Jahr kommt vielleicht orientalisch oder amerikanisch. Das ändert sich ständig. Mir wird langweilig, wenn ich jeden Tag dasselbe sehen muss."

„Gilt das auch für Männer?"

„In der Vergangenheit schon."

„Was ist mit mir?", wollte Grier wissen und trat in Lils Umarmung. „Werde ich dich in ein paar Wochen oder Monaten auch langweilen?"

Lil traf Griers fragenden Blick. „Was denkst du denn?"

„Es spielt keine Rolle, nicht wahr?", seufzte Grier und stieß Lil weg. „In einer Woche bin ich weg und wir sehen uns vielleicht nie wieder."

„Hey." Lil streckte die Hand aus und nahm Griers Hand. Er zog den Mann sanft in seine Arme. Grier war angespannt und bereit zur Flucht. „Es muss nicht diese Woche enden."

„Wie stellst du dir das vor?"

„Wir haben noch genug Zeit, um alles zu besprechen. Wieso verschieben wir dieses Gespräch nicht, bis du die Möglichkeit hattest, meine Stadt und was sie anzubieten hat, zu erkunden?"

„Ich könnte Luca niemals verlassen."

„Wer sagt denn, dass du das tun sollst?"

Grier neigte den Kopf. „Was meinst du damit?"

„Lass uns etwas essen gehen", sagte Lil, um das Thema zu wechseln. Er wollte an ihrem ersten Abend in der Stadt nicht in einen Streit geraten. Außerdem brauchte er noch mehr Zeit, um Grier zu bearbeiten und ihm die Vorzüge eines Lebens in San Francisco zu zeigen. Er wollte ihm am Ende der Woche ein Angebot machen, aber er wollte es nicht verderben, indem er vorschnell handelte. „Zieh dir etwas an, Liebling, sonst landen wir wieder im Bett."

Grier lächelte. „Es gibt Schlimmeres."

„Keine Sorge. Nach dem Abendessen kommen wir zu einer ausgiebigen Besichtigung zurück."

Als sie beide angezogen waren, nahm Lil seinen Schlüssel, aktivierte den Alarm und scheuchte Grier zur Tür hinaus in den Aufzug, der sie in die Garage brachte. Grier pfiff anerkennend, als er das dunkelrote Mercedes Benz E550 Cabriolet sah, das auf einen Parkplatz, der mit Lils Namen markiert war, stand.

„Heilige Scheiße!"

„Gefällt es dir? Ich habe es seit etwa 3 Monaten."

„Es ist fantastisch. Fährst du jemals mit offenem Verdeck?"

„Andauernd, Liebling."

„Wir unterscheiden uns nicht allzu sehr, nicht wahr? Du magst die Geschwindigkeit genauso sehr wie ich."

„Ich bevorzuge es, in den schützenden Armen der deutschen Ingenieurskunst zu liegen, statt einfach auf das Beste zu hoffen."

„In einem Sportwagen kann man genauso schnell sterben."

„Das sehe ich anders, aber ich werde deswegen keine Diskussion anfangen. Du kannst deine Harley gern bis ans Ende der Welt fahren. Aber erwarte nicht, dass ich meine Arme um deine Taille lege und mich an dich klammere."

„Ich werde dich schon noch weich klopfen."

„Tu das, Grier. Ich werde jede Minute davon genießen."

Lil navigierte das Fahrzeug geübt zwischen Straßenbahnen, Bussen und Fußgängern in Richtung Japantown, was nicht weit entfernt war. Das Restaurant Maki lag an der Post Street und gerade als sie es erreichten, wurde davor ein Parkplatz frei. Lil parkte den Mercedes mit Leichtigkeit.

„Das war vielleicht ein Glück", meinte Grier. „In Chicago ist das Parken normalerweise einen Albtraum."

„Hier auch", erwiderte Lil und nickte. „Aber heute scheinen die Sterne günstig für uns zu stehen."

Es war ein sehr kleines Restaurant und alle außer einem der sieben Tische waren besetzt. Sofort kam eine Kellnerin zu ihnen, lächelte und verbeugte sich zeremoniell vor Lil, der ein Stammgast war und zum Glück einen Tisch reserviert hatte. Sie führte sie zu einem Tisch für zwei und brachte nur Minuten später ein Tablett mit einer Auswahl Sushi.

„Ich war mir nicht sicher, ob du Sushi magst, aber es gibt auch andere Gerichte auf der Karte", erklärte Lil Grier, während er die Essstäbchen nahm, sie auseinanderbrach und eine Nigiri-Rolle von dem Tablett nahm. Er tauchte sie in die Sojasoße mit Wasabi und steckte sie sich in den Mund.

„Ich mag Sushi", sagte Grier, der seine eigenen Essstäbchen mit weit weniger geübten Griffen händelte, aber ein Unagi Sushi ohne Probleme aufnahm. Er tat es Lil gleich und tauchte es ein, bevor er es aß, dann seufzte er zufrieden, als der stechende Geschmack des Meerrettichs sich in seinem Mund ausbreitete.

Sie bestellten beide ein Wappa, das aus gedämpftem Gemüse mit Fisch bestand, das mit Reis in einem Dämpfkörbchen aus Bambus serviert wurde. Sie aßen zügig und genossen ihre erste Mahlzeit, seit sie Chicago vor Stunden verlassen hatten. Als sie endlich gesättigt, ihre Teller abgetragen und aromatischer Grüner Tee in Teetassen serviert worden war, fragte Lil Grier, was er in der Bay Area zuerst sehen oder unternehmen wollte. „Ich plane gern voraus."

„Das ist mir aufgefallen", meinte Grier und nippte vorsichtig an seinem heißen Tee. „Ich würde mir gern die Clubs im Castro ansehen."

„Würdest du das gern jetzt tun?"

„Sicher."

„Wir können vorher noch etwas trinken gehen."

„Was ist mit morgen?", fragte Grier. „Hast du schon eine Idee?"

„Ich dachte, ich zeige dir mein Büro und danach fahre ich mit dir zu Alla Prima in North Beach."

„Was ist das?"

„Dort gibt es die größte Auswahl von La Perla Wäsche in der Stadt."

„Ach wirklich." Grier rutschte auf seinem Stuhl herum. „Schwebt dir etwas Bestimmtes vor?"

„Ich werde es wissen, wenn ich es sehe."

„Ich war noch nie in einer Wäsche-Boutique."

„Das habe ich mir gedacht", sagte Lil. „Ich habe meine Mutter einmal auf einer Shoppingtour begleitet und ich erinnere mich noch genau an diesen Laden wegen seiner großen Auswahl und der Schönheit der angebotenen Stücke. Selbst meine wählerische Mutter war beeindruckt."

„Lebt sie in der Nähe?"

„Sie lebt in Hillsborough, etwa 45 Minuten entfernt."

„Ich würde sie gerne einmal kennenlernen."

„Das wirst du bestimmt." Lil nickte der Kellnerin zu und sie brachte ihnen sofort die Rechnung.

Grier wollte seinen Geldbeutel hervorholen, aber Lil winkte ab.

„Werden wir die ganze Woche wegen Geld streiten?" Grier runzelte die Stirn.

„Du bist mein Gast."

„Lass mich wenigstens die Hälfte der Rechnung übernehmen."

„Wenn ich Nein sage, schmollst du dann?"

„Ja", sagte Grier entschlossen.

„Okay, Liebling. Ich werde nicht wegen Geld streiten. Das ist so profan."

„Gut." Grier lächelte und legte eine Einhundert-Dollar-Note auf den Tisch.

Lil öffnete die Ledermappe und schaute auf die Rechnung. Er holte seinen Geldbeutel hervor, zog zwei Zwanziger heraus und reichte sie Grier.

„Bist du sicher, dass das genug ist?"

„Sei nicht kleinlich."

„Das werde ich nicht, wenn du nicht mit mir spielst."

Lil war sich sehr wohl bewusst, dass Grier darauf bedacht war, seinen Anteil zu übernehmen, und er versicherte ihm: „Du hast mir mehr als genug gegeben, Liebling."

„Okay."

„Wollen wir gehen?"

24

GRIER VERSUCHTE, sich nicht wie ein Tourist zu benehmen, aber er konnte ein Lächeln nicht unterdrücken, als er die große Regenbogenflagge auf dem Harvey Milk Plaza an der Ecke der Market Street und der Castro Street entdeckte. Seit er zwanzig war, war er regelmäßig in Halsted in Chicago gewesen, aber hier zu stehen, am Tor zum berühmten schwulen Mekka, war ein Meilenstein.

Sie parkten das Auto und verriegelten es, denn sie wollten zu Fuß gehen, damit Lil ihm berühmte Stellen zeigen konnte, ohne den Verkehr aufzuhalten. Zuerst schauten sie sich die verschiedenen Plaketten und Bilder zu Ehren von Harvey Milk an, während Lil für Grier die Geschichte des berühmten schwulen Politikers zusammenfasste, der von einem homophoben Kollegen ermordet worden war. „Wir werden uns die DVD ausleihen", meinte er, denn er war überrascht, dass Grier so wenig über Harvey wusste und den Film *Milk* nicht gesehen hatte.

Er legte den Arm um Griers Schultern und sie gingen weiter. Hin und wieder blieben sie stehen, um einen Freund von Lil zu begrüßen, dem er Grier vorstellte. Lil beantwortete alle von Griers Fragen, durchsetzt von Küssen und Umarmungen, bevor sie das 440 Castro betraten, um etwas zu trinken. Es war Montag, auch bekannt als Unterwäsche-Nacht für die Abenteuerlustigen, die an der traditionellen Show teilnehmen wollten. Grier genoss den Anblick, während Bären, Cubs und hin und wieder ein Twink ihre knappe Unterwäsche vorführten.

„Du würdest einen Aufruhr verursachen, wenn die Leute hier sehen würden, was du unter deinen Calvin's trägst", flüsterte Lil Grier ins Ohr.

„Keine Chance. Die sind nur für zu Hause."

„Ich weiß, Liebling. Ich würde dich sowieso nicht teilen", sagte Lil leise. Er küsste Grier auf die Lippen und stellte zufrieden fest, dass der den Kuss mit gleicher Hitze erwiderte. Grier schien keine Probleme mit zärtlichen Gesten in der Öffentlichkeit zu haben, was Lil sehr freute. Er mochte selbstsichere Männer und obwohl Grier deutlich jünger war als er, war er sehr reif für sein Alter, wahrscheinlich dank Luca und der Verantwortung, die er schon in jungen Jahren hatte tragen müssen.

„Wodka oder Bier?", fragte Lil.

„Ich nehme ein Bier."

Lil winkte den Barkeeper heran, während sie an der Bar lehnten und weiterhin die Männer beobachteten, die in ihrer Unterwäsche tanzten. „Oh Gott, ich erinnere mich noch, als ich so etwas getan habe."

„Warst du ein schlimmer Junge?", neckte Grier. „Meistens scheinst du dich unter Kontrolle zu haben."

„Meistens?", bohrte Lil.

„Wenn ich dich nicht gerade mit meiner Spitzenwäsche um den Verstand bringe."

„Du liebe Güte. Das musstest du jetzt erwähnen, oder?" Lil zog Grier an sich. „Ich kann es nicht erwarten, nach Hause zu kommen."

„Hast du eine Ahnung wie schön es ist, mit jemandem zusammen zu sein, der den gleichen Fetisch hat wie ich?"

„Hast du eine Ahnung, wie lange ich auf dich gewartet habe?"

„Sag du es mir", bat Grier.

„Ich küsse Frösche, seit ich sechzehn bin."

„Einundzwanzig Jahre sind eine lange Zeit."

„Fast so alt wie du."

„Nicht ganz. Mach jetzt nicht einen auf Daddy."

„Würg ... nicht mein Ding."

„Meins auch nicht."

„Lillian, Süßer!" Ein gut aussehender, blonder Mann in Lils Alter setzte sich zu dem Paar und warf Lil einen Luftkuss zu. „Wer ist denn dieses hübsche Ding?"

„Hände weg, Alex", scherzte Lil. Offensichtlich war es ein alter Freund. „Das ist Grier."

„Ein wunderbarer Name und sehr passend."

„Danke", sagte Grier grinsend.

„Was führt dich her? Ich habe dich schon seit einer Ewigkeit nicht mehr gesehen", wollte Alex von Lil wissen.

„Grier kommt aus Chicago. Ich führe ihn nur etwas herum."

„Schätzchen, das ist einfach fantastisch! Ich liebe Männer aus dem Mittleren Westen – so substanziell."

„Was zum Teufel soll das denn bedeuten?", fragte Grier.

„Sie haben so viel mehr Tiefe, Süßer, und wie sie aussehen? So etwas findet man hier nicht mehr. Ich schwöre dir, Lil, ich sterbe vor Langeweile."

Lil lächelte. „Ich nehme an, du hast gerade keinen Liebhaber?"

„Woher weißt du das? Du hast nicht zufällig Freunde oder Verwandte, oder, Grier?"

„Äh ... nein."

„Zu schade", stellte Alex fest. „Du musst ihn bearbeiten, Lillian. Er sieht aus, als solltest du ihn behalten."

„Das stimmt", sagte Lil sanft und verschlang Grier mit den Augen.

„Hm", machte Alex. „Das scheint ernster zu sein, als ich dachte. Sei vorsichtig, Süßer. Ich würde ungern sehen, wie dir das Herz gebrochen wird."

„Oh hör auf, Alex. Du bist so eine Dramaqueen."

„Das ist mein zweiter Vorname", gluckste Alex. „Ruf mich an, Lillian. Ich würde mich freuen, wenn ihr beide zum Essen kommt."

„Bist du immer noch im Maison Lutrice?"

„Jeden Tag, außer montags."

„Vielleicht nehmen wir dein Angebot an. Ich vermisse dein Beef Bourguignon."

„Sag mir Bescheid, dann reserviere ich euch den Tisch mit dem besten Ausblick."

Lil gab ihm einen Kuss auf die Wange. „Danke Baby."

„Jederzeit, Lil."

Alex verabschiedete sich schnell und wand sich durch die Menge auf der Suche nach jemandem, der ihm für die Nacht zusagte.

„Er scheint ein netter Kerl zu sein, wenn auch ein bisschen überdreht."

„Er ist etwas dramatisch, Grier, aber einer der besten Küchenchefs in der Stadt."

„Wirklich … Sind alle deine Freunde so erfolgreich?"

„Ich habe alle möglichen Freunde", sagte Lil, dabei nahm er Griers Hand und drückte sie leicht. „Möchtest du noch mehr sehen?"

„Gern. Was kommt als Nächstes?"

„Wir müssen einfach ins Badlands gehen, nur damit du sagen kannst, dass du dort warst."

„Was ist das?"

Lil rollte mit den Augen. „Ein Tanzclub."

„Und was ist daran so schlimm?"

„Man muss dafür in der richtigen Stimmung sein und das war ich schon seit Jahren nicht mehr."

„Du klingst wie eine müde, alte Tunte."

„Tue ich das? Nicht mit Absicht. Ich habe das schon so oft gemacht, dass es mir schwerfällt, mich noch dafür zu begeistern."

„Für was genau?"

„Die Jagd natürlich. Über diese ganze Denkweise bin ich so was von hinaus."

„Was willst du *dann*, Lil?", fragte Grier und fixierte ihn mit seinem dunklen Blick. In dem gedimmten Licht sah er aus wie ein römischer Gott. Sein dichter Bartschatten gab ihm eine wilde Qualität, die Lil unwiderstehlich fand. Die schwarze Lederjacke, die Ohrstecker aus Onyx und die Tattoos, die unter der Jacke, die sich bei jeder Bewegung teile, kaum zu erkennen waren, komplettierten das Bild. Lil wusste ohne Zweifel, dass er Hals über Kopf verliebt war.

„Ich will dich."

„Du hast mich."

„Dauerhaft."

Grier runzelte die Stirn, was die Symmetrie seines Gesichts verzerrte. „Ich weiß nicht, wie das möglich sein soll."

„Kannst du zumindest offen bleiben?"

„Das kommt darauf an, was genau du willst."

„In Ordnung. Lass uns gehen und sehen, was im Badlands los ist."

Lil legte etwas Geld auf die Bar und hielt Grier auf, als dieser nach seinem Geldbeutel tastete. „Du bist nächstes Mal dran."

„Okay."

DAS BADLANDS war genauso, wie Lil es beschrieben hatte. Es war ein regelrechtes Jagdgebiet voller hungriger Männer auf der Suche nach Spaß. Männer in allen Größen, Formen, Rassen und Altersklassen. Nach zehn Minuten war Grier langweilig. „Lass uns gehen", flüsterte er in Lils Ohr.

„Gott sei Dank", hauchte Lil dankbar.

Sie gingen zurück zum Auto, dabei hielten sie sich an der Hand. „Hast du je in dieser Gegend gelebt?"

„Viele Jahre lang."

„Warum bist du umgezogen?"

„Ich wollte etwas Größeres, das näher an meinem Büro liegt. So etwas konnte ich hier nicht finden. Ich habe tatsächlich über ein Penthouse in den Millennium Towers nachgedacht. Ein Freund hat mir davon erzählt und wenn ich nicht dieses Problem mit Höhen hätte, wäre ich sofort darauf angesprungen. Mein Gott, Grier. Diesen Ausblick kannst du dir nicht vorstellen."

„Warum hast du solche Höhenangst?"

„Wer kennt schon den Grund für seine Phobien? Ich kann mich jedenfalls nicht erinnern, als Kind aus dem Fenster gefallen zu sein. Ich finde es einfach unheimlich."

„Ich würde das Penthouse gern sehen."

„Ach ja? Das kann ich bestimmt arrangieren, wenn es nicht bereits verkauft ist."

„Müssen wir dir dann ein Inhaliergerät mitnehmen?"

„Leg einfach die ganze Zeit den Arm um mich, und falls es ein Erdbeben gibt, während wir dort sind, tu so, als ob du den Kerl, der sich in die Hose gepinkelt hat, nicht kennst."

„Du bist ein Scherzkeks."

Lil schüttelte den Kopf. „Im Grunde weiß ich, dass die meisten der neueren Gebäude so konzipiert sind, dass sie Erdbeben widerstehen können, vorausgesetzt sie sprengen nicht die Richterskala. Ich weiß, wie das geht. Ich habe selbst mehrere gebaut und kenne die prozentualen Chancen, dass sie standhalten. Aber wenn wir beginnen zu schwanken, bleibt mein Herz stehen und das Gehirn läuft mir aus den Ohren."

„Was war das schlimmste Erdbeben, das du bisher miterlebt hast?"

„1989, als ich sechzehn war, waren meine Eltern mit mir im Candlestick Park, um das dritte Spiel in der World Series der Oakland A's gegen die San Francisco Giants zu sehen. Die Ränge begannen zu wanken und die Leute schrien.

Ich hatte Todesangst. Es war auch nicht hilfreich, dass meine Mutter in Tränen ausgebrochen ist."

„Wurde jemand verletzt?"

„Nicht im Candlestick, aber die Zerstörung in der Bay Area war immens. Das Spiel wurde abgebrochen und wir haben uns zu Hause die Nachrichten angesehen. Zum Glück haben wir auf der Halbinsel gewohnt und mussten keine Brücke überqueren, aber die meisten waren sowieso geschlossen worden. Von der Bay Bridge ist ein fünfzehn Meter langes Stück abgebrochen und auf das Deck darunter gefallen."

„Das klingt schrecklich. Kein Wunder, dass du Angst hattest."

„Es ist schon lange her, aber ich erinnere mich genau daran. Und diesen Terror in einem hohen Gebäude zu erleben, ist etwas, das ich überhaupt nicht gebrauchen kann. Ich habe genug Probleme damit, ein Büro im achtzehnten Stock zu haben. Ich treibe meinen Blutdruck lieber auf angenehmere Art und Weise in die Höhe."

„Das glaube ich. Fahren wir nach Hause und kümmern uns darum, okay?" Grier lächelte verführerisch.

Lil drehte den Schlüssel im Zündschloss und startete den Motor. „Ich bin dabei, Liebling."

25

NACH EINEM ausgiebigen Liebesspiel war Grier befriedigt in einen tiefen Schlaf gefallen. Lil hatte alles aufgefahren, als sie vom Castro nach Hause gekommen waren, und das Licht und die Musik ihrer romantischen Stimmung angepasst. Er hatte jeden Zentimeter von Griers Körper mit durch jahrelange Praxis geübten Bewegungen liebkost. Grier war in ungekannte Höhen geschwebt, während Lil ihn gestreichelt, geküsst und von allem gekostet hatte, was er anzubieten hatte, und dabei sein ganzes Können aufgeboten hatte. Nach dem letzten Orgasmus hatten sie beide gezittert, denn ihre emotionale Verbindung war viel tiefer als nach der kurzen Zeit, die sie sich kannten, zu erwarten war. Grier wollte die Worte aussprechen, die ihm auf der Zunge lagen, aber er hielt sich zurück, denn er wollte nicht naiv wirken, trotzdem konnte er seine Gefühle kaum im Zaum halten. Lil hielt ihn zärtlich im Arm, bis er einschlief und der Erschöpfung nachgab, die seinen Körper erfüllte.

Ein vertrauter Klingelton weckte ihn aus einem erotischen Traum. An viel konnte er sich nicht erinnern, abgesehen von der Euphorie, die wahrscheinlich mit dem unglaublichen Sex in der letzten Nacht zu tun hatte. Er schaute auf die Uhr und stöhnte, als er sah, dass es noch nicht einmal sieben Uhr war, doch dann sah er, dass es Luca war, der ihn anrief. Die Telefonnummer der Garcias wurde angezeigt und er rechnete schnell nach, dass es in Elk Grove Village neun Uhr morgens war.

„Hey Kumpel", sagte er leise, denn er wollte Lil nicht stören.

„*Tito* G?"

„Was ist los, Luca?"

„Wann kommst du nach Hause?"

„Ich bin doch gerade erst angekommen. Ist alles in Ordnung?"

„Nein", schluchzte Luca. „Nichts ist in Ordnung."

„Was ist passiert?"

„Mommy ist wütend auf Bianca."

„Wieso?"

„Ihre Nägel."

„Zerkratzt sie Mommys gute Möbel?"

„Ja."

„Sie scheint ihren Kratzbaum nicht zu mögen", erklärte Grier. „Oder vielleicht ist sie noch zu klein. Wir müssen uns etwas überlegen, damit sie Mommys Möbel in Ruhe lässt." Er rutschte an die Bettkante, dann stand er auf und ging ins Badezimmer, um zu pinkeln, bevor er sich auf der Suche nach Kaffee in die Küche begab. „Ich habe eine Idee, Luca."

„Welche?"

„Bitte *Lola* um eine leere Sprühflasche und füll sie mit Wasser. Wenn Bianca das nächste Mal an den Möbeln kratzen will, sprühst du sie kurz an."

„Das funktioniert?" Die Frage war voller Hoffnung.

„Ich denke schon. Katzen mögen Wasser nicht besonders. Es könnte sie für eine Weile abhalten. Wenn ich zurückkomme, werden wir uns etwas Dauerhafteres überlegen müssen."

„Und was?"

„Da werden wir mit einem Tierarzt sprechen müssen."

„Okay. *Tito G*?"

„Was?"

„Ich *vermithe* dich."

„Ich vermisse dich auch, Kumpel. Nur noch fünf Mal schlafen, dann komme ich nach Hause."

„Mit *Tito Lil*?"

„Nein, nur ich."

„Oh. *Hatht* du *theine Katthe gethehen*?"

„Noch nicht", gab Grier zu. Wo war die Katze eigentlich?

„Versteckt er *thich*?"

„Er ist bei einem Freund, denn *Tito* Lil war ja in Chicago."

„Aber ihr holt ihn heute ab, oder?"

„Genau, Kumpel. Was hast du heute vor?"

„Wir fahren in die Stadt und kaufen für mich einen *Anthug* und für Mommy ein *Hochtheitthkleid*."

Grier, der gerade Wasser in die Capresso-Kaffeemaschine geschüttet hatte, hielt schockiert inne. „Was hast du gerade gesagt?"

„Wir fahren in die Stadt."

„Hast du etwas von einer Hochzeit gesagt?"

„Mommy und *Tito* A werden bald heiraten. Dann wird er mein neuer Daddy."

„Auf keinen Fall, verdammt noch mal!", platzte es aus Grier heraus, bevor er sich daran hindern konnte.

„*Bithst* du *thauer*?", flüsterte Luca ins Telefon.

„Nein, Luca. Es tut mir leid."

„Ich will nicht, *dath* er mein Daddy wird", flüsterte Luca weiter. „Ich mag dich mehr."

Grier presste die Augen zusammen und biss sich auf die Lippe, damit ihm nicht noch mehr Schimpfworte entkamen. „Ich rufe deine Mommy nachher an und frage, was los ist, okay?"

„*Thag* ihr nicht, *dath* ich angerufen habe, okay?"

„Wieso nicht?"

„Weil ich keinen Ärger kriegen will."

Heilige Scheiße! Lucas deutliches Lispeln zeigte, dass er von dieser neuen Entwicklung ebenso verstört war wie Grier.

„Wo ist sie jetzt?"

„Keine Ahnung."

„Hat sie die letzte Nacht nicht zu Hause geschlafen?"

„Nein."

„Wer ist bei dir?"

„*Lolo.*"

„Hast du schon gefrühstückt?"

„Noch nicht."

„Hast du Hunger?"

„Ja."

Grier schaute zur Decke und fuhr sich frustriert durchs Haar. „Sag deinem Großvater, dass er dir etwas zu essen machen soll."

„Okay. Ich lege jetzt auf."

„Luca?"

„Was?"

„Ich hab dich lieb, Kumpel."

„Kannst du jetzt nach Hause kommen?"

„Bald, okay?" Grier legte auf und machte sich einen Kaffee, damit er etwas zu tun hatte und nicht ein Loch in die Wand boxte. Er wusste nicht, wen er anrufen sollte, ohne Lucas Vertrauen zu missbrauchen. Schließlich wählte er die Nummer seines Vaters.

„Hallo", hallte Santinos Stimme durch die Leitung.

„Hey Dad."

„Grier, bist du das?"

„Ja."

„Wie geht's dir?"

„Toll."

„Was gibt es?"

„Ich habe gerade mit Luca telefoniert und er hat von einer Hochzeit gesprochen."

„Anscheinend wird es bei deinem Bruder und Jillian ernst."

„Kommt das nicht ziemlich plötzlich?"

„Das denke ich auch, aber was weiß ich schon? Ich bin nur ein alter Sack, der die Hälfte der Rechnung übernehmen muss."

„Moment mal. Wann soll das alles vonstatten gehen?"

„In ein paar Wochen."

„Oh", keuchte Grier erleichtert. „Dann habe ich noch Zeit."

„Wofür?"

„Nichts, Dad. Wenn ich nach Hause komme, müssen wir uns unterhalten."

„Worüber?"

„Es ist zu wichtig, um es am Telefon zu besprechen."

„Ist es schlimm?"

„Das kommt auf den Blickwinkel an, schätze ich."

„Meine Güte, Junge. Geht es noch schwammiger?"

Grier lachte krächzend auf. „Es tut mir leid. Ich erzähle es dir, sobald ich nach Hause komme."

„Bist du sicher, dass es bis dahin warten kann?"

„Ja." *Nicht wirklich, aber ich will jetzt nicht davon anfangen.*

„Okay. Pass auf dich auf."

„Du auch."

„Grier?"

„Ja?"

„Grüß Lil von mir."

„Oh. Das mache ich."

„Grier?"

Grier seufzte. „Ja?"

„Bist du glücklich?"

Grier verstummte, denn die Frage hatte ihn vollkommen überrascht. „Sehr sogar."

„Das freut mich."

Grier fühlte Druck in seiner Kehle, als er die Emotionen herunterschluckte, die ihn unerwartet überkommen waren. Er konnte sich nicht erinnern, wann er zuletzt eine solche Unterstützung von seinem Dad erfahren hatte, deshalb war er tief bewegt.

„Dann legen wir jetzt wohl besser auf", brummte Santino.

„Okay Dad. Mach's gut."

Grier goss sich eine große Tasse Kaffee ein und auch eine für Lil, dann brachte er beide ins Schlafzimmer und stellte sie auf den Nachttisch neben Lils Seite des Bettes.

„Aufwachen, Schlafmütze", sagte er und rieb die Nase an Lils Ohr.

„Hey", sagte Lil gähnend. „Ich rieche Kaffee."

„Er steht direkt neben dir."

„Deine Voraussicht ist hinreißend."

Lil setzte sich auf und langte nach der Tasse, die Grier ihm reichte. Er nahm einen kleinen Schluck. „Der ist perfekt, danke."

„Gern geschehen."

Lil lächelte. „Ich muss fürchterlich aussehen."

„Tust du nicht."

„Man sagt, wenn man seinen Partner nach einer Nacht voller heißem Sex immer noch gern ansieht, gibt es Hoffnung für die Zukunft."

„Mir gefällt, was ich sehe."

„Genau wie mir", sagte Lil lächelnd. „Fändest du es abstoßend, mir einen Kuss mit Kaffee-Mundgeruch zu geben?"

„Auf keinen Fall." Grier legte die Lippen auf die von Lil und benutzt auch ein wenig Zunge. „Wir schmecken beide nach Kaffee."

„Ich habe gehört, dass du mit jemandem gesprochen hast."

„Zuerst mit Luca, dann mit meinem Dad."

„Wie viel Uhr ist es?"

„Hier ist es noch früh, aber in Illinois ist für meine Familie schon Vormittag."

„Großer Gott. Seid ihr alle Frühaufsteher?"

„So ziemlich. Luca hat nach Sebastian gefragt."

„Wir müssen ihn heute abholen."

„Wer hat auf ihn aufgepasst, während du weg warst?"

„Einer meiner Assistenten."

„Klingt nett."

„Ist alles in Ordnung?"

„Ich hatte ein seltsames Gespräch mit Luca."

„Möchtest du darüber reden?"

Grier erzählte Lil alles, während dieser seinen Kaffee trank und zuhörte. „Das ändert einiges, nicht wahr?"

„Ich habe kein Problem mit der Hochzeit, wenn es das ist, was die beiden wollen. Aber ich will, dass meine elterlichen Rechte anerkannt werden. Ich werde nicht zulassen, dass Ali sich einfach breitmacht und sich zum Vater erklärt. Das ist Luca gegenüber nicht fair."

„Oder dir gegenüber", fügte Lil hinzu. „Es ist Zeit, Grier."

„Ich glaube, du hast recht. Ich würde gern mit einem Anwalt sprechen und hören, was er zu sagen hat."

„Das können wir bestimmt einrichten. Jetzt lass uns eine warme Dusche nehmen und uns für den Tag vorbereiten."

Griers Lächeln war vielsagend.

26

Lıls Architekturbüro war in der Transamerica Pyramid in der Montgomery Street 600 im Herzen von San Franciscos Finanzdistrikt. Zuerst war es nach seinem Abschluss ein Zwei-Raum-Büro gewesen, doch als seine Kundenzahl gewachsen war, war auch das Büro gewachsen. Er hatte nach und nach expandiert und nach Bedarf erweitert, bis er beinahe ein Drittel des achtzehnten Stockwerks einnahm. Lil hatte sich vorgenommen, ein anderes Gebäude zu finden. Er zitterte jedes Mal, wenn es ein leichtes Erdbeben gab und das Gebäude tat, was es eigentlich tun sollte – sanft schwingen, um die Bewegungen der tektonischen Platten auszugleichen – aber es war ihm zu anstrengend, einen Umzug zu stemmen und die Visitenkarten und Briefbögen neu gestalten zu lassen. Deshalb blieb er und knirschte jedes Mal mit den Zähnen, wenn er in den Aufzug stieg, und hoffte, dass er die richtige Entscheidung getroffen hatte.

Positiv war, dass er ein wunderschön dekoriertes Büro hatte, um sein Talent zu zeigen. Auch Grier war ganz aus dem Häuschen, als Lil ihm alles zeigte. Er hätte nie gedacht, wie erfolgreich Lil tatsächlich war, weil er so entspannt und wenig fordernd war. Sein Liebhaber war kein bisschen arrogant, was Griers Gefühle für ihn nur noch verstärkte.

„Das ist der Zeichenraum", verkündete Lil und öffnete die Tür. „Alle miteinander, das ist Grier, ein Freund von mir aus Chicago."

Es gab zehn Zeichentische und eine Wand war voller Regale, in denen sich Unmengen von Papier und fertige Pläne befanden, die bereits zusammengerollt waren, um sie mitzunehmen. Zwei riesige Xerox-Geräte standen unter den Regalen und Computer nahmen eine weitere Wand ein. Acht Männer waren mit Projekten beschäftigt und schauten kaum auf, doch als sie es taten, konnte Grier sehen, wie sie sich freuten, Lil zu sehen. Licht fiel durch die Fenster, die bis zum Boden reichten, was dem Raum eine warme und fröhliche Atmosphäre gab.

Lil nahm Griers Hand und sie gingen zu einem anderen Raum gegenüber. Hier war es deutlich weniger geschäftsmäßig, eher wie in einem Wohnzimmer. Es gab mehrere Sofas, Sessel und kleine Tische. Auf einem großen Holzregal an einer Wand standen große Bücher und manche lagen offen auf einem Tisch in der Nähe.

„Was ist das hier?", fragte Grier.

„In diesem Raum suchen die Kunden ihr Dekor aus. Wir haben hunderte Bücher mit Beispielen von Tapeten und Stoffen. Die Proben für die Fußböden sind im untersten Regal. Wenn die Kunden sich nicht entscheiden können, besorgen wir noch mehr Proben. Ich versuche, alle sechs Monate auszumisten, denn ich will nicht, dass sich jemand für einen Stoff oder eine Tapete entscheidet, die eventuell nicht mehr erhältlich ist.

„Das wäre dumm."

„Genau. Wenn du als Raumausstatter arbeitest, wirst du viel Zeit in Räumen wie diesem verbringen."

„Ich weiß, dass das dazu gehört, aber mich interessiert die Gestaltung der Räume mehr, als sie zu dekorieren."

„Du musst alle Aspekte der Innenarchitektur beherrschen, also auch diesen."

„Ich verstehe. Wo sind denn alle?"

„Wahrscheinlich beim Mittagessen, was bedeutet, dass wir uns auch auf den Weg machen."

„Was hast du im Sinn?"

„North Beach."

„Was gibt es da?"

„Es ist der italienische Teil der Stadt, wo es tolle Restaurants und Bäckereien gibt. Und tolle Läden zum Einkaufen – Leder und Spitze", fügte Lil mit einem Grinsen hinzu. „Alla Prima ist auf der Grant Street und von dem Restaurant, das ich im Sinn habe, zu Fuß zu erreichen."

„*Aha*! Ich verstehe, worauf, du hinauswillst."

„Ich versuche, unseren Hunger und unseren Fetisch in einem Aufwasch zu befriedigen."

„Ist das nicht das Gleiche?", scherzte Grier.

„Komm mit." Lil legte den Arm um Griers Schultern. Bevor sie hinausgingen, streckte er den Kopf in den Personalraum und sagte seiner Assistentin, dass er sich für heute verabschiedete. „Ich komme heute Abend bei dir vorbei und hole Sebastian ab."

„Okay", sagte eine Frau Mitte vierzig. Sie aß ein Sandwich und las dabei auf ihrem Kindle. „Ich könnte ihn auch noch länger behalten, wenn du möchtest. Er ist ein netter Mitbewohner."

„Er wird mich wahrscheinlich verstoßen, wenn ich ihn noch länger allein lasse. Übrigens Grier, das ist Brandy, meine unerschrockene Assistentin. Ohne sie wäre ich verloren."

Brandy lächelte Grier an. „Er kommt schon klar, mit mir oder ohne mich, aber es freut mich, dich kennenzulernen."

„Gleichfalls." Grier lächelte zurück.

„Ich rufe an, bevor ich vorbeikomme."

„Okay, Boss."

CAFÉ BAONECCI war ein kleines Restaurant zwischen der Grant Street, wo der Wäscheladen lag, und Bannam Place. Dort wurde die dünnste Pizza der Stadt angeboten, und an dieser Werbung war definitiv etwas Wahres. Lil hatte schon mehrmals dort gegessen und wusste, dass die Zutaten, die verwendet wurden, frisch und von bester Qualität waren. Die dünne Pizza unterschied sich erheblich von der Pizza im Chicago-Stil, aber Grier schien jeden Bissen der mit Mascarpone, Mozzarella, Prosciutto und San Marzano Soße belegten Pizza zu genießen. Während sie warteten, dass ihre Pizza serviert wurde, aßen sie einen gemischten Salat mit Walnüssen und Äpfeln, garniert mit Olivenöl und Zitrone. Alles in allem hatte Grier keinen Grund, sich zu beschweren, und würde definitiv wieder herkommen, wenn er wieder in der Gegend war.

Sie gingen zu Fuß zu Alla Prima und schauten sich unterwegs die Schaufenster an. Das Wetter spielte mit und die Temperaturen blieben unter dreißig Grad, während eine leichte Brise sie abkühlte. Grier hatte seine Lederjacke im Auto gelassen und sah in seinem hautengen T-Shirt und der verwaschenen Jeans sehr sexy aus. Lil genoss die bewundernden Blicke der Männer und Frauen, die an ihnen vorbeigingen, denn Grier hatte nur Augen für ihn und offensichtlich kein Problem damit, dass Lils Arm locker um seine Taille geschlungen war. Als sie den Wäscheladen betraten, lösten sie sich voneinander, um sich die Auslagen anzusehen. Die Verkäuferinnen waren diskret und hielten sich im Hintergrund, bis sie um Hilfe gebeten wurden.

Grier fühlte sich wie Alice im Wunderland. Er war überwältigt von der Feinheit der verschiedenen Spitzen und Seiden in einer Vielzahl von Farben. Er mochte besonders die Slips und Stringtangas, während Lil sich auf die Strapse und Seidenstrümpfe konzentrierte. Während der Berg aus Wäschestücken an der Kasse wuchs, trat eine Verkäuferin vor und fragte, ohne mit der Wimper zu zucken, ob sie etwas anprobieren wollten, bevor sie es kauften. Grier errötete bis zum Haaransatz und stammelte entschlossen: „Nein", damit Lil nicht auf falsche Ideen kam.

Sie verließen den Laden mit zwei Taschen voller Stücke von La Perla, Aubade und Cosabella, einige der feinsten Namen in europäischer Reizwäsche. Er konnte es nicht erwarten, ins Appartement zurückzukehren und sie anzuprobieren, aber Lil hatte noch einen weiteren Halt im Sinn. Nachdem sie die Taschen in den Kofferraum gebracht hatten, gingen sie in die entgegengesetzte Richtung, bis sie vor East-West Leather standen.

„Hier gibt es erstklassige Sachen", meinte Lil.

„Das überrascht mich nicht", gab Grier zu. „Für dich zählt nur das Beste."

„Das ist dir also aufgefallen."

„Wem nicht?"

„Nutzen wir meinen guten Geschmack und finden eine schwarze Weste, die zu den Schönheiten passt, die wir gerade gekauft haben."

Grier nickte enthusiastisch und betrat den Laden. Eine halbe Stunde später kamen sie mit einer schwarzen Weste aus italienischem Kunstwildleder wieder heraus. Sie war glatt, butterweich und passte Grier perfekt. Lil stellte sich den brünetten Mann in nichts als dieser Weste, einem schwarzen Strapsgürtel und elfenbeinfarbenen Seidenstrümpfen vor und wurde innerhalb von Sekunden steinhart.

„Ich wollte mit dir noch zu meinem Anwalt gehen, aber das müssen wir vielleicht verschieben", sagte er, nachdem sie in das Auto eingestiegen waren und er den Motor gestartet hatte.

Grier beugte sich zu ihm und küsste ihn tief. „Verschieben wir deine schmutzigen Gedanken, Lil. Ich würde gern zuerst mit deinem Anwalt sprechen."

„Ja?"

„Wir haben die ganze Nacht Zeit, um uns zu vergnügen."

Lil holte tief Luft und legte den Gang ein. „Okay …"

Sie fuhren zurück über die Embarcadero und Grier war überrascht, als sie nach wenigen Minuten in das Büro des Anwalts geführt wurden. Als würden sie erwartet.

„Lil, was führt Sie in die Gegend?" Der Mann, der hinter dem Schreibtisch stand und seine Hand ausstreckte, trug einen dreiteiligen Nadelstreifenanzug. Er hatte volles, silbergraues Haar, das sich in seinem Nacken kräuselte, was ihm ein jugendliches Aussehen verlieh, trotz seines fortgeschrittenen Alters.

„John, das ist mein Freund Grier. Er ist der Vater des kleinen Jungen, von dem ich Ihnen erzählt habe."

„Es freut mich, Sie kennenzulernen, Grier." John schüttelte kräftig seine Hand und deutete auf die beiden Stühle vor seinem Schreibtisch. „Nehmen Sie Platz."

Sie setzten sich und John nahm den Telefonhörer ab. „Bitte bringen Sie uns Kaffee." Nachdem er den Hörer wieder aufgelegt hatte, verschränkte er die Hände auf dem Schreibtisch und schaute sie eindringlich an. „Was kann ich für Sie tun, meine Herren?"

„Ich möchte wissen, wie meine Chancen stehen, das gemeinsame Sorgerecht für meinen Sohn zu bekommen."

„Lil hat mir ein paar Details genannt, aber ich möchte Ihnen zuerst ein paar Fragen stellen. Bitte vergessen Sie nicht, dass ich in Kalifornien praktiziere, nicht in Illinois. In jedem Staat gibt es andere Regelungen, was das Sorgerecht angeht, deshalb werden Sie sich mit einem Anwalt beraten müssen, wenn Sie wieder zu Hause sind. Ich kann Ihnen nur einen Rat anbieten, den ich einem Bürger des Staates Kalifornien geben würde."

Grier nickte. „Ich verstehe."

„Lil sagte, dass Ihr Name nicht auf der Geburtsurkunde steht."

„Das ist korrekt."

„Dennoch hat sie, trotz ihrer Weigerung, Ihre Vaterschaft anzuerkennen, keine Probleme damit, das Kind drei Tage pro Woche in Ihrer Obhut zu lassen."

„Nicht nur das. Ich bin an seiner Schule auch als Notfallkontakt registriert."

„Ich dachte, sie lebt bei ihren Eltern? Wäre es nicht sinnvoller, ihre Mutter und ihren Vater als Notfallkontakte anzugeben?"

„Vielleicht waren sie das ursprünglich, aber als die Garcias einmal in den Urlaub gefahren sind, hat sie alles auf mich geändert und es nicht zurück geändert. Ich habe auch die anwaltlich bestätigte Vollmacht, medizinische Entscheidungen für ihn zu treffen, wenn nötig."

„Und was hat sie angegeben, in welcher Beziehung Sie zu dem Kind stehen?"

„Nachbar und Freund."

„Wie lange sind Sie schon sein Babysitter?"

„Seit fünf Jahren."

„Können Sie sie irgendwie davon überzeugen, einen Vaterschaftstest durchführen zu lassen?"

„Das hat sie bereits mehrfach abgelehnt."

„Sie könnten vor Gericht beantragen, einen Test durchführen zu lassen, aber sobald das Rechtssystem involviert ist, wird es viel komplizierter. Es ist immer besser, solche Angelegenheiten unter sich zu klären mit einem pensionierten Richter als Mediator."

„Kann ich das nicht ohne ihre Zustimmung tun?"

„Das wäre ein Eingriff in die Privatsphäre und würde wahrscheinlich vor Gericht nicht anerkannt. Haben Sie das Kind in irgendeiner Form unterstützt?"

„Sein Name ist Luca."

John nickte und wartete mit der nächsten Frage, als seine Sekretärin den Raum betrat mit einem silbernen Tablett voller Kaffee und Keksen. „Ah, Erfrischungen", rief John aus und freute sich wie ein kleines Kind. Der Mann nahm seine Kaffeepause anscheinend sehr ernst und sie alle ließen sich Zeit, Milch und Zucker in ihre Tassen zu geben. „Die Kekse sind selbst gemacht", sagte John stolz. „Bitte sehr, nehmen Sie sich einen."

Grier nahm sich einen Schokoladenkeks und seufzte, als er in den dunklen Teig biss. „Das ist köstlich."

„Meine Frau backt sie jede Woche."

„Danke, dass Sie sie mit uns teilen."

„Es ist mir ein Vergnügen", sagte John und steckte sich einen Keks in den Mund. Nachdem er ihn heruntergeschluckt und einen Schluck Kaffee genommen hatte, fuhr er mit seinen Fragen fort. „Sagen Sie mir, Grier, haben Sie Lucas Mutter im Lauf der Jahre finanziell unterstützt?"

„Nein, aber ich übernehme seit Kurzem die Kosten für seine Sprachtherapie."

„Wieso braucht er die Therapie?"

„Er lispelt."

„Haben Sie Quittungen, um das zu beweisen?"

„Ja."

„Wie haben Sie sich sonst noch finanziell beteiligt?"

„Ich habe direkt nach seiner Geburt einen College-Fonds eröffnet."

„Wie viel haben Sie mittlerweile eingezahlt?"

„Etwa fünfundzwanzigtausend Dollar, ein paar Cent mehr oder weniger."

„Das ist eine beeindruckende Summe."

„Er wird noch viel mehr brauchen, wenn er auf eine gute Schule gehen will."

„Wenn Sie so weiter sparen, wird er nach Harvard gehen können."

„Wenn es das ist, was er möchte, werde ich das Geld haben, um ihn zu unterstützen."

„Darf ich fragen, wieso Sie so lange gewartet haben, ihn anzuerkennen?"

„Sie hat vor, zu heiraten und ihr Verlobter will Luca adoptieren. Dagegen will ich angehen, indem ich ihn als mein Kind anerkenne."

„Sie können einen putativen Status annehmen, indem Sie beim Sozialamt und dem Einwohnermeldeamt die entsprechenden Formulare ausfüllen."

„Was bedeutet ‚putativ'?"

„Ein ‚putativer Vater' ist eine Bezeichnung für einen Mann, der entweder angeblich der Vater ist oder behauptet, der biologische Vater zu sein, aber zum Zeitpunkt der Geburt nicht mit der Mutter verheiratet war. Ein putativer Vater ist noch nicht gerichtlich als Kindesvater anerkannt."

Grier beugte sich vor. „Was hätte es für mich für einen Vorteil, dieses Formular auszufüllen?"

„Die Ämter werden Sie kontaktieren, wenn das Kind zur Adoption freigegeben werden soll oder die elterlichen Rechte aufgegeben werden sollen. Aber in Ihrem Fall muss der Antrag begründet werden. Am einfachsten wäre es, durch einen Anwalt vor Gericht einen Vaterschaftstest zu beantragen. Wenn die Vaterschaft bewiesen ist, können Sie beantragen, als Vater anerkannt zu werden, und auch gemeinsames Sorgerecht einklagen, wenn Sie das wollen."

„Es ist genau das, was ich will. Ich will anerkannt werden und ich möchte das gemeinsame Sorgerecht."

„Wurden Sie jemals verhaftet?"

„Auf keinen Fall", sagte Grier entschlossen.

„Irgendwelche kleineren Vergehen? Strafzettel?"

Grier schüttelte den Kopf.

„Es gibt keine Vorfälle, die Sie in ein schlechtes Licht rücken würden, wenn sie Sie überprüfen lassen würde?"

„Nein!" Grier war empört, doch dann erinnerte er sich an die letzte Woche und wandte sich an Lil. „Sollte ich Rick's erwähnen?"

„Rick's?", fragte John.

„Das ist eine Bar", erklärte Lil. „Grier hatte einen Streit mit einem anderen Mann, aber die Polizei war nicht involviert. Alles wurde gütlich geregelt."

„Wieso stellen Sie all diese Fragen?", fragte Grier sichtlich verstört.

„Sorgerechtsfragen können schmutzig werden und sie könnte gegen Sie ermitteln lassen, wenn sie sich provoziert fühlt. Wie ich bereits sagte, es wäre für Sie am besten, die Sachen freundschaftlich zu regeln und nicht das Gesetz zu bemühen."

„Was, wenn sie das nicht will?"

„Dann werden Sie vor einem Richter um ihn kämpfen müssen und alles kommt ans Licht."

„Fuck!"

27

„BLEIBEN SIE ruhig", beruhigte John ihn, „wir reden hier von einem Worst-Case-Szenario. Es ist unwahrscheinlich, dass jemand etwas über den Vorfall bei Rick's herausfindet, wenn er nicht bei der Polizei gemeldet wurde."

Lil nickte zustimmend. „Er hat recht, Grier. Selbst wenn du überprüft wirst, es war meine Kreditkarte, mit der die Schäden bezahlt wurden, deshalb wird man annehmen, dass es meine Schuld war und nicht deine."

„Ich fürchte, wenn sie eine Schlägerei in einer Bar wirklich in eine große Sache verwandeln würden, könnten sie es", gab Grier zu.

„Das steht außer Frage. Alles kann falsch ausgelegt werden, wenn es dem Zweck dient, jemanden zu diffamieren. Es ist besser, wenn Sie sich überlegen, wie Sie Ihre Vaterschaft beweisen können, statt Energie darauf zu verschwenden, zu überlegen, ob ein Vorfall ans Licht kommen wird oder nicht", stellte John fest.

„Wenn ich unsere Familien irgendwie davon überzeugen kann, dass ich Lucas Vater bin, können wir dann privat ein Abkommen treffen?"

„Dann brauchen Sie nur einen Anwalt, der die Papiere aufsetzt. Das Rechtssystem schaltet sich nur ein, wenn es keine Einigung gibt."

„Das muss ich schaffen."

„Womit wir wieder bei den Beweisen wären, Grier. Ohne DNS-Test steht ihr Wort gegen Ihres."

Grier runzelte die Stirn und nickte. „Ich weiß, aber zählt alles andere denn nicht? Jillian hat Luca niemandem anvertraut, nur Familienmitgliedern, und ich war fast immer ihre erste Wahl für einen Babysitter. Ich muss nicht beweisen, wie sehr ich ihn liebe. Das wissen alle."

„Dann wird sich die Frage stellen, wer glaubhafter ist. Besonders in Anbetracht des Verlobten."

„Das ist ein weiteres Problem", sagte Grier verzweifelt. „Er ist mein Bruder."

„Oh. Das ist unangenehm, nicht wahr?"

„Es ist komisch."

„Sind die beiden schon lange verlobt?"

„Nein. Es kam sehr plötzlich und ich versuche immer noch, ihre Beziehung zu verstehen."

„Liebe hält sich nicht immer an einen Zeitplan", warf Lil ein.

Grier drehte sich zu Lil und musste ihm zustimmen. Liebe konnte man nicht vorhersagen und manchmal war sie unerklärlich. Grier wusste, wie viel Lil ihm nach dieser kurzen Zeit bedeutete. Wer konnte schon wissen, ob Ali und Jillian nicht dieselbe Verbindung gefunden hatten, trotz ihrer jahrelangen platonischen

Freundschaft? „Ja, du hast recht. Ich muss davon ausgehen, dass Ali sie genug liebt, um damit umgehen zu können, dass ich mit ihr geschlafen habe und der Vater ihres Kindes bin."

„Verliebte Menschen sind normalerweise sehr einsichtig", meinte John lächelnd. „Sicherlich kommen Sie zu einer Vereinbarung."

Grier zuckte mit den Schultern. „Darauf würde ich mich nicht verlassen. Sie ist in letzter Zeit nicht sehr zugänglich."

„Leider ist sie die Mutter des Jungen und hat im Moment die absolute Kontrolle. Sie müssen sie dazu bewegen, einer Vereinbarung zuzustimmen oder Sie müssen das Gericht bemühen. Dann wird ein Richter entscheiden, ob Ihr Antrag begründet ist. Und selbst wenn Sie beweisen können, dass Sie Lucas Vater sind, wird der Richter tun, was das Beste für das Kind ist. Sie sind Single und schwul – zwei Faktoren, die keine Rolle spielen sollten angesichts dessen, was Sie alles für Luca getan haben, aber Sie müssen sich bewusst sein, dass das den Richter unbewusst beeinflussen könnte."

„Das ist doch scheiße!"

„Da stimme ich Ihnen zu, aber es ist eine Sache, mit der gleichgeschlechtliche Paare jeden Tag konfrontiert werden. Jillian plant zu heiraten, wodurch sie ein traditionelles Zuhause bieten würde, was die Waage in ihre Richtung neigt."

„Es gibt also nichts, was ich tun kann?"

„Das habe ich nicht gesagt, Grier. Ich sage nur, dass es in Ihrem besten Interesse wäre, die Sache außergerichtlich zu regeln."

Grier stand abrupt auf und reichte John die Hand. „Danke für Ihre Zeit."

„Ich wünsche Ihnen viel Glück."

„Das werde ich anscheinend brauchen."

Danach war Grier still und Lil vermutete, dass der Abend im Eimer war, wenn er nicht etwas unternahm, um seinen Liebhaber von Johns Einschätzung abzulenken. Grier würde noch genug Zeit haben, über seine nächsten Schritte nachzudenken, aber für den Moment wollte Lil seinen Fokus wieder dorthin lenken, wo er vor einer Stunde war – bei Leder und Spitze. „Lass uns etwas trinken."

„Ich könnte ein paar Drinks vertragen", gestand Grier.

„Komm her, Liebling", sagte Lil sanft. Grier trat näher und ließ sich in den Arm nehmen, wo er sich an Lils Oberkörper entspannte. „Wir finden gemeinsam einen Weg, okay?"

„Du denkst, es gibt Hoffnung?"

„Es ist nicht von der Hand zu weisen, was du alles für Luca getan hast. Selbst Jillians Eltern werden zugeben müssen, dass du verlässlich und fürsorglich bist."

„Ich liebe ihn so sehr, Lil. Der Gedanke, dass er aufwächst und denkt, dass sein Vater ihn im Stich gelassen hat, bringt mich um."

„Das wird nicht passieren. Du musst optimistisch bleiben."

Grier seufzte tief. Lils Zuversicht beruhigte ihn. „Welches Rasierwasser trägst du?"

„The One Gentleman von D&G."

„Du riechst so gut."

„Es freut mich, dass es dir gefällt." Lil hob Griers Gesicht und schaute in dessen bekümmerte Augen. „Versuch, dir nicht zu viele Sorgen zu machen. Wir kümmern uns gemeinsam darum."

„Wieso willst du dich überhaupt darauf einlassen?"

Weil ich dich liebe. „Weil es um meine beiden Lieblingsmenschen geht."

Grier murmelte ein Dankeschön und drückte sich dichter an ihn. Lils Antwort hatte ihn beruhigt. „War vorhin von einem Drink die Rede?"

„Ich werde meine Ängste beiseiteschieben und mit dir auf das Dach des Hyatt gehen."

„Das klingt toll."

„Die Aussicht ist einzigartig und die Frozen Daiquiris sind zum Niederknien."

„Geh voraus."

GRIERS AUGEN leuchteten auf, als sie das siebzehn Stockwerke hohe Atrium des Hyatt Regency betraten. Lil deutete auf die architektonischen Details der imposanten Lobby, die für so viele Hyatts im Land zum Markenzeichen geworden war. Der Glasaufzug brachte sie zur Hyatt Club Lounge, die für Hotelgäste und ihre Begleitung reserviert war. Lil war ein treuer Gast des Hyatt und ein Freund des Managers, weshalb er zu den meisten Vorzügen des Vier-Sterne-Hotels Zugang hatte. Der Ausblick über die Bucht von San Francisco war traumhaft und Grier spürte, wie er sich nach zwei starken Cocktails entspannte. Lil hielt sich an seinen Daiquiri, da er noch nach Hause fahren musste, und sie unterhielten sich über die verschiedenen Landmarken, die sie sehen konnten.

„Ich wurde gern eine Fahrt nach Alcatraz machen."

„Wir können uns mit der Fähre die ganze Gegend ansehen", versprach Lil Grier, „inklusive des Gefängnisses. Wenn wir auf der Seite von Vallejo aussteigen, können wir mit dem Bus nach Napa Valley fahren und eine Weinverkostung machen."

„Ich folge dir überall hin", sagte Grier freiheraus. Lil konnte von dieser Aussage halten, was er wollte, doch Grier wusste, dass seine Gefühle für den attraktiven, blonden Mann stärker wurden. Es war nicht nur der Sex, auch wenn dieser Teil ihrer Beziehung mehr als außergewöhnlich war. Er war herausragend. Lils positive Art hatte in ihm eine Zuversicht geweckt, die ihm durch Jillians Handlungen in der letzten Zeit abhandengekommen war, und er war entschlossen, sein Leben in die richtige Spur zu lenken, selbst wenn das bedeutete, nach sieben Jahren sein Schweigen zu brechen. Sicher, es würde nicht leicht werden und ihre Familien wären schockiert, doch er hoffte, dass ihre gemeinsame Liebe zu Luca

Jillians Täuschung wettmachen würde. Grier wusste, dass er viel zu gewinnen hatte, aber er konnte auch alles verlieren, wenn die Garcias beschlossen, die Sache schmutzig anzugehen.

„Wollen wir gehen?", unterbrach Lil seine Gedanken.

„Sicher." Er langte nach seinem Geldbeutel und war erleichtert, als Lil nicht widersprach, sondern ihn anlächelte und sagte: „Vielen Dank."

„Gern geschehen."

ALS SIE ins Auto gestiegen waren und sich angeschnallt hatten, beschloss Lil, einen Umweg nach Hause zu nehmen, damit Grier noch mehr von der Stadt sehen konnte. Er fuhr über den Embarcadero zu Fisherman's Wharf, dann links auf der Bay Street in Richtung Ghirardelli Square. Das Auto fuhr langsam durch den dichten Verkehr, der durch die Touristen, die die beliebten Ausflugsziele sehen wollten, nur noch verschlimmert wurde. Obwohl es bereits sechs Uhr abends war, war es noch hell, denn es war Anfang August und warm. Perfekt, um die Touristen auf die Straße zu locken.

„Soll ich irgendwo parken, damit wir uns zu Fuß etwas umsehen können?", fragte Lil.

„Nein, das ist toll." Grier genoss die Fahrt, doch er wollte sich nicht unter die Leute mischen. Er fühlte sich in dem weichen Ledersitz viel zu wohl und wurde scharf bei dem Gedanken daran, die Tüten mit der Reizwäsche auszupacken.

„Ich fahre über die Hyde Street, dann können wir die Lombard Street nehmen."

„Was ist auf der Lombard Street?"

„Möchtest du nicht die gewundene Straße aus vielen Filmen sehen?"

„Ja", rief Grier aus. „Ist sie in der Nähe?"

„Ganz in der Nähe", meinte Lil lächelnd. Sie erreichten das Ende der Hyde Street und bogen auf die Lombard Street ab. Als die Straße begann, sich in scharfen Biegungen nach unten zu winden, setzte Grier sich auf und pfiff anerkennend.

„Ich würde gern mit meinem Motorrad hier herunterfahren."

„Zum Glück", entgegnete Lil, „beträgt die Geschwindigkeitsbegrenzung hier acht Stundenkilometer."

„Du bist ein Spielverderber", neckte Grier. „Wieso sieht man dann in Filmen immer wilde Verfolgungsjagden auf diesen Windungen?"

„Das macht sich gut im Kino."

In den Blumenbeeten zwischen den einzelnen Kurven blühten pinkfarbene und blaue Hortensien, während die roten Pflastersteine der Straße noch mehr Farbe gaben, wodurch die gesamte Straße wie von einer Postkarte wirkte.

„Das ist wirklich toll", rief Grier aus, während Lil den Mercedes vorsichtig lenkte.

„Das Fahren macht keinen Spaß", stellte Lil fest und schielte zu Grier, „aber dein hübsches Lächeln ist es wert."

Der Brünette beugte sich zu ihm und gab ihm einen Kuss auf die Wange. „Danke", flüsterte er.

„Lass uns nach Hause fahren." Lil spürte, dass sein Liebhaber sich auf eine unvergessliche Nacht vorbereitete. Bei dem Gedanken an Grier in seinen neuen Errungenschaften wurde er ganz hart und rutschte auf seinem Sitz herum. Er bemerkte, dass Grier sich ebenfalls richten musste. Es freute ihn außerordentlich, dass sie offensichtlich an dasselbe dachten. Es war unbegreiflich, wie zwei so unterschiedliche Menschen so gut zusammenpassen konnten, doch er würde das Geschenk, das Amors Pfeil ihm gemacht hatte, nicht ablehnen. Lieber genoss er diese neuen Gefühle, statt an ihnen zu zweifeln.

Die Lichter gingen an, als sie die Tür öffneten und die Bewegungsmelder ihre Vibrationen aufnahmen. Lil dimmte die Lichter und verdunkelte den Raum fast ganz, um diesem erregenden Moment die richtige Atmosphäre zu geben. Er schaltete die hochklassige Stereoanlage ein und schon füllte sich der Raum mit Michael Bublés warmer und temperamentvoller Stimme, die „Everything" besang.

„Gib mir eine Minute", sagte Grier leise und packte die Taschen von Alla Prima.

„Beeil dich, Liebling", drängte Lil und küsste Grier fest, bevor er ihn losließ.

Lil ging zu der Bar im Wohnzimmer und goss sich einen Wodka ein, um sich vorzubereiten. Grier öffnete die Schlafzimmertür, als das nächste Lied auf der Playlist begann. Die Worte von Michaels Lied „Can't Help Falling in Love" hallten in Lils Ohren nach und schienen sich gegen ihn zu verschwören, während er den Mann in der schwarzen Lederweste beobachtete, der auf ihn zukam. Er war einfach wunderschön in dem dunkelroten Slip, über dem er schwarze Strapse und helle Seidenstrümpfe trug. In Lil brannte Verlangen, das so heftig war, dass ihm der Atem stockte. Grier lächelte schüchtern und hatte anscheinend keine Ahnung, welche Wirkung er auf Lil hatte, doch er ging weiter, bis sie sich gegenüberstanden. Er hob den Kopf, um einen Kuss zu empfangen, der Lil auf eine wilde, erotische Reise nahm, die bisher nur in seinem Kopf stattgefunden hatte.

„Du bist traumhaft", sagte Lil verträumt, während er mit beiden Händen über Griers feste Bizeps strich. Er schob das Leder auseinander, um mehr von der leicht behaarten Brust sehen zu können, die sich unter seinen zitternden Fingern wie Seide anfühlte. „Grier", flüsterte er, „du bist wunderschön."

„Lil", stöhnte Grier und lehnte sich in die Berührung. „Küss mich noch einmal."

Sie trafen sich mit verwobenen Zungen und vermischten Geschmäckern, eine süße Mischung aus Hitze und Zärtlichkeit, die Lil bis in sein Innerstes berührte und vollkommen entblößte. Er wusste, dass es zu früh war und dass er Grier wahrscheinlich Angst machte, indem er zu großen Druck auf ihn ausübte, doch er konnte seine Gefühle nicht länger im Zaum halten. Er trat zurück, hielt

Grier von sich und schaute in dessen stürmische Augen, die ihn so vertrauensvoll anschauten, und er war sich sicher, dass seine Gefühle erwidert wurden. „Ich liebe dich", flüsterte Lil heiser.

Grier antwortete mit einem heißen Kuss, der Lil beruhigte. „Lass uns ins Bett gehen", schlug Grier vor und leitete Lil in Richtung Schlafzimmer.

28

IHRE WELT schrumpfte im Dunkeln zu einem Flüstern. Seidenstoff streichelte Körperteile, die vor Lusttropfen bereits ganz schlüpfrig waren, und nicht enden wollende Küsse bestätigten die leidenschaftlichen Worte, die ungeplant ausgesprochen worden waren. „Ich liebe dich", hauchte Lil wieder und wieder, während er jeden Teil von Griers Körper liebkoste. Er drehte ihn vorsichtig um und zog den Stoff über die starken Muskeln herunter, dabei knisterten die dunklen Haare durch die Strümpfe statisch. Lil vergrub an der weichen Haut von Griers Oberschenkeln das Gesicht und strich mit der flachen Zunge über die faltige Haut um seinen Anus, angetrieben von Grier, der die Beine spreizte, um Lil noch mehr Platz zu verschaffen. Die Musik im Hintergrund wechselte erneut und die tiefe Stimme von Josh Groban erklang, die „Awake" sang, eins von Lils Lieblingsliedern. Es erinnerte ihn daran, dass nur die Zeit zeigen würde, ob Grier und er für immer zusammenbleiben konnten. Der Morgen würde früh genug kommen und mit ihm auch die Entscheidungen, die sie vielleicht auseinanderreißen würden.

Lil öffnete die Schublade des Nachttisches und holte heraus, was er brauchte, um den Mann in Besitz zu nehmen, der seine Welt in so kurzer Zeit auf den Kopf gestellt hatte. Als er bereit war, stupste er Grier an, der sich nach hinten schob und gleichzeitig Lils Hüften packte, bis Lils Schwanz in den Tiefen von Griers Körper verborgen war. Lil hielt den Atem an, als Lust durch jede seiner Nervenenden floss, während Grier ihn anfeuerte. Lil änderte seine Position, um den maximalen Effekt zu erreichen, und begann mit seinem Geliebten einen zeitlosen Tanz, der ihm bei jeder Bewegung perfekt entgegenkam.

Sie waren mehr als synchron, sie passten perfekt zusammen. Bald wurden ihre Bewegungen wilder und befriedigte Schreie erfüllten den Raum und übertönten die Musik.

„Ich liebe dich", sagte Lil leise und verteilte Küssen auf Griers Nacken. Sie waren vor Anstrengung beide schweißbedeckt und der Geruch von Sex erfüllte den Raum, doch Lils Meinung nach war es das süßeste Aroma der Welt. Er würde es sehr vermissen, wenn Grier wieder in Chicago war. Die Erinnerung an dessen baldige Abreise versetzte Lils Freude einen Dämpfer und Grier musste die plötzliche Veränderung in seiner Stimmung bemerkt haben.

„Können wir uns umdrehen?"

„Sicher." Lil zog sich aus ihm zurück und warf das Kondom in den Mülleimer, während Grier sich umdrehte und sich an Lils Brust drückte.

„Das war unglaublich", sagte er.

„Wir passen gut zusammen."

„Ich wünschte, die Umstände wären anders."

„Es ist, wie es ist, Liebling. Ich wusste, worauf ich mich eingelassen habe."

Lils Worte waren pragmatisch, um den Druck von Grier zu nehmen, jedoch hoffte er, die Worte ebenfalls zu hören, aber sie kamen nicht.

„Du weißt, dass ich auf der Stelle herziehen würde, wenn Luca nicht wäre."

„Ich weiß, Liebling."

„Wie soll ich ohne dich überleben?"

„Wieso verschieben wir dieses schreckliche Gespräch nicht auf Freitag? Das ertrage ich nicht zweimal."

„Okay."

Sie schliefen in den Armen des anderen ein und flüchteten sich in Träume, statt sich dem Unausweichlichen zu stellen. Sie liebten sich vor Sonnenaufgang noch zwei weitere Male und jeder Moment war tief befriedigend, aber Grier blieb stumm und sprach die Worte, die Lil so viel bedeuteten, nicht aus. Es hätte ihn beruhigt, denn er fühlte sich dumm, weil er mit seinen Gefühlen so herausgeplatzt war. Er hätte wissen müssen, dass Grier ihm seine Liebe nicht einfach so gestehen würde, wo er doch offensichtlich zögerte, sich auf etwas Festes einzulassen. Lil hatte gewusst, dass es so weit kommen würde, als er von Luca erfahren hatte. Der Junge würde immer an erster Stelle stehen, und so sollte es auch sein. Er war bereit, seine Rolle in Griers Leben zu akzeptieren, wenn Grier ihm nur etwas entgegenkommen würde. Ja, er war ein großzügiger und aufmerksamer Liebhaber, der immer darauf bedacht war, Lil ebenso viel zu geben, wie er von diesem bekam, aber ein Teil von Grier hielt sich zurück und diese Barriere wollte Lil durchbrechen. Vielleicht wäre Grier dann offen für ein Leben, in dem auch Lil einen Platz hatte.

GRIER WURDE vom Klingeln seines Handys, das er auf den Nachttisch gelegt hatte, geweckt und langte danach.

„Hallo."

„*Tito?*"

„Hey Kumpel. Was gibt es?"

„Wann kommst du nach Hause?"

„In drei Tagen."

„Drei?"

„Geht es dir gut, Luca?"

„Nein."

„Was ist los?"

„Mommy und *Tito* A werden heiraten und er wird mein Daddy. Ich will nicht, *dath* er mein Daddy wird, *Tito* G." Luca war atemlos, stolperte über seine Worte und jammerte herzzerreißend. „*Kanntht* du nicht meine Mommy heiraten, bitte?"

Oh Gott. „Ich liebe deine Mommy nicht auf diese Weise, Luca."

„Aber du *liebtht* mich, oder?"

„Ja, sehr sogar. Wo bist du?"

„In der Garage bei Bianca."

„Wieso ist sie in der Garage?"

„*Tito* A *thagt*, ihre Toilette *itht* eklig."

Dieses Arschloch! „Hast du sie nicht jeden Tag sauber gemacht?"

„Doch."

„Dann verstehe ich nicht, wieso sie stinkt."

Luca begann zu weinen. „Er *itht* nicht nett, *tho* wie du oder *Tito* Lil."

Nein, das ist er nicht, musste Grier zugeben. Ali war immer so anspruchsvoll, fast schon neurotisch, was Sauberkeit und Ordnung anging. Er konnte sich gut vorstellen, wie sein Bruder wegen einer kleinen Katze die Fassung verlor. Oder wegen der Unordnung, die ein Kind hinterließ. Was um alles in der Welt hatte Jillian sich bloß gedacht? Sah sie nicht, was vor sich ging oder war sie so versessen darauf, einen Dilorio zu heiraten, dass sie das Offensichtliche ignorierte? Ali war der ultimative Metrosexuelle und keinesfalls ein guter Stiefvater, weder jetzt noch in Zukunft.

„Luca, du musst aufhören zu weinen. Ich komme bald nach Hause, dann rede ich mit deiner Mommy über Bianca. Ich kümmere mich darum."

„Bevor er mein Daddy wird?"

„Lange vorher."

„Vor *Thamthtag*?"

„Warum?"

„Da gehen wir in die Kirche."

Was zum Teufel? „Hör mal, Kumpel. Ich muss jetzt auflegen, aber du kannst mich morgen wieder anrufen, okay?"

„Okay."

„Ich habe dich lieb, Luca."

„Ich dich auch", schniefte er. „Total."

Grier legte auf und warf das Handy auf das Bett. „*Verdammte Scheiße!*"

„Was ist los?", wollte Lil wissen. „Gibt es ein Problem?"

„Mein verdammter Bruder dreht wegen der Katze durch."

„Inwiefern?"

Grier erzählte, was Luca gesagt hatte und Lil hörte mitfühlend zu. „Er ist ein Arsch und der arme Luca weiß nicht, wie er damit umgehen soll", fasste Grier zusammen.

„Warum redet er nicht mit Jillian?"

„Ich habe keine Ahnung. Vielleicht steht sie hinter Ali."

„Armer Junge."

Lil setzte sich auf und zog Grier in seine Arme. „Wo wir gerade von Katzen sprechen …"

„Du hast deine vergessen", beendete Grier seinen Satz.

„Hm-mh."

„Hoffentlich versteht er es."

„Ich war ein wenig abgelenkt", argumentierte Lil.

Sie küssten sich und als sie sich voneinander lösten, fragte Grier: „Kann ich dich in meine Tasche packen, wenn ich nach Illinois zurückkehre?"

„Würdest du denn, wenn du könntest?"

„Auf jeden Fall."

„Im Ernst?"

„Anscheinend habe ich es nicht geschafft, dir zu zeigen, wie viel du mir bedeutest."

„Es wäre schön, es zu hören."

„Du bedeutest mir etwas, Lil. Sehr, sehr viel sogar."

„Gut zu wissen", meinte Lil beiläufig.

„Bist du wütend?"

„Nein, gar nicht." Lil gab Grier keine Gelegenheit, auf diese knappe Antwort zu reagieren. Er ging ins Badezimmer, erleichterte sich und stieg in die Dusche, wo er das heiße Wasser voll aufdrehte. Er wusste, dass er überempfindlich war, aber er konnte nicht anders. Es war Jahre her, dass er jemandem offen seine Liebe gestanden hatte, und er war mehr als bereit, sich auf eine richtige Beziehung einzulassen, aber der sture Mann in seinem Bett war es nicht. Oder wenn doch wusste er es nicht – was genauso schlimm war.

GRIER BEHIELT die Badezimmertür im Blick und versuchte zu verstehen, was gerade passiert war. Lil sah verletzt aus, auch wenn er versuchte, es zu überspielen, und Grier hatte das Gefühl, dass es seine Schuld war. Warum? Er hatte keine Ahnung und im Moment konnte er nur an seinen Sohn denken. Er wählte die Telefonnummer seines Vaters.

„Dilorio", bellte Santino in den Hörer.

„Dad."

„Hey, was ist los?"

„Haben sich die Pläne für diese dumme Hochzeit geändert?"

„Sie haben das Datum vorverlegt."

„Sind die verrückt?"

„Warum bist du deshalb so aufgebracht?"

Grier seufzte so laut, dass Santino seinen Atem wahrscheinlich bis nach Elk Grove riechen konnte. „Wir müssen reden, Dad."

„Das hast du bereits gesagt. Lass uns jetzt reden."

„Das ist nichts, was man über das Telefon besprechen kann."

„Dann reden wir, wenn du zurück bist."

„Ich muss die Hochzeit verhindern."

„Warum solltest du das tun?"

„Sie ist ein Fehler."

„Was verschweigst du mir?"

„Es gibt da etwas, das Alis Gefühle für sie beeinflussen könnte."

„Grier, das ergibt keinen Sinn."

„Ich weiß. Holst du mich am Freitag vom Flughafen ab? Ich werde versuchen, einen früheren Flug zu bekommen."

„Wie du willst."

„Kennen wir einen pensionierten Richter?"

„Bob Sterling die Straße hinunter."

„Ich wusste nicht, dass er ein Richter ist."

„Was zum Teufel geht hier vor, Sohn?"

„Das erkläre ich dir am Freitag."

„Ich hoffe, das ist es wert, denn im Moment klingst du ein wenig verrückt."

„Tut mir leid, Dad."

„Ruf mich an, wenn du gelandet bist."

„Ja, Sir."

Griers nächster Anruf ging an American Airlines. Nachdem er die Informationen hatte, die er brauchte, warf er das Telefon auf die Matratze und ging ins Badezimmer. Dort war alles voller Dampf und es war so heiß wie in einer Sauna. „Versuchst du, dich selbst zu kochen?", fragte er, als er die Duschkabine betrat.

„Hey." Lil lächelte. Anscheinend schmollte er nicht mehr. „Darf ich dir die Haare waschen?"

„Sicher."

„Ist alles in Ordnung?"

„Nein. Ich muss meinen Flug umbuchen."

29

„WIESO MUSST du deine Pläne ändern?"

„Zu Hause geht alles den Bach runter."

„Ich verstehe." Lils Antwort war wie eine kalte Brise in ihrer warmen Enklave.

„Hör mir zu." Grier hielt Lil an den Armen fest und zog ihn an sich. Shampoo lief ihm über das Gesicht, doch ihm war wichtiger, sich zu erklären, als keinen Schaum in die Augen zu bekommen. „Ich muss diese Sache klären, bevor sich irgendetwas entwickeln kann."

„Das sagst du dem Falschen, Liebling."

„Was soll das denn bedeuten?"

„Ich weiß, was dir wichtig ist."

„*Du* bist mir wichtig."

„Ach ja? Ist dir diese Sache zwischen uns genauso wichtig wie mir?"

Grier brachte ihn mit einem harten Kuss zum Schweigen, der ihm den Atem nahm. Lil merkte, dass diese aggressive Handlung etwas Verzweifeltes an sich hatte, während Griers Zunge Einlass suchte, in jeden Winkel drang und ihn in Besitz nahm. Das Gefühl von dessen Bart, der an seinem Mund kitzelte, und der harte Schwanz, der sich an seinem eigenen Steifen rieb, ließen Lil vor Lust schwach werden. Das Verlangen nach diesem geheimnisvollen Mann war so mächtig, dass er alle negativen Gedanken vergaß.

„Du bist der wichtigste Mensch in meinem Leben, abgesehen von Luca", sagte Grier, während er ihn praktisch mit seiner Lust in Brand setzte. „Hast du mich verstanden?"

„Ja", keuchte Lil. „Grier?"

„Was, Lil?"

„Nichts", seufzte Lil und gab sich seinen Gefühlen hin. Scheiß auf Worte. Taten sprachen viel lauter und er konnte definitiv *fühlen*, wie viel er Grier bedeutete. Das „Ich liebe dich" würde kommen, wenn die Zeit dafür reif war, und dann wäre es umso süßer, denn er hatte nicht darum gebettelt.

Er schloss die Augen, als Grier die Hände um ihre Schwänze legte und begann, sie entschlossen zu einem schnellen Orgasmus zu bringen. Lil schrie auf und klammerte sich an Griers Schultern. Die Macht des Höhepunkts überwältige ihn und er musste sich an seinen Geliebten lehnen. Sie stützten sich an der Glaswand ab und warteten, bis ihre Herzschläge sich wieder beruhigt hatten.

„Wie stabil ist dieses Glas?", brachte Grier hervor.

„Keine Sorge", sagte Lil, „wenn es zerbricht, verklage ich diese Leute auf alles, was sie haben."

„Während wir uns die Glassplitter aus dem Hintern ziehen."

Lil lachte. „Komm schon, Liebling. Wir sollten uns anziehen, wenn wir die Fähre erwischen wollen."

Er stieß die Tür auf und nahm Handtücher von dem beheizten Halter. Eins davon reichte er Grier.

„Wann kehrst du nach Chicago zurück?", wollte Lil wissen.

„Morgen um kurz vor Mitternacht geht ein Flug, dann wäre ich gegen fünf Uhr dreißig am Freitagmorgen in Chicago."

„Das bedeutet, dass wir nur noch heute und morgen haben."

„Wir werden das Beste daraus machen, okay?"

Grier lächelte und Lils Herzschlag beschleunigte sich, als er sah, wie dieses wunderschöne Gesicht sich wieder in den Grier verwandelte, den er kannte. Das aggressive Alphamännchen, mit dem er gerade Sex gehabt hatte, war verschwunden. Doch diese beiden Seiten gehörten zu dem Mann, den er liebte, und ihm gefiel, dass er mit jemandem zusammen war, der so anders war als jeder, den er kannte. Dank Griers Zwiespältigkeit wusste Lil nie, was ihn erwartete, doch jede Kostprobe war köstlicher als die vorherige.

„Bevor wir irgendetwas unternehmen, muss ich Brandy anrufen und eine Uhrzeit ausmachen, um Sebastian abzuholen."

„Ich freue mich darauf, ihn kennenzulernen."

„Er ist ein Snob."

„Ich muss Luca einen genauen Bericht über dieses Tier abgeben, und da wir gerade von ihm sprechen, ich muss Luca ein Geschenk kaufen."

„Wir können in Sausalito oder Fisherman's Wharf etwas besorgen."

„Klingt gut."

„Grier?"

„Ja?"

„Trag unter deiner Jacke ein Tanktop."

Griers Stimme nahm einen verführerischen Tonfall an. „Wieso?"

„Ich habe bereits alles gesehen, was es dort zu sehen gibt, da kann ich mir auch genauso gut deine Tätowierungen anschauen, während du dir die Landschaft anschaust."

Grier sah zufrieden aus. „Dir gefallen meine Tattoos, nicht wahr?"

„Mir gefällt alles an dir."

„Geht mir bei dir auch so."

SIE HATTEN Glück und es war ein wunderschöner Tag. Das Meer war ruhig, die Sonne schien und die Drinks an Bord der Fähre waren erstklassig. Sie beschlossen, in Alcatraz nicht auszusteigen, denn das würde eine geführte Tour bedeuten, die mehrere Stunden dauerte, und da Grier früher abreiste als erwartet, war Zeit ein Problem. Es war viel schöner, auf dem offenen Deck zu sitzen und den Wind im Gesicht und die Sonne auf ihren Schultern zu genießen, deshalb zogen sie ihre Hemden aus, um die Strahlen zu genießen. Lil bemerkte die Gruppe aus schwulen Männern auf der anderen Seite des Gangs, die jede Bewegung von Grier mit Interesse verfolgten. Er rutschte näher zu Grier und legte den Arm um dessen gebräunte Schultern. Er lachte laut auf, als einer der Männer ihm die Daumen hoch zeigte und mit seiner Corona-Flasche einen Blow Job nachstellte.

„Was ist so lustig?"

„Der Typ da drüben ist grün vor Neid, weil ich dich genau dort habe, wo ich dich haben will."

Grier schielte zu dem Mann und grinste. „Sollen wir ihm etwas zum Gucken liefern?"

„Nein … Wir sind fast da."

Fisherman's Wharf war belebt wie immer und schwamm vor Touristen, die ihr Geld mit vollen Händen ausgaben. Sie blieben an einem der Essensstände stehen, die den Gehweg säumten, wo sie Muschelsuppe aßen und sich eine Strandkrabbe teilten, die der Verkäufer ihnen freundlicherweise aufgebrochen hatte. Sie schlangen das Sauerteigbrot, das es zu der Mahlzeit gab, wie auch den Rest, in Rekordzeit hinunter.

„Das war köstlich", stellte Grier fest. „Ich habe nicht bemerkt, wie hungrig ich war."

„Ich auch nicht", meinte Lil nickend und reichte ihm ein paar Feuchttücher, mit denen sie sich den Fischgeruch von den Fingern wischten. „Lass uns ein Geschenk für Luca kaufen."

„Gute Idee", sagte Grier. „Ich denke, ich kaufe ihm eine Modell-Straßenbahn."

„Mag er Autos?"

„Kennst du einen kleinen Jungen, der sie nicht mag?"

„Ich kenne keine kleinen Jungen außer ihm. Er mag sie also?"

„Ja."

„Okay, na dann los."

Als sie in den Mercedes stiegen, hatten sie eine Miniatur-Straßenbahn, ein blaues Sweatshirt mit einem Bild der Golden Gate Bridge und ein kleines Kästchen mit See's Lollypops in verschiedenen Geschmacksrichtungen.

Lil fuhr geübt durch die Seitenstraßen, um dem Verkehr zu entgehen, und sie hielten vor einem Appartementgebäude in der Pine Street an, wo Brandy lebte.

„Erwartet sie dich?"

„Ich habe ihr eine Nachricht geschrieben, als wir auf dem Boot waren."

„Ich warte hier."

Lil kehrte mit einer äußerst schlecht gelaunten Katze in einer Transportbox zurück, die miaute und fauchte, als Grier versuchte, den Finger durch das Gitter zu stecken, um ihre Nase zu streicheln. Er riss den Finger zurück, bevor Sebastian seine Fänge darin vergraben konnte. „Ein reizbarer Bursche, nicht wahr?"

„Er hat schlechte Laune."

„Das sieht man."

Als sie nach Hause kamen, ließ Lil Sebastian aus der Box. Er stolzierte sofort in seine Ecke in der Küche, und bediente sich an dem Haustier-Springbrunnen, der gefiltertes Wasser abgab. Er knabberte an dem Trockenfutter mit Thunfisch-Geschmack, das Lil ihm bereitgestellt hatte, bevor sie sich zu ihrer Tour aufgemacht hatten. Grier bemerkte, wie Sebastians weißer Schwanz hin und her schwang, während er sein Futter knabberte.

„Er wird wahrscheinlich auf deinen Schoß klettern, da er nun wieder zu Hause ist und gefressen und getrunken hat", meinte Lil.

„Luca würde ihn lieben."

„Er ist ja auch hübsch. Wollen wir bei Alex zu Abend essen?"

„Ist mir egal. Ich bin für alles offen."

„Ich rufe ihn an. Möchtest du eine Dusche nehmen?"

„Sex, Rasur, Dusche", zählte Grier auf. „In dieser Reihenfolge, bitte."

LIL HATTE nicht übertrieben, als er die feine Küche seines Freundes gelobt hatte. In dem herzhaften Beef Bouguignon waren viel Rotwein, rote Kartoffeln und Karotten, dazu gab es Krustenbrot, das direkt aus dem Ofen kam. Sie aßen mit Hingabe und hörten erst auf, als ihre Teller leer waren. „Wie willst du es angehen?", fragte Lil und lehnte sich in dem gepolsterten Stuhl zurück, während der Kellner ihnen frisch gebrühten Kaffee eingoss und den Kuchen servierte, den sie sich zum Nachtisch teilen würden.

„Zuerst werde ich es meinem Dad erzählen. Er verdient es, es vor allen anderen zu erfahren."

„Und was dann?"

„Dann gehe ich zu den Garcias und lege die Karten auf den Tisch."

„Hast du schon einmal darüber nachgedacht, was dein Geständnis für Ali bedeutet? Vielleicht will er Jillian nicht mehr heiraten, wenn er herausfindet, dass sie mit dir geschlafen hat."

„Ich muss aufhören, an die Gefühle von anderen zu denken, sonst stehe ich am Ende mit leeren Händen da. Meine Priorität ist Luca. Ich will, dass er glücklich ist, und ich glaube, dass ich besser in der Lage bin, dafür zu sorgen als sonst jemand."

„Sie wissen, wie viel er dir bedeutet."

„Jillian weiß es, genau wie ihre Eltern, aber ich rede von gemeinsamem Sorgerecht. Ich muss die anderen davon überzeugen, dass ich in der Lage bin, ihn zu versorgen. Ich werde für Luca drastische Veränderungen in meinem Leben vornehmen müssen."

„Zum Beispiel?"

„Ich brauche eine eigene Wohnung. Ich kann nicht weiterhin bei meinem Vater wohnen, aber vielleicht finde ich eine Wohnung in Elk Grove. Dann könnte er in der Nähe meines Dad und seiner anderen Großeltern bleiben. Wir könnten uns weiterhin abwechseln, ihn zu nehmen. Er müsste nicht die Schule wechseln."

„Werden Jillian und Ali nicht in die Stadt ziehen?"

„Ich wüsste nicht, wieso. Jillian arbeitet in Elk Grove. Es wäre sinnvoller, wenn Ali pendelt statt sie."

„Du scheinst dir das alles genau überlegt zu haben, abgesehen von einer Sache."

Grier biss sich auf die Lippe und konzentrierte sich auf einen Punkt oberhalb von Lils Kopf, damit er den Schmerz in dessen blauen Augen nicht sehen musste. „Ich muss tun, was das Beste für meinen Jungen ist", sagte Grier leise. „Verstehst du das denn nicht?"

„Selbstverständlich", erwiderte Lil. „Ich weiß, dass er an erster Stelle steht."

Grier schüttelte den Kopf. „Das zwischen uns ist etwas Besonderes. Ich hatte noch nie zu jemandem eine solche Verbindung, aber mein Leben ist in Illinois, Lil. Ich würde nie geteiltes Sorgerecht bekommen, wenn ich nach San Francisco ziehe."

„Das kannst du nicht wissen. Paare trennen sich, ziehen weg und können sich trotzdem noch das Sorgerecht für ihre Kinder teilen."

„Du redest von traditionellen Beziehungen zwischen einem Mann und einer Frau. Ich weiß nicht, wie zwei schwule Männer vor Gericht ankommen. Ich lebe nicht in Iowa oder Massachusetts."

„Ich auch nicht, Grier, aber dieses Gespräch ist sinnlos, wenn du mich nicht in deinem Leben haben willst."

„Ich will dich in meinem Leben, aber ich muss sichergehen, dass ich dadurch nicht meinen Sohn verliere."

„Würdest du denn in Betracht ziehen, mit mir zusammenzuleben?", wollte Lil wissen.

„In Chicago?"

„Ich wüsste nicht, wie das gehen soll", antwortete Lil. „Meine Firma ist hier."

„Du zwingst mich, zu wählen, Lil."

„Das ist nicht meine Absicht, Grier. Ich will wissen, was du denkst."

„Ich denke an Luca. Ich will, dass er bei mir wohnt, wo niemand ausflippt, wenn Bianca die Möbel zerkratzt. Ich will, dass er mich Dad nennt statt *Tito*. Ich will mir keine Sorgen mehr machen müssen, dass er hungrig ist oder allein, weil Ali und Jillian nur daran interessiert sind, das große Geld zu verdienen und ihn dadurch vergessen."

Lil starrte ihn an, ohne ein Wort zu sagen.

„Ich kann nicht an die Zukunft denken, bevor meine gegenwärtige Situation nicht geklärt ist", fuhr Grier fort. „Es tut mir leid. Ich weiß, dass du etwas anderes hören wolltest, aber ich kann dir im Moment keine Versprechungen machen."

Lil nahm die Serviette von seinem Schoß und faltete sie sorgfältig zu einem Rechteck. „Verschieben wir das, in Ordnung? Es ist sinnlos, den Rest unserer gemeinsamen Zeit zu ruinieren."

Grier langte nach der Ledermappe, in der die Rechnung war. Er nahm sie aus Lils zitternder Hand. Ihm war bewusst, dass er den für gewöhnlich unerschütterlichen Mann aus der Fassung gebracht hatte.

„Ich bin gleich zurück", sagte Lil und ging zur Toilette.

Grier wünschte, er könnte etwas sagen, um den Schmerz zu lindern, den er gerade verursacht hatte. Doch sie hatten gewusst, dass es dazu kommen würde. Von Anfang an. Aber er hatte nicht damit gerechnet, dass es so wehtun würde.

30

AUF DEM Weg nach Hause war Lil nah seinem Zusammenbruch in der Toilette still. Eigentlich hatte er sich geschworen, keine Schwäche zu zeigen, ganz besonders in Gegenwart von Grier. Er wollte vermeiden, dass Grier Zweifel bekam, wo er nun endlich beschlossen hatte, aktiv zu werden. Lil wusste, dass er mit Grier nur eine Zukunft haben konnte, wenn er ihn nicht unter Druck setzte und ihn losließ. Er würde sich nicht dazu herablassen, ihn emotional zu erpressen, um ihn in seinem Leben zu halten. Das war engstirnig, kindisch und kontraproduktiv. Er musste darauf hoffen, dass das, was zwischen ihnen war, stark genug war, um eine Trennung zu überstehen, und wenn das Schicksal weiterhin auf ihrer Seite stand, würden sie wieder zusammenfinden. Dass Grier über einen Umzug nach Chicago gesprochen hatte, hatte ihn überrascht, doch nun konnte er den Gedanken nicht mehr abschütteln.

Als sie sich in dieser Nacht liebten, hatte es etwas Verzweifeltes an sich, da Grier in etwa vierundzwanzig Stunden abreisen würde. Lil hatte Griers Flug umgebucht, sodass er gegen Mitternacht abfliegen würde und am frühen Freitagmorgen in Chicago war, gerade rechtzeitig zur Frühstückszeit. Das würde Grier die Möglichkeit geben, seinem Vater alles zu gestehen, bevor er sich an Jillian und ihre Eltern wandte. Santinos Unterstützung war unerlässlich, denn Grier hoffte, dass sein Vater zwischen ihm und den älteren Garcias vermitteln würde. Schließlich waren sie laut Grier schon über fünfundzwanzig Jahre lang Freunde. Das musste doch etwas wert sein.

Lil musste zugeben, dass Griers Argumente stichhaltig waren, auch wenn dadurch ihre gemeinsame Zeit verkürzt wurde. Er hatte gehofft, ihm mehr von der Stadt zeigen zu können, doch im Moment konnte er nur daran denken, Grier in seiner Nähe zu behalten. Er genoss jeden Kuss und brannte die Erinnerung daran in sein Gedächtnis ein, als wäre es das letzte Mal, dass sie zusammen waren. Er schwelgte in Griers Berührungen und ließ zu, dass der jüngere Mann heute Abend das Sagen hatte. Er würde ihn jede Bewegung bestimmen lassen, die Zärtlichkeiten in sich aufnehmen in dem Wissen, dass dies Griers einzige Möglichkeit war, seine Liebe zu zeigen. Worte hätten die Trennung leichter gemacht, und seine Laune deutlich gebessert, aber Grier blieb stumm. Er beantwortete Lils Worte der Liebe stattdessen mit brennenden Küssen.

Den nächsten Tag verbrachten sie im Bett, das sie nur verließen, um zu duschen, die Laken zu wechseln und zu essen. Es war ein Sex-Marathon, wie Lil ihn seit Jahren nicht mehr erlebt hatte, und trotz des Altersunterschiedes konnte er mit seinem jungen Liebhaber mithalten, der entschlossen war, Lil zu zeigen, wie es sein könnte, wenn sie ein Paar wären.

Gegen sechs Uhr am Abend spazierten sie händchenhaltend durch den Lafayette Park und turtelten wie die Tauben um sie herum, nachdem sie sich auf eine Holzbank gesetzt hatten. Ich werde dich so sehr vermissen", gab Grier zu. „Ich weiß nicht, wie ich die nächsten Tage ohne dich überleben soll."

„Ich bin nur einen Anruf entfernt, Liebling. Ruf mich jederzeit an, Tag und Nacht, wenn du reden willst oder von mir hören musst, wie viel du mir bedeutest."

Grier beugte sich still zu Lil und presste seine Nase in die Kuhle zwischen Lils Hals und Schultern, wo er tief einatmete. „Du riechst so gut."

„Ich glaube, ich habe es nicht geschafft, den Geruch von Sex vollkommen abzuwaschen."

„Das ist ein guter Geruch", scherzte Grier. „Ich wünschte, ich könnte ihn mitnehmen."

„Grier …"

„Ich weiß, Lil."

„Vergiss es niemals."

„Das werde ich nicht."

SIE AßEN in einem kleinen Restaurant in der Union Street zu Abend, um sich eine kleine Pause zu gönnen und ihren Flüssigkeitshaushalt wieder aufzufüllen, damit sie ein weiteres Mal Sex haben konnten, bevor Grier zum Flughafen musste. Dieses Mal zog er sich für seinen Geliebten an, der dies ebenso genoss wie er. Er trug schwarze Strümpfe und einen Strapsgürtel an seiner schmalen Taille. Die schwarze Spitze konnte seinen Ständer kaum im Zaum halten und Lil sah einen dunklen Fleck, der sich ausbreitete, während Griers Erregung wuchs. Er trug die schwarze Weste, die Lil ihm gekauft hatte, schwarze, fingerlose Handschuhe, die bis zu den Ellenbogen reichten und eine schwarze Lederkappe, deren Schild nach hinten gedreht war. Die bunten Tattoos auf seinen Armen und seinem Oberkörper unterbrachen die einseitigen Farben. Lil näherte sich seinem Geliebten und war von dessen Anblick in Leder und Spitze vollkommen gefangen. Er flehte Grier an, ein Foto von ihm machen zu dürfen, eigentlich mehrere, um ihn bei sich zu behalten, wenn Grier nicht mehr da war.

Der Brünette war ein Naturtalent, während er mit spielerischem Glitzern in den Augen Modell stand und eine laszive Pose nach der anderen einnahm. In der letzten stand Grier mit gespreizten Armen und Beinen an der Wand. Er schaute über seine rechte Schulter und zwinkerte Lil zu, bevor dieser ein weiteres Mal den Auslöser drückte, dabei sah er ganz aus wie der Bad Boy, der er war. Lil sank mit einem leisen Stöhnen auf die Knie, denn er war zu erregt, um fortzufahren, und legte die Kamera zur Seite, um sich an Griers formidablen Arsch zu weiden. Er zog ihm den dünnen Tanga aus, spreizte Griers saftige Arschbacken und drang mit der

Zunge in die faltige Öffnung ein, während Grier seine Zustimmung zum Ausdruck brachte. Lil zog an Griers Hand, um ihn auf den Boden zu ziehen. Grier gab nach, ließ den Kopf auf den Unterarmen ruhen und spreizte sofort die Beine. Lil glitt mit der Hand unter Griers Oberschenkel und legte die Finger um Griers Schwanz, den er gemächlich wichste, während er mit der Zunge sein Loch fickte.

Jetzt war es Grier, der stöhnte, sich auf dem Boden wand und sich an Lils Gesicht rieb. „Genau so, oh fuck …"

„Mmm", machte Lil an der erhitzten Haut, die unkontrolliert zuckte.

„Ja, ja … weiter, Babe, hör nicht auf."

Lil erhöhte den Druck, drehte die Zunge im und um den Punkt herum, der sich zusammenzog, während er den festen Muskelring bearbeitete. Er zog die Zunge zurück und begann, an Griers schwerem Hodensack zu knabbern, einen seiner Hoden in den Mund zu nehmen und damit zu spielen, bis Grier begann zu betteln.

„Würdest du mich *bitte* ficken?"

„Ich habe nichts hier."

„Tu es ohne."

„Nein", sagte Lil fest. Er nahm das Rimmen wieder auf und wichste Griers Schwanz mit rhythmischen Bewegungen, bis der Brünette seinen Saft wie ein Springbrunnen abspritzte. Der Geruch von wildem Sex und das Gefühl des Spermas waren so intensiv, dass Lil spontan zum Höhepunkt kam.

„Grier." Lils Stimme klang erstickt.

„Scheiße, Lil …"

„Ich liebe dich", flüsterte Lil.

Grier drehte sich um und zog Lil so eng an seine Brust, dass es beinahe unangenehm war. „Wie soll ich dich bloß verlassen?"

„Es ist nur vorübergehend."

„Daran muss ich mich festhalten, sonst werde ich verrückt."

„Ich werde jede Sekunde des Tages an dich denken."

„Ich auch an dich."

Sebastian beobachtete das Paar von seinem einen Meter achtzig hohen Kratzbaum aus, dabei zuckte sein Schwanz und seine grünen Augen verengten sich. Er hatte sich an Grier gewöhnt, der ihn sogar ein paar Mal streicheln durfte, doch er hatte ihn noch nicht endgültig akzeptiert, indem er sich auf dessen Schoß gesetzt hatte.

„Dein Kater ist ein Voyeur", stellte Grier fest.

Lil lachte. „Wie der Vater, so der Sohn."

„Hat dir meine Show gefallen?"

„Sehr sogar."

„Das müssen wir irgendwann wieder machen. Ich würde dich auch gern einmal in Spitze sehen."

„Ach ja?" Lils Augen leuchteten auf. „Das klingt interessant."

162

„Danke für die letzten Tage. Ich hatte sehr viel Spaß", sagte Grier zärtlich.

„Es war mir ein Vergnügen, Liebling."

„Ich sollte wohl besser eine Dusche nehmen. Lil?"

„Ja?"

„Ich würde die Reizwäsche gern hierlassen – für meinen nächsten Besuch."

Bei diesen Worten ging Lils Herz auf und er lächelte. „Selbstverständlich."

DER ABSCHIEDSKUSS am San Francisco International war hart, denn Grier klammerte sich an Lil, statt es kurz und schmerzlos zu machen. „Ich werde dich vermissen", flüsterte er, bevor sie sich voneinander trennten. Das Licht zeigte Griers Trauer, als eine einzelne Träne an seiner Wange hinunterlief. „Pass auf dich auf, Lil."

Lil riss sich zusammen, bis Grier die Autotür zugeschlagen und das Terminal betreten hatte. Als er sich sicher war, dass sein Geliebter im Gebäude war, fuhr er los und ließ den Tränen auf der Rückfahrt in die Stadt freien Lauf.

GRIER SCHLIEF auf dem ganzen Flug nach Chicago und wachte erst auf, als eine Flugbegleiterin ihn aus Versehen mit ihrem Wagen am Knie traf. Sie entschuldigte sich und bot ihm einen Kaffee an. „Wir sind noch etwa fünfundvierzig Minuten von O'Hare entfernt."

„Danke", antwortete Grier und nahm einen Schluck von der heißen Flüssigkeit, die überraschend gut war. Er schnallte sich ab und ging zur Toilette, um sein Gesicht zu waschen und zu pinkeln. Sobald das Flugzeug den Boden berührte, schaltete er sein Handy ein und wählte Santinos Nummer.

„Wir sind gerade gelandet."

„Ich bin in zwanzig Minuten da."

SANTINO FUHR in Griers rotem Truck vor. Er stieg aus und begrüßte ihn mit einer Umarmung und einem harten Schlag auf den Rücken. „Hattest du Spaß?"

„Ja."

„Das ist toll, Sohn. Lass uns etwas frühstücken gehen, dann kannst du mir erzählen, was zum Teufel hier los ist."

Grier setzte sich ans Steuer und startete den Motor erst, als Santino sich angeschnallt hatte. „Ist Rose Garden okay?", fragte er. Das war ein kleines Restaurant in Elk Grove, das ein tolles Frühstück zu vernünftigen Preisen anbot. Sie aßen oft dort, denn Santino liebte die Pfannengerichte, die praktisch aus einem Berg voll Hash Browns bestanden, die in Käse und Eiern ertranken.

„Das ist eine gute Idee. Ich bin in Stimmung für eine Irische Pfanne."

„Überraschung", scherzte Grier.

„Fahr einfach los, Junge."

Gier rührte sein Frühstück kaum an und trank eine Tasse Kaffee nach der anderen, während Santino mit einer Hingabe seine Mahlzeit herunterschlang, die angesichts von Griers Nervosität unangebracht schien. Er wusste, dass sein Magen sich später über die Überdosis Kaffee beschweren würde, aber er konnte nicht Nein sagen, als die aufmerksame Kellnerin ihm eine weitere anbot. Schließlich war Santino satt und beendete sein Frühstück mit einem zufriedenen Rülpsen.

„Dad!"

„Was? Das war doch nur Gas, um Himmels willen."

„Nur?"

„Hör auf, Zeit zu schinden, Grier. Was zum Teufel ist so wichtig, dass du deine Reise abbrichst?"

Grier versuchte, die Worte auszusprechen, aber er erstarrte.

„Raus damit, Junge. So schlimm kann es nicht sein."

„Erinnerst du dich, als du mich gefragt hast, ob ich jemals Sex mit einer Frau hatte?"

Santinos Augenbrauen zogen sich zusammen. „Worauf willst du hinaus?"

„Ich habe mit einer Frau geschlafen und ein Kind gezeugt."

„Ich werde verrückt!", rief Santino vor Stolz aus und schlug Grier spielerisch auf die Schulter. Immer noch lächelnd fragte er: „Wer ist die Frau und was ist mit dem Kind?"

„Es ist Luca."

„Nein!" Santino zog sich abrupt zurück. „Das ist unmöglich."

„Dad." Grier tastete nach seinem Arm. „Bitte beruhige dich."

„Die ganze Zeit über warst du es?"

Grier nickte und erzählte zögernd alles. Als er geendet hatte, war der ältere Mann schockiert. „Dad, sag etwas."

„Du bist also nicht schwul?"

„Natürlich bin ich schwul. Was mit Jillian passiert ist, was eine einmalige Sache."

„Wie konntest du ihn hochkriegen, wenn du nicht auf Muschis stehst?"

„Mein Gott, Dad. Muss das sein?"

„Ich meine ja nur, Grier. Ich verstehe es nicht."

„Es war ein Zufall. Ich war betrunken und geil. Sie hat sich angeboten."

„Und der arme, kleine Luca ist das Produkt deines Experimentes?"

„Bitte nenn ihn nicht so. Er ist das Beste, was mir je passiert ist, und ich will nicht, dass du schlecht über ihn redest."

„Bleib ruhig, Grier. Ich habe diesen Jungen immer geliebt, und zu wissen, dass er mein Enkel ist, macht es nur noch besser."

„Das freut mich."

„Warum hat Jillian nicht gesagt, dass du der Vater bist?"

164

„Sie konnte es vor *Tita* Nita und *Tito* Enteng nicht zugeben. Du kennst sie doch, Dad. Jillian wollte schon immer alles und sie konnte nicht offen eingestehen, dass sie sich in Bezug auf mich geirrt hatte. Als sie schließlich meine sexuelle Orientierung anerkannt und eingesehen hat, dass sich daran nichts ändern würde, wenn sie mit mir schläft, ist sie durchgedreht. Ich habe angeboten, sie zu heiraten, aber sie hat abgelehnt."

„Es fällt mir schwer, zu glauben, dass sie Nita und Enteng nie die Wahrheit gesagt hat."

„Niemand weiß es, abgesehen von dir und Lil."

„Warum kommst du damit so kurz vor ihrer Hochzeit?"

„Sind die beiden wirklich verliebt, Dad? Es kommt so plötzlich, außerdem will sie, dass Ali Luca adoptiert. Das mache ich nicht mit. Ich will, dass Luca weiß, wer sein wirklicher Vater ist."

„Deine Neuigkeiten könnte die Chance der beiden auf ihr Glück zerstören. Kann nicht alles so bleiben, wie es war?"

„Nein. Ich will als sein Vater anerkannt werden. Ich habe Jillian schon sehr oft darum gebeten, aber sie hat immer abgelehnt. Sobald sie mit Ali verheiratet ist, könnte es zu spät sein."

„Kannst du beweisen, dass er von dir ist?"

„Nicht ohne DNS-Test. Deshalb hatte ich gehofft, du kennst einen guten Anwalt, Dad."

„Vielleicht brauchst du keinen", grübelte Santino. „Fahren wir nach Hause, Sohn. Ich muss dir etwas zeigen."

„Was?"

„Einen Umschlag."

„Wieso?"

„Mom hat ihrem Testament etwa einen Monat vor ihrem Tod etwas hinzugefügt, das weder die Anwälte noch ich verstehen konnten."

„Warum denkst du, dass ich es könnte?"

„Ich hoffe, dass die Erklärung in dem Umschlag ist, der an dich adressiert ist."

„Wieso hast du mir noch nie davon erzählt?"

„Um ehrlich zu sein, es dauerte Monate, bis der Anwalt alle Papiere zusammen hatte und als er mir die Unterlagen gegeben hat, habe ich sie in meinen Schreibtisch gestopft und sie vergessen."

„Aber hat er dir nicht von dem Brief erzählt?"

„Er sagte, dass deine Mutter dir zusätzlich etwas hinterlassen hat."

„Wolltest du mir jemals davon erzählen?"

„Verurteile mich nicht, Grier. Es war schwer genug für mich, mit ihrem Tod zurechtzukommen, und das Letzte, was ich wollte, war, mich mit ihrem Vermächtnis zu beschäftigen."

„Du hast keine Ahnung, was in dem Anhang steht?"

„Nein."

„Das ist scheiße, Dad."

„Genau wie deine Lüge."

„Du hast recht."

„Es gab einen Satz deiner Mutter, den ich sehr seltsam fand."

„Was für ein Satz?"

„Sie hat mich gebeten, dafür zu sorgen, dass du die Dokumente bekommst, wenn du mich jemals um Hilfe bitten solltest."

„Woher wusste Mom, dass ich deine Hilfe brauchen würde?"

„Anscheinend liefen ihre Mutterinstinkte auf Hochtouren, bevor sie starb. Hast du ihr von Luca erzählt?"

„Ja", gestand Grier. „Es tut mir leid, dass ich es dir nicht früher erzählt habe."

„Das hättest du tun sollen", brummte Santino. „Es hätte vieles erklärt."

„Ich habe in Bezug auf Luca viele Fehler gemacht."

„Rückblickend sieht man immer klarer, Grier. Es macht keinen Sinn, sich wegen der Vergangenheit fertigzumachen. Kümmern wir uns lieber um die Zukunft."

„Danke, Dad."

„Du hast mich in eine schwierige Position gebracht, Junge. Zwischen dem Glück deines Bruders und dem, was richtig ist, wählen zu müssen, sind keine tollen Aussichten."

„Mir ist bewusst, dass das Timing beschissen ist."

„Es könnte schlimmer sein, aber ich denke auch, dass die Sache vor der Hochzeit auf den Tisch gebracht werden muss." Santino stand auf und warf ein paar Scheine auf den Tisch. „Gehen wir nach Hause, Sohn."

„Okay."

31

GRIER SAß seinem Vater gegenüber am Küchentisch, einen ungeöffneten Umschlag zwischen ihnen. Sein Magen tat weh von dem vielen Kaffee, dem wenigen Essen, das er heruntergewürgt hatte, und der Nervosität darüber, was sich wohl in dem Umschlag befand, den er seit zehn Minuten anstarrte.

„Öffne das verdammte Ding endlich", drängte Santino. „Die Warterei macht mich verrückt."

Grier nickte und riss den Umschlag mit zittrigen Fingern auf, dann zog er ein Blatt Papier mit der Handschrift seiner Mutter hervor. Einen weiteren Umschlag und etwas, das wie ein offizielles Dokument aussah, ignorierte er.

Grier, mein Liebling,

man sagt, Vorsicht ist besser als Nachsicht, deshalb hoffe ich, dass du mir verzeihst, was ich getan habe. Nachdem du mir von Luca und allem, was zwischen Jillian und dir vorgefallen ist, erzählt hast, habe ich beschlossen, dafür zu sorgen, dass du nicht hintergangen wirst. Es ist die einfachste Sache der Welt, zu behaupten, dass ein Kind in einem Moment der Leidenschaft gezeugt wurde, aber es zu beweisen etwas vollkommen anderes. Wir wissen mit Sicherheit, dass Luca von Jillian ist, aber ist er auch von dir? Seit du ein kleiner Junge warst, weiß ich, dass du schwul bist, deshalb hat mich dein Geständnis überrascht. Der Gedanke, dass ich einen Enkelsohn habe und etwas von mir zurückbleibt, ist tröstlich, aber ich muss wissen, ob es auch die Wahrheit ist. Jillian hat schon immer gern im Mittelpunkt gestanden und ich muss gestehen, dass ich ebenso wie Nita schuldig bin, es zugelassen zu haben. Sie war die Tochter, die ich nie hatte, und ich habe sie genauso verwöhnt wie alle anderen. Ihre Besessenheit von dir war zuerst lustig und wir alle haben mitgespielt und uns eine Zukunft für euch beide ausgemalt. Es war unrealistisch und vollkommen unverantwortlich von uns, sie zu bestärken. Nita und ich haben beide die Gefahr gesehen, als ihr langsam erwachsen wurdet, und haben gehofft, dass die Sache sich von allein erledigen würde. Aber ich habe etwas Verwerfliches getan, was deine Privatsphäre verletzt, genau wie die des kleinen Luca. Ich habe meine Krankenschwester gebeten, Lucas Strohhalm aufzuheben, als er einmal bei einem Besuch

dabei war, wie auch eine Coladose von dir. Ich habe einen DNS-Test machen lassen, um deine Vaterschaft zu beweisen. Der Test war positiv. Er ist wirklich dein Kind, Grier, und ich hoffe, dass du mir verzeihst, aber ich musste es wissen. Ich habe ihm für seine Zukunft einen kleinen Fonds hinterlassen. Sag ihm, dass seine Großmutter Meredith ihn sehr geliebt hat, und auch wenn wir nie die vielen lustigen Dinge zusammen erleben konnten, wie ich es mir gewünscht hätte, hat er dennoch dich, was viel wichtiger ist. Erkenn ihn an, Grier. Er ist wahrscheinlich das einzige Kind, das du jemals haben wirst. Am wichtigsten ist, dass ihr einander liebt und eine wundervolle Verbindung habt. Das war nicht zu übersehen, als du mich besucht hast. Lass nicht zu, dass er aufwächst, ohne zu wissen, wer sein Vater ist, denn er hat einen Vater. Einen tollen noch dazu.
Mit all meiner Liebe,
Mom

Grier legte den Kopf auf die Arme und begann zu schluchzen. Der Brief seiner Mutter hatte sein verzweifeltes Verlangen nach Rat und Unterstützung geweckt und zu wissen, dass sie die ganze Zeit hinter ihm gestanden hatte, war eine große Erleichterung. Die Erinnerungen an ihr liebevolles Lächeln und ihre bedingungslose Liebe überwältigten ihn. Er hätte alles gegeben, um noch ein letztes Mal von ihr in den Arm genommen zu werden, aber ihr letztes Geschenk, ihn vor seiner eigenen Dummheit zu bewahren, war die Waffe, die er brauchte, um für seine Rechte zu kämpfen und Luca anzuerkennen. Santino eilte an seine Seite und nahm ihn in die Arme. Grier lehnte sich an seinen Vater und weinte nur noch mehr.

„Schhh ... Junge, alles ist gut."

Grier klammerte sich an Santino und ließ los. Die Angst, Luca zu verlieren, ergoss sich in einer Flut aus Tränen, die nicht aufzuhalten war. Santino murmelte tröstende Worte, aber Grier vergoss die Tränen, die schon lange überfällig waren. Schließlich trockneten seine Tränen und Santino brachte ihm einen starken Drink.

„Dad, es ist noch nicht einmal Mittag."

„Du brauchst etwas, um dich zu beruhigen."

„Es geht mir gut, da ich jetzt einen Beweis habe, dass Luca wirklich von mir ist."

„Lass mich mal sehen", bat Santino und langte nach dem Brief. „Der Teufel soll mich holen", rief er aus. „Deine Mutter hat Luca fünfundzwanzigtausend Dollar hinterlassen und dir ein Dokument, das deine Vaterschaft beweist."

Grier nickte. „Sie war die Beste."

„Sie hat dich sehr geliebt, Grier."

„Ich weiß, Dad, aber sie hat Ali auch geliebt. Was denkst du, welchen Rat sie mir in dieser Situation geben würde?"

168

„Es ist vollkommen klar, dass deine Mutter wollte, dass du Luca anerkennst. Wir müssen im Moment ausblenden, dass dein Bruder beteiligt ist. Unsere Priorität sollte der Junge sein."

„Denkst du, Mom hätte gewollt, dass ich Ali mit Absicht wehtue, indem ich die Hochzeit verhindere?"

„Natürlich nicht, aber Meredith würde von dir erwarten, dass du das Richtige tust. Wer kann schon mit Sicherheit sagen, dass die Hochzeit nicht doch stattfinden wird? Ali behauptet, in Jillian verliebt zu sein, und dass er sie schon immer mochte, aber nie etwas unternommen hat, da sie immer nur dich wollte."

Grier schüttelte den Kopf. „Ich wünschte, er hätte etwas zu mir gesagt. Ich hätte viel früher versucht, sie zu entmutigen. Sie wird ausflippen, wenn ich ihr das Dokument zeige."

„Ja, das kann ich mir vorstellen. Warum zum Teufel hast du bloß mit ihr geschlafen, Grier?"

„Ich habe dir doch gesagt, dass es eine einmalige Sache war. Ich war betrunken, es war der Abschlussball und die Dinge gerieten außer Kontrolle."

„Das hast du bestimmt mit Meredith besprochen", sagte Santino bedauernd. „Ich verstehe nicht, wieso du nicht mit mir geredet hast."

„Ich dachte, du wärst wütend. Glaub mir, ich bin nicht stolz auf diese Phase meines Lebens."

„Aber du hattest keine Schwierigkeiten, mit deiner Mutter darüber zu reden."

„Es schien mir das Richtige zu sein, Dad. Sie war so krank und ich wollte ihr irgendwie Trost spenden. Zu wissen, dass sie einen Enkel hat, hat ihr einen mentalen Schub verpasst und sie hat sich ein paar Wochen lang gesammelt, als hätte sie nun einen neuen Sinn im Leben. Jetzt weiß ich, dass sie sich ans Leben geklammert hat, um mich zu beschützen und dafür zu sorgen, dass ich meine Vaterschaft beweisen kann. Mom konnte Menschen und Situationen viel besser einschätzen als wir alle zusammen."

„Sie kannte dich besser als du selbst."

„Das stimmt."

„Um ehrlich zu sein, ich weiß nicht, was ich von der Beziehung von Ali und Jillian halten soll, aber diese Information könnte Klarheit bringen. Wenn sie einander wirklich lieben, sollte nur eine Rolle spielen, dass sie zusammen sind", sagte Santino.

„Jillian hat Angst, dass er sie verlässt, wenn er herausfindet, dass ich mit ihr geschlafen habe."

„Mein Gott! Es war nicht einmal eine Romanze. Es war ein One-Night-Stand."

„Das weiß ich, aber Ali, *Tito* Enteng und *Tita* Nita werden durchdrehen."

„Ali sollte froh sein, dass er nicht für Luca verantwortlich ist. Denn ich kann ihn mir nicht als Vater vorstellen, jedenfalls noch nicht."

„Ich auch nicht."

„Ich denke, du brauchst einen guten Anwalt, Grier."

„Da hast du recht."

„Ich rufe Bob Sterling an."

„Jetzt?"

„Wann denn sonst? Wir müssen wissen, wie wir vorgehen müssen, bevor wir zu den Garcias gehen."

„Macht es dir etwas aus, wenn ich telefoniere, während du das tust?"

„Wen willst du anrufen?"

„Lil."

„Du magst ihn wirklich, nicht wahr?"

„Ich liebe ihn, Dad."

„Du kennst ihn erst seit zwei Wochen, Junge. Bleib realistisch."

„Ich weiß, was ich fühle."

„Du bist unmöglich", brummte Santino, aber er legte die Hand an Griers Wange und lächelte, was seine Worte milderte.

Grier ging in die Garage, während sein Dad Bob anrief, um ein Treffen zu arrangieren. Lil hob beim zweiten Klingeln ab.

„Hey."

„Ist alles in Ordnung?" Lils nervöser Tonfall war nicht zu überhören.

„Alles ist gut."

„Was ist passiert, Liebling?"

Grier erzählte Lil von der Reaktion seines Vaters auf das Geständnis und von dem überraschenden Brief seiner Mutter.

„Das ändert einiges, nicht wahr?"

„Ich hoffe es", sagte Grier.

„Da du nun einen Beweis hast, ist es unmöglich, dir deine Rechte zu verweigern. Wie willst du nun vorgehen?"

„Dad ruft gerade einen Freund an, einen pensionierten Richter, um ihn zu bitten, mit uns zu kommen und als mein Rechtsbeistand zu fungieren."

„Denkst du, dass du einen Anwalt brauchst?"

„Das scheint er zu denken."

„Du klingst ein wenig heiser."

„Es geht mir gut."

„Ich vermisse dich jetzt schon."

„Ich dich auch."

„Ruf mich an, sobald das Treffen vorbei ist."

„Das werde ich."

„Ich liebe dich, Grier."

„Danke."

„Danke?"

Grier lachte nervös. „Du weißt, was ich meine."

„Ich denke schon."

170

„Fühl dich geküsst", sagte Grier heiser. „Ich melde mich nachher."

„Mach's gut, Liebling."

LIL LEGTE auf und wählte Jodys Nummer. Zum Glück nahm sein bester Freund ab.

„Zum Glück hast du keinen Dienst."

„Erst ab drei Uhr", entgegnete Jody. „Was gibt es?"

„Du musst mich ablenken."

„Was ist passiert?"

„Grier ist zurück in Chicago und ich kann nur daran denken, in ein Flugzeug zu steigen, um bei ihm zu sein."

„Tu es."

„Was redest du denn da? Meine Arbeit ist hier."

„Dann pendel."

„Klar, ich hüpfe in meinen Learjet und fliege los, wann auch immer ich will."

„Du musst sowieso hierherkommen, denn wir wollen, dass du für uns ein Haus in Barrington baust."

„Seit wann?"

„Seit Clark mit drei Huskywelpen nach Hause gekommen ist."

„Ist das dein Ernst?"

„Er sagte, er wollte einen Hund."

„Einen Hund. Einzahl. Will er an einem Hundeschlittenrennen teilnehmen?"

Jody lachte. „Woher soll ich das wissen? Sein Herz ist viel größer als sein Gehirn, aber es läuft darauf hinaus, dass wir einen Garten brauchen."

„Ihr wollt also eine halbe Million Dollar ausgeben, weil ihr einen Garten braucht?"

„Es ist den Tieren gegenüber nicht fair, ins Haus gezwängt zu sein, während wir auf der Arbeit sind."

„Hättet ihr darüber nicht vorher sprechen sollen?"

„Ich wusste, dass er ein Haustier will, aber ich dachte, er gibt sich mit einer Katze zufrieden."

„Dein Mann braucht Tiere, mit denen er herumtoben kann. Er ist selbst noch ein großes Kind."

„Du solltest nicht über das Alter sprechen, Lil, da du selbst ein Kleinkind in deinem Leben hast."

„Fick dich, Dr. Williams."

„Na ja … Wo wir gerade davon sprechen."

„Ach sei still."

„Hattet ihr Spaß zusammen?"

„Oh Gott, du hast ja keine Ahnung."

„Das kann ich mir vorstellen", meinte Jody und kicherte. „Können wir zum Thema zurückkommen? Wir brauchen einen Architekten, also warum sollte ich nicht meinen besten Freund anheuern?"

„Ist das ein Trick, um mich herzulocken?"

„Das nennt man zwei Fliegen mit einer Klappe schlagen. Du brauchst mehr als zwei Wochen mit deinem Lustknaben, um herauszufinden, wohin das mit euch führen soll."

„Ich weiß, wie ich es gern hätte. Seinetwegen mache ich mir Gedanken."

„Fühlt ihr nicht das Gleiche?"

„Ich denke schon, aber ich muss mich mit einem Siebenjährigen messen."

„Ich dachte, du magst den Jungen?"

„Ich liebe ihn, aber Grier würde die Gegend nur verlassen, wenn er Luca mitbringen kann."

„Ein weiterer Grund für dich, um eine Weile herzukommen. Ihr beide braucht mehr Zeit zusammen."

„Das hast du bereits gesagt."

„Und wie hast du geantwortet?"

„Gar nicht."

„Ganz genau. Denk darüber nach, Lil. Ich muss Clark wegen des Hauses eine Antwort geben."

„Wie viel Zeit habe ich?"

„Vierundzwanzig Stunden."

„Das ist lächerlich."

„Pech gehabt."

„Arschloch."

„Ich hab dich auch lieb. Mach's gut, Süßer."

„Meine Güte …" Lil legte auf und starrte aus dem Fenster. Er liebte diese Stadt, aber der Gedanke, eine Ausrede zu haben, vorläufig nach Chicago zu ziehen, um den Bau von Jodys und Clarks Haus zu überwachen, war sehr verführerisch. Er würde ernsthaft darüber nachdenken müssen.

32

BOB STERLING wedelte mit seinem Lolli herum wie mit einem Taktstock, während er sich mit Grier und Santino unterhielt. Der zweiundsiebzig Jahre alte, pensionierte Richter hatte vor fast zehn Jahren mit dem Zigarre rauchen aufgehört, seitdem befriedigte er seine Gelüste mit Dum Dum Lollipops. Er war der Meinung, dass Löcher in den Zähnen und Gewichtszunahme weniger schlimm waren als Lungenkrebs und Zungenkrebs. Und so wurde er der Kojak des Rechtssystems, der stets mit einem Lolli im Mund durch die Gänge des Gerichtsgebäudes ging. Seine Liebe zu dieser Süßigkeit hatte die Marke in Chicago noch berühmter gemacht und er bekam mehrmals pro Jahr eine Tüte vom Hersteller geschickt. Heute war es nicht anders. Er hatte den Lolli beim Reden in der Backe.

„Dieses Dokument, was deine verstorbene Mutter dir hinterlassen hat, ist der Beweis, dass der Junge dein Kind ist, auch wenn es illegal beschafft wurde."

„Illegal?"

„Das Gericht kann es ablehnen, weil der Test ohne Jillians Einwilligung gemacht wurde."

„Also ist er wertlos?"

„Er hilft uns schon weiter", erwiderte Bob. „Wir wissen jetzt, dass deine Vaterschaft bewiesen werden kann. Wenn Jillian oder ihre Familie sich weigern, diesen Beweis anzuerkennen, können wir vor Gericht eine Anordnung erwirken, dass der Test wiederholt wird und du als vermeintlicher Vater deine Rechte einfordern kannst."

„Denkst du, wir können die Sorgerechtsfrage ohne das Gericht klären?", fragte Santino. „Es ist offensichtlich, dass Grier seinen Sohn liebt. Er kümmert sich drei Tage pro Woche um ihn und er hat mir gerade erzählt, dass er einen Fonds für Luca eröffnet hat, als er geboren wurde. Himmel, der Junge hat mehr Geld als ich mit dem, was Grier gespart hat, und dem, was Meredith ihm hinterlassen hat."

„Geld ist nicht immer die Antwort", meinte Bob, „aber es zeigt auf jeden Fall, dass du verantwortungsbewusst bist und dir um die Zukunft deines Sohnes Gedanken machst."

„Sehr sogar", sagte Grier.

„Was erhoffst du dir von dieser Konfrontation?", wollte Bob wissen.

„Ich möchte, dass mein Name auf der Geburtsurkunde steht und ich will das gemeinsame Sorgerecht. Ich bin mehr als willens, die Ausgaben zu teilen, aber ich will auch einen Anteil an seinem Leben. Und eine weitere Sache."

„Und die wäre?", fragte Bob.

„Ich will, dass sein Nachname in Dilorio geändert wird."

173

„Das ist verständlich", sagte Bob und nickte. „Arbeitest du?"

„Ja, aber das tut Jillian auch. Luca verbringt die Hälfte seines Lebens bei anderen Leuten als seiner Mutter. Das ist nichts Neues."

„Du wirst beweisen müssen, dass du deine Zeit mit Luca auch intensiv nutzt. Woher soll ich wissen, dass du ihn nicht einfach von der Schule abholst, ihm zu essen gibst und ihn dann ins Bett steckst?"

„Dann reden Sie mit Luca. Er wird Ihnen sagen, dass wir viel gemeinsam unternehmen. Das war nie ein Problem. Jillian hat lange Arbeitszeiten, die nicht immer vorhersehbar sind. Wenn sie bei der Arbeit ist, ist Luca entweder in der Schule, bei seinen Großeltern oder bei mir. Ich bezweifle, dass sie sich mehr mit ihm beschäftigt als ich, aber ich will keinen Wettbewerb daraus machen, Richter. Ich will, was mir zusteht. Wir können beide Anteil an seinem Leben haben und ihm Zeit und Liebe schenken, wie wir es bisher getan haben, wenn wir einen Plan ausarbeiten."

„Wieso denkst du, dass sie dir deine Rechte verweigern will?"

„Weil sie heiraten wird und will, dass ihr neuer Ehemann Luca adoptiert. Außerdem bin ich schwul, und da Luca jetzt älter ist, denkt sie, ich könnte ihn mit meiner Orientierung anstecken."

Bob hob eine Augenbraue. „Was für ein ausgemachter Unsinn."

„Danke. Es freut mich, dass Sie das so sehen."

„Ich bin vielleicht alt und in Rente, aber ich bin nicht senil. Homosexualität ist keine Krankheit und kann nicht durch engen Kontakt übertragen werden. Ich finde es verblüffend, dass manche Leute das immer noch glauben, besonders jemand, der so gebildet ist. Jillian scheint nicht besonders schlau zu sein", schloss Bob.

„Sie ist äußerst schlau, aber sie hat Angst, Ali zu verlieren, deshalb nutzt sie meine Orientierung als Ausrede."

„Ali?"

„Mein Bruder."

„Wie bitte?"

„Du hast richtig gehört", sagte Santino und seufzte abgrundtief. „Sie heiratet meinen anderen Sohn. Komplizierter geht es kaum."

Bob winkte mit seinem orangenen Dum Dum ab. „Sein Schwulsein sollte vor Gericht keine Rolle spielen, aber natürlich ist es eine Sache, was sein sollte und was tatsächlich ist."

„Aber ich habe mehrfach bewiesen, dass ich ein verantwortungsvoller und fürsorglicher Vater bin."

„Wie?"

Grier zählte den Collegefonds auf, die vielen Male, die er Luca betreut hatte, die Krankenvollmacht, die Logopädin. „Sie vertraut ihn mir an, seit er zwei Jahre alt ist. Ich kann mir nicht vorstellen, wie sie beweisen will, dass ich kein guter Vater sein kann oder was es ändern sollte, dass ich schwul bin."

„Ich gebe es nicht gern zu, Grier, aber viele Leute würden dich wegen deiner äußeren Erscheinung verurteilen, die nicht gerade konservativ ist, und deiner sexuellen Orientierung. Du könntest den tolerantesten Richter der Welt bekommen, der über alles hinwegsieht, abgesehen von deinen Bemühungen, ein guter Vater zu sein oder du bekommst sein Gegenstück, der dich schief ansieht und alles ablehnt, weil er homophob ist. Das kann man unmöglich vorhersagen. Ich wünschte, ich könnte dir eine Garantie geben, aber das hier ist nicht Iowa."

„Das ist scheiße."

„Ja, das ist es." Bob nickte. „Für dich ich es am besten, eine außergerichtliche Vereinbarung zu erreichen. Ich kann die Details ausarbeiten, nachdem ich mit Luca und den restlichen Beteiligten gesprochen habe. Ich vertrete Lucas Interessen, wenn ich dir und Jillian helfe, ein Abkommen zu treffen, aber mach dir keine Illusionen, Grier. Wenn ich diese Rolle einnehme, werde ich nur danach gehen, was das Beste für Luca ist. Wenn ich zu dem Schluss komme, dass er bei Jillian besser aufgehoben ist, werde ich mich von dem Fall zurückziehen, weil dein Vater und ich Freunde sind. Wenn die Angelegenheit vor Gericht landet, musst du dich an das halten, was das Gericht entscheidet."

„Ich vertraue Ihnen", sagte Grier ehrlich. „Ich habe nichts zu verbergen und ich glaube, dass meine Beziehung zu Luca für sich selbst spricht."

„Gibt es etwas, womit Jillian versuchen könnte, uns zu überrumpeln?", fragte Bob. „Du musst vollkommen ehrlich zu mir sein."

Reizwäsche? „Da … gibt es eine Sache", stammelte Grier. „Dad, würdest du bitte?"

Santino stand sofort auf. „Ruf mich, wenn du mich brauchst", sagte er und ging hinaus.

Bob Sterling wartete, bis sie allein waren. „Was ist es, Grier?"

„Jillian weiß, dass ich privat gern Damenwäsche trage."

„Woher weiß sie das?"

„Es hat angefangen, als wir Kinder waren. Verkleiden spielen und so weiter."

„Hast du das schon einmal in der Öffentlichkeit getan?"

„Niemals."

„Was du in deinem Schlafzimmer tust, ist vollkommen irrelevant."

„Sind Sie sicher?"

„Absolut!"

„Sie hat gedroht, meinen Fetisch gegen mich zu verwenden."

„Solange Luca davon nichts mitbekommt, haben Sexspielzeuge und Aktivitäten hinter verschlossenen Türen nichts mit deiner Fähigkeit als Vater zu tun. Hat Luca jemals etwas von deiner Damenwäsche gesehen?"

„Auf keinen Fall!"

„So sollte es auch sein. Halt ihn davon fern, dann kann dir nichts passieren. Hast du einen Freund?"

„Mehr oder weniger."

„Was soll das bedeuten?"

„Ich bin in einer frischen Beziehung mit einem Architekten aus San Francisco."

„Wie funktioniert denn das?", fragte Bob neugierig. „Ihr lebt über dreitausend Kilometer entfernt voneinander."

„Wie ich sagte, es ist ganz frisch. Ich habe Lil vor zwei Wochen beim Taste of Chicago kennengelernt und es hat sofort gefunkt."

„Hat er vor, hierher zu ziehen? Denn ich muss dir sagen, wenn du dir Hoffnungen auf gemeinsames Sorgerecht machst, darfst du nicht außerhalb des Staates wohnen."

Grier nickte. „Das ist mir bewusst. Ich werde nirgendwohin gehen."

„Also ich schätze, das war es fürs Erste." Bob hielt sich an der Tischkante fest und zog sich hoch. „Gib mir einen Dollar, dann gehen wir die Sache an."

„Einen Dollar?"

„Du musst mich anheuern."

„Aber einen Dollar?"

„Für den Anfang" erklärte Bob. „Ich werde dir für jede Sekunde, die ich an diesem Fall arbeite, eine Rechnung ausstellen."

Grier reichte ihm das Geld.

DIE DREI Männer verließen das Haus der Dilorios, überquerten die Straße und gingen ein paar Häuser weiter, wo die Garcias lebten. In der Einfahrt standen drei Autos und eines davon war Alis BMW. „Dein Bruder ist auch hier, dann sind wenigstens alle Beteiligten anwesend", stellte Santino fest.

Nervosität ballte sich in Griers Magen zusammen. Das Letzte, was er wollte, was eine Konfrontation mit Ali, aber er war auf das Schlimmste vorbereitet. Der Geruch von frischem Knoblauch lag in der Luft, als sie durch die Eingangstür traten. Er erinnerte ihn an seine Kindheit und die vielen Stunden, die er am Tisch der Garcias gesessen und die philippinische Küche genossen hatte, während er darauf wartete, dass einer seiner Eltern nach Hause kam. Bei dem Gedanken an Lumpia und Pancit, seine beiden Lieblingsgerichte, lief ihm das Wasser im Mund zusammen. „Oh Gott, das riecht toll, *Tita*", sagte Grier und beugte sich herunter, um Nita einen Kuss auf die Wange zu geben. Sie war an die Tür gekommen, um zu sehen, wer da war.

„Wir bereiten alles für die Feier morgen vor, aber du kannst etwas haben, wenn du Hunger hast."

„Vielleicht später."

„Was ist los?", fragte Enteng, der aus der Küche kam. Er hielt einen Holzlöffel in der Hand und sah aus, als hätte er bis zu den Ellenbogen in Buttercreme gesteckt.

„Wir müssen uns unterhalten", sagte Santino. „Ihr kennt Richter Sterling, nicht wahr?"

„Sicher", erwiderte Enteng. „Sie wohnen die Straße hinunter."

„Wie geht es Ihnen?" Bob nickte, nahm seinen Lolli aus dem Mund und streckte die Hand aus.

„Ganz gut. Ich muss mich für die Unordnung entschuldigen, aber meine Tochter wird morgen Santinos Sohn heiraten."

„Das habe ich gehört", meinte Bob.

„Wo ist Luca?", warf Grier ein.

„Er ist bei seinem Freund Nathan. Wir hielten es für das Beste, wenn er aus dem Weg wäre, während wir das viele Essen zubereiten."

„Oh." Griers Mundwinkel sanken enttäuscht herab. „Ist es in Ordnung, wenn ich ihn nachher abhole? Ich habe Geschenke für ihn."

„Sicher", antwortete Nita. „Du weißt, wo Nathan wohnt, oder?"

„In der Nähe der High School?"

„Genau, das ist er."

Jillian und Ali kamen herein und sie riss überrascht die Augen auf. „Du bist zurück."

Grier nickte. „Wir müssen reden."

„Worüber?"

„Das weißt du genau."

„Dein Timing ist umwerfend."

„Es muss geklärt werden."

„Nicht jetzt."

„Worüber redet ihr da?", wollte Ali wissen. „Jill?"

„Es ist nichts, Schatz. Warum gehst du nicht mit Mom und Dad ins Wohnzimmer? Ich komme in einer Minute nach", sagte Jillian und lächelte süßlich.

„Bleib nicht zu lange", sagte Ali und drückte ihren Arm.

„Setzen wir uns an den Tisch, ja?" Bob, der es gewohnt war, dass man ihm gehorchte, ging voran.

Jillian blieb zurück und zog Grier am Ärmel in einen anderen Raum. „Sagst du mir jetzt, was du hier zu suchen hast?"

„Was ich schon vor Langem hätte tun sollen. Ich beanspruche meinen Sohn."

„Du verdammtes Stück Scheiße!"

„Es tut mir leid, Jillian. Ich werde nicht zulassen, dass Alis Name auf Lucas Geburtsurkunde eingetragen wird. Er ist mein Sohn und ich will, dass die ganze Welt es erfährt. Ali und du werden wahrscheinlich noch andere Kinder haben, aber Luca ist alles, was ich habe. Gib mir die Gelegenheit, ein richtiger Vater zu sein, nicht nur sein Babysitter."

„Ali wird mich verlassen, wenn er es herausfindet."

„Nein, das wird er nicht. Ali liebt dich."

„Schon, aber ob er mit dieser Situation umgehen kann?"

„Komm schon, Jillian. Der Mann wird dich morgen heiraten."

„Da bin ich mir nicht sicher, wenn er herausfindet, dass ich mit dir geschlafen habe."

„Du solltest Vertrauen in ihn haben."

„Wenn du das durchziehst, werde ich dich fertigmachen."

„Wieso? Wieso muss es so schwierig sein, wenn es mir doch nur darum geht, dass Luca glücklich ist?"

„Was ist mit mir und dem, was ich mir immer gewünscht habe? Ich wollte deine Ehefrau sein und mit dir eine Familie haben, aber du musstest ja alles kaputtmachen."

„Ich habe dich nie angelogen."

„Doch, das hast du. All die Jahre, als wir aufgewachsen sind, hast du mitgespielt."

„Jillian, wir waren Kinder und ich wusste es nicht besser. Du musst doch wissen, dass du mir viel bedeutest und immer einen besonderen Platz in meinem Herzen haben wirst, schon allein, weil du die Mutter meines Kindes bist. Ungeachtet der Umstände seiner Geburt ist Luca wie ein Geschenk für mich, das du mir ermöglicht hast."

„Wenn ich dir so viel bedeute, dann vergiss diese ganze Sache. Was macht es für einen Unterschied, wessen Name auf der Geburtsurkunde steht? Du kannst Zeit mit Luca verbringen, wann immer du willst."

„Er soll wissen, dass ich sein Vater bin."

„Es spielt keine Rolle, was auf dem Papier steht", platzte Jillian heraus.

„Für mich schon."

Santino kam um die Ecke und schaute die beiden mit verschränkten Armen an. „Wollen wir jetzt anfangen?"

„Wir kommen, Dad." Sie folgten Santino ins Esszimmer und Jillian warf Grier mörderische Blicke zu in der Hoffnung, dass er seine Meinung änderte. Schließlich saßen alle an dem großen Tisch und hörten Bob zu.

„Ich bin heute hier, weil Santino und Grier mich um juristischen Rat gebeten haben."

„Wegen was?", fragten Enteng und Nita gleichzeitig.

„Grier möchte offiziell als Lucas Vater anerkannt werden."

Enteng schaute Santino erschrocken an. „Wovon redet er da?"

Santino blickte zu Grier. „Sag es ihnen, Junge."

Grier spürte die Blicke aller Anwesenden auf sich. Er holte tief Luft und begann: „Es tut mir sehr leid, dass ich nicht schon früher etwas gesagt habe, aber ich *bin* Lucas leiblicher Vater. Es ist in der Nacht des Abschlussballs passiert. Ich habe euch die Wahrheit vorenthalten, weil ich zu große Angst vor eurer Reaktion hatte, und später hat Jillian mich gebeten, zu schweigen. Aber da sie und Ali nun heiraten und von Adoption sprechen, kann ich das nicht länger."

Ali reagierte sofort. „Das ist der größte Schwachsinn, den ich je gehört habe. Du bist schwul, verdammt!"

„Ja, das bin ich, aber das ändert nichts an der Tatsache, dass ich mit deiner Freundin ein Kind gezeugt habe, die zu diesem Zeitpunkt meine beste Freundin war."

„Jillian, ist das wahr?" Über Nitas Wangen rannen Tränen.

„Nein, ist es nicht", sagte Jillian eindringlich.

„Es ist vorbei, Jillian. Sag es ihnen", flehte Grier. „Bitte."

Alle drehten sich zu Jillian, die so tat, als müsste sie einen Moment darüber nachdenken, die Wahrheit zu sagen, doch sie blieb dabei. „Er lügt."

Ali sagte laut: „Dein Wort steht gegen ihres, Grier, und um ehrlich zu sein, ich glaube eher meiner Verlobten als meinem schwulen Bruder."

„Vielleicht solltest du stattdessen deiner toten Mutter glauben", fuhr Santino wütend auf und schleuderte den Vaterschaftstest auf den Tisch. „Leugne ruhig weiter, Jillian!"

Sie hob den Umschlag mit dem DNS-Test auf und ihr perfekter gelbbrauner Teint wurde käseweiß. Ihre Augen verengten sich zu Schlitzen und sie starrte Grier hasserfüllt an. *„Na schön"*, spuckte sie aus. „Ich gebe es zu. Er ist Lucas Vater, aber es war kein Akt der Liebe. Grier hat mich gezwungen, mit ihm Sex zu haben. Er hat mich vergewaltigt."

Sofort sprangen alle auf und Enteng packte Griers Hemd und riss ihn über den Tisch. „Du Dreckskerl. Ich bringe dich um."

„Lass ihn los!", brüllte Santino.

„Arschloch", knurrte Ali und rannte um den Tisch herum, um Grier am Arm herumzureißen. „Ich bringe dich persönlich um."

„Lass mich zufrieden." Grier stieß Ali weg. Er funkelte Jillian an. „Du lügst! Ich hoffe sehr, dass du den Anstand hast, allen in diesem Raum zu erzählen, dass du dir das gesamte Szenario um Lucas Empfängnis eingefädelt hast, aber ich habe genug davon, nett zu sein. Ich werde vor Gericht beantragen, die Adoptionsbemühungen blockieren zu lassen. Luca ist mein und nichts, was du sagst oder tust, kann daran etwas ändern."

„Ich lasse dich verhaften", kreischte Jillian, als Grier sich auf den Weg zur Eingangstür machte.

33

„Einen Moment mal", donnerte Bob. „Alle sind jetzt ruhig und du" – er deutete auf Grier – „Hinsetzen!"

Grier zog sich einen Stuhl heran und nahm widerwillig Platz. Alle Augen waren zu ihm gewandt und er fühlte sich wie Dreck und wollte am liebsten flüchten.

„Also", setzte Bob an und legte seinen Lolli auf den Tisch. „Benehmen wir uns wie Erwachsene. Ich sage euch gleich, wenn das hier außer Kontrolle gerät, bekommt ihr es mit dem Jugendamt und einem Gerichtsverfahren zu tun. Also, Jillian, wir können es auf die richtige Art und Weise machen oder Sie können diesen lächerlichen Vorwurf der Vergewaltigung aufrechterhalten. Sagen Sie mir, haben Sie einen Beweis, dass Grier Sie vergewaltigt hat?"

„Nein."

„Als jemand, der im Gesundheitswesen arbeitet, sollten Sie wissen, dass man niemanden ohne stichhaltigen Beweis der Vergewaltigung beschuldigt. Waren Sie nach dem angeblichen Vorfall im Krankenhaus?"

„Nein."

„Haben Sie der Polizei Ihren Angreifer bis ins Detail beschrieben?"

„Ich war nicht bei der Polizei."

„Haben Sie sich von irgendjemandem untersuchen lassen? Ist Ihre Mutter nicht auch Krankenschwester?"

„Ich habe es ihr nicht sofort erzählt."

„Wann haben Sie es erzählt?"

„Als ich herausgefunden habe, dass ich schwanger bin."

„Haben Sie Ihren Eltern erzählt, dass es Grier war, der Sie angeblich vergewaltigt hat?"

„Nein."

„Warum nicht?"

Jillian zuckte mit den Schultern. „Ich wollte sie nicht aufregen."

„Waren sie nicht vollkommen außer sich, als sie herausgefunden haben, dass Sie von einem unbekannten Vergewaltiger schwanger sind?"

„Es wäre schlimmer gewesen, wenn ich ihnen gesagt hätte, dass es Grier war."

„Miss Garcia", sagte Bob ernst, „Sie müssen doch irgendeine Art von Beweis haben, der Ihre Geschichte stützt. Selbst in den schlechtesten Rechtssystemen gilt das Unschuldsprinzip."

„Ich habe keinen Beweis."

„Weil es reine Erfindung ist", sagte Bob ruhig.

„Nein, ist es nicht. Es war Vergewaltigung."

„Bullshit, Jillian! Es war genau anders herum", warf Grier hitzig ein.

Bob schaute ihn streng an. „Unterbrich nicht!"

„Entschuldigung."

Bob nahm seinen Lolli und drehte ihn im Mund, während er nachdachte. Alle beobachteten ihn mit respektvollem Schweigen. Schließlich nahm er den Lolli wieder heraus und legte ihn einfach auf den Tisch. „Wir können den ganzen Tag hier sitzen und uns gegenseitig Vorwürfe machen, aber es ist so. Grier ist offen homosexuell und es fällt mir schwer, zu glauben, dass jemand mit seiner sexuellen Orientierung ohne Ihr Einverständnis an Ihnen interessiert wäre."

„Aber ..."

Bob brachte Jillian mit erhobener Hand zum Schweigen. „Davon abgesehen, wenn er Sie gezwungen hat, wieso hatten Sie dann keine Bedenken, Luca regelmäßig in seiner Obhut zu lassen. Diese Anschuldigung ist nicht glaubwürdig und wenn Sie weiterhin darauf bestehen, wird das Gericht sie abweisen."

„Woher wollen Sie das wissen?"

„Weil ich ein pensionierter Richter bin, um Himmels willen. Ich hätte diesen Fall nach wenigen Minuten abgewiesen."

„Sein Wort steht gegen meines."

„Haben Sie noch etwas hinzuzufügen, das mich oder irgendjemanden überzeugen könnte, dass Grier sich Ihnen aufgezwungen hat?"

„Na ja", setzte Jillian an, „er hat da diesen Fetisch ..."

„Seien Sie auf der Stelle ruhig", verlangte Bob. „Ich will nichts hören, das nichts mit meiner Frage zu tun hat, besonders, wenn es von anzüglicher Natur ist. Was Grier oder sonst jemand von uns in der Privatsphäre des Schlafzimmers tut mit einem Partner, der einverstanden ist, hat nichts mit unseren Fähigkeiten als Eltern zu tun. Habe ich mich klar ausgedrückt?"

Jillian nickte, dabei sah sie traurig und geknickt aus.

„Haben Sie Geld für Lucas Ausbildung gespart?", fragte Bob, um das Thema vom Sex wegzulenken.

„Noch nicht."

„Wussten Sie, dass Grier bisher über fünfundzwanzigtausend Dollar für Luca gespart hat?"

„Ich hatte keine Ahnung."

„Das spielt keine Rolle, wenn er sie vergewaltigt hat", spuckte Ali aus.

„Das habe ich nicht", sagte Grier und stand auf. „Und ich werde mir nicht länger anhören, wie du Lügen erfindest, Jillian. Richter Sterling weiß, was ich will, und ich gebe die Sache in seine fähigen Hände."

„Du solltest bleiben", schlug Bob vor, „aber ich werde dich nicht aufhalten, wenn du gehen willst."

„Wenn ich bleibe, werde ich noch etwas sagen, was ich hinterher bereue. Es ist das Beste, wenn Sie sich darum kümmern."

„Dann geh."

GRIER LIEF wie in Trance nach Hause und nahm seinen Helm und die Schlüssel seiner Harley. Er stieg auf sein Motorrad und lauschte dem kraftvollen Motor, dabei ließ er sich die schreckliche, vergangene halbe Stunde durch den Kopf gehen und redete sich ein, dass Jillian gewinnen würde. Ihre Worte, die sich mit solcher Überzeugung ausgesprochen hatte, erfüllten ihn mit Verzweiflung. Kein ordentliches Gericht würde einem Homosexuellen mit zweifelhaften Ansprüchen das Sorgerecht gewähren. Selbst wenn man Jillians Anschuldigungen nicht glaubte, war er kein traditioneller Vater und würde kein Zuhause mit zwei Elternteilen bieten können wie sie. Das könnte die Meinung des Gerichts beeinflussen, besonders, wenn jemand tief genug grub und von dem Vorfall bei Rick's erfuhr. Er wurde überwältigt von einem Gefühl des Verlusts und dem Verlangen, Luca in den Arm zu nehmen. Er schaltete das Motorrad aus, denn er hatte seine Meinung geändert. Grier eilte ins Haus, holte die Tüte mit den Geschenken, die er Luca gekauft hatte, und seine Reisetasche, die er noch nicht ausgepackt hatte, dann stieg er in seinen Truck.

Er fuhr aus der Auffahrt und machte sich auf den Weg zu Nathan, um Luca abzuholen, bevor jemandem etwas auffiel. Er parkte vor dem Haus, das seinem eigenen sehr ähnelte, und saß ein paar Minuten einfach da und versuchte, sich wieder zu fassen. Es brachte nichts, Luca aufzuregen. Er musste nicht mehr von diesem ganzen Drama mitbekommen als unbedingt nötig. Grier klingelte an der Tür und unterhielt sich kurz mit Nathans Mom, bevor sie Luca holte.

„*Tito* G", schrie Luca vor Freude und rannte auf Grier zu, der ihn mit Leichtigkeit auffing.

„Hey, Kumpel. Ich habe dich so sehr vermisst", sagte Grier und vergrub das Gesicht in dessen süß riechendem Haar.

„Du *hatht gethagt, dath* du heute Abend nach *Hauthe kommtht.*"

„Ich weiß, aber es gab eine Planänderung."

„*Hatht* du mir ein Geschenk mitgebracht?"

„Komm und sieh es dir an", sagte Grier und ging zu seinem Truck. Er blieb stehen und drehte sich um, dabei hielt er immer noch Luca in den Armen. „Ich nehme Luca mit nach Hause, okay?", sagte er zu Nathans Mutter.

„Das ist in Ordnung, Grier. Jillian kann die Hilfe bestimmt gut gebrauchen. Ich weiß, dass sie mit den Hochzeitsvorbereitungen viel zu tun hat."

„Richtig."

„Bis zum nächsten Mal, okay, Luca?"

„Okay, tschüss." Er lächelte und warf ihr eine Kusshand zu, woraufhin Nathans Mom lächelte.

Grier küsste seine runde Wange und Liebe zu dem kleinen Jungen in seinen Armen überkam ihn. „Ich habe dich so sehr vermisst, Luca."

„Ich dich auch! *Hatht* du mit *Thebathtian* gespielt?"

„Ich habe ihn ein paar Mal gestreichelt. Er ist ziemlich kühl."

„*Wath meintht* du damit?"

„Er ist schüchtern und lässt sich nicht von jedem streicheln."

„Nur von *Tito* Lil?"

„Und von mir, wenn er mag."

Grier schnallte Luca in seinem Sitz fest, holte die Miniatur-Straßenbahn hervor und reichte sie ihm. Seine Augen leuchteten auf und er drehte sie in seinen Händen hin und her, um sie genauestens zu inspizieren.

„Das ist ein Cable Car, Kumpel. Damit fahren die Leute durch die Stadt."

„Fallen *thie* nicht *rauth*? Wo *thind* die Türen?"

„Keine Türen. Die Leute halten sich an ihren Sitzen und den Stangen fest, außerdem fahren sie an den steilen Straßen sehr, sehr langsam."

„Aber *müthen thie* nicht auch wieder bergab?"

Grier war stolz auf Luca wegen dieser schlauen Erwiderung. „Doch das tun sie, aber bis jetzt ist noch niemand herausgefallen."

„*Wath hatht* du mir noch mitgebracht?"

„*Tito* Lil hat dir ein cooles Sweatshirt gekauft und ich Süßigkeiten."

„*Theig* mal."

Grier zeigte Luca zuerst das Sweatshirt mit der aufgestickten Golden Gate Bridge, danach holte er den Karton mit den Lutschern hervor. „Hier, nimm einen mit Karamell."

„Lecker."

„Bist du bereit?"

„Wofür?"

„Ich dachte, wir machen einen Ausflug."

„Wohin?"

„Nach San Francisco."

Lucas Augen weiteten sich überrascht. „Wirklich? *Itht dath* weit?"

„Ja, aber du kannst den Großteil der Fahrt schlafen. Bist du müde?"

„Ein *bithchen*. Vielleicht schlafe ich, wenn ich meinen Lutscher *gegethen* habe."

„Das klingt doch gut." Grier nickte und überprüfte einmal mehr Lucas Gurte, dann ging er um das Auto herum zur Fahrertür. Wieso hatte er gesagt, dass sie nach San Francisco fahren würden? War er wirklich der Meinung, dass es etwas bringen würde, wenn er weglief? Hatte er das nicht schon einmal versucht, als er zum College gegangen war und Jillian mit dem ganzen Ballast, in diesem Fall ein Baby, zurückgelassen hatte? Wollte er zu dem einzigen Menschen, der ihn bedingungslos liebte oder floh er aus einer unmöglichen Situation? Gab es bei Vergewaltigung eine Verjährungsfrist? Wie wollte jemand beweisen, dass es eine Vergewaltigung war? Fragen explodierten in Griers Kopf, doch er kam immer wieder auf die gleiche Lösung. Er musste Jillians Lügen entkommen und er würde seinen Sohn nicht verlassen.

Er fuhr auf der Biesterfield Road und dann auf dem I-290 Freeway nach Osten in Richtung Chicago, um nach vielen Wechseln auf der I-80 West zu landen. Er fuhr, ohne nachzudenken, und schaute ab und zu in den Rückspiegel zu Luca, der eingeschlafen war, die Straßenbahn an seine Brust gedrückt.

Nach etwa fünfzig Kilometern rief er Lil an.

„Hey Liebling."

Die Stimme seines Geliebten zu hören, war eine solche Erleichterung. Er entspannte sich zum ersten Mal seit Stunden. „Lil?"

„Wie ist es gelaufen?"

„Es hätte nicht schlimmer kommen können."

„Erzähl mir alles."

Grier erzählte ihm von dem desaströsen Treffen im Haus der Garcias.

„Oh Grier. Es tut mir so leid. Diese Frau ist offensichtlich gestört und braucht Hilfe."

„Scheiß auf sie alle! Ich werde nicht darauf warten, bis es ihr besser geht. Ich komme zurück nach San Francisco."

„Grier, wo bist du?"

„Ich bin in meinem Truck auf dem Weg zu dir."

Mit Lils Stille hatte er nicht gerechnet und für einen Moment glaubte er, die Verbindung wäre unterbrochen worden. „Lil, bist du noch da?"

„Ich bin hier, Liebling. Bist du allein?"

„Nein, Luca ist bei mir."

„Weiß irgendjemand, dass er bei dir ist?"

„Noch nicht, aber irgendwann werden sie es merken."

„Grier, das ist keine Lösung. So gern ich euch auch bei mir haben möchte, du musst umdrehen und um deine Rechte kämpfen. Luca ohne Erlaubnis mitzunehmen, ist Entführung."

„Er ist mein Kind", sagte Grier wütend. Er schaute in den Rückspiegel und sah, dass Luca immer noch schlief, trotz seiner Tirade. „Wenn ich bleibe, werden sie ihn mir wegnehmen."

„Das ist nicht wahr. Dein Verhalten mit Luca ist vorbildlich, aber das wird sich ändern, wenn du mit diesem Wahnsinn weitermachst. Grier, nimm die nächste Ausfahrt und dreh um. Fahr zurück nach Elk Grove, aber ruf deinen Vater an und sag ihm, dass Luca bei dir ist, damit sie vor Sorge nicht verrückt werden. Sag ihm, dass du nur ein paar Stunden allein mit ihm verbringen wolltest."

„Lil, ich werde nie das gemeinsame Sorgerecht bekommen."

„Das wirst du auch nicht, wenn du nicht tust, was ich sage. Dreh *jetzt* um!"

Lils wütender Befehl riss Grier aus seiner Panik und er nahm die nächstmögliche Ausfahrt, wo er an einer Tankstelle hielt. Er zitterte und seine Stimme war rau, weil er ein Schluchzen unterdrücken musste. „Was habe ich bloß getan, Lil?"

„Du bist aufgeregt, Liebling, sehr sogar, aber du musst jetzt ein paar Mal tief einatmen und nachdenken."

„Ich habe Angst", gab Grier zu. „Ich will ihn nicht verlieren."

„Natürlich willst du das nicht. Ich hätte an deiner Stelle auch Angst, aber du bist ein guter Mensch, Grier, und ein wundervoller Vater. Lass nicht zu, dass Jillian dich zu einer Dummheit verleitet und es keinen Ausweg mehr gibt."

„Was, wenn sie mich verhaften lässt?"

„Sie müsste beweisen, dass du sie vergewaltigt hast, und das ist unmöglich."

„Aber ihre Eltern ..."

„Die Garcias vertrauen dir schon seit Jahren mit ihrem Enkel. Sicherlich werden sie ihre Lügen nicht glauben."

„Ja, wer weiß schon, was sie nach dieser Bombe denken?"

„Sie benimmt sich wie ein gefangenes Tier und schlägt um sich in der Hoffnung, alle zum Narren halten zu können. Schieb deine Ängste beiseite und tu das, was für Luca das Beste ist. Du wirst gewinnen, wenn du es schlau anstellst. Niemand, der noch ganz richtig im Kopf ist, wird Jillian glauben, aber wenn du Luca einfach so mitnimmst, stehst *du* als der Verrückte da. Und du verlierst jede Chance auf das Sorgerecht. Das lässt dich sehr schlecht dastehen."

„Du hast recht", sagte Grier und holte zittrig Luft. Er schaute erneut in den Spiegel und stellte erleichtert fest, dass Luca immer noch schlief und von dem Sturm, der in Grier tobte, nichts mitbekam. Lils Worte hatten ihn beruhigt und ihm das nötige Vertrauen gegeben, um dem entgegenzutreten, was vor ihm lag. „Ich liebe dich", flüsterte er leise ins Telefon.

„Das weiß ich, Grier. Ich liebe dich auch und ich wünschte, ich könnte für dich da sein."

„Du bist für mich da, auf jede Weise, die zählt."

„Legen wir auf, damit du deinen Vater anrufen kannst. Ich warte hier, falls du mich zurückrufen willst. Ich kann dir auf der Heimfahrt Gesellschaft leisten."

„Okay. Gib mir einen Moment, um meinen Dad anzurufen. Ich liebe dich."

„Ich liebe dich auch."

Grier wählte seine Festnetznummer, denn er hoffte, dass Santino nach dem Showdown bei den Garcias nach Hause gegangen war. Zum Glück ging er ran. „Dad?"

„Wo bist du?"

„Im Truck mit Luca. Ich wollte ihm seine Geschenke geben, danach haben wir beschlossen, etwas Essen zu gehen. Kannst du Jillian Bescheid sagen, dass er bei mir ist?"

„Sicher tue ich das, auch wenn sie im Moment einen kleinen Nervenzusammenbruch hat und sich kaum dafür interessieren wird, wo ihr Sohn ist."

„Wieso das?"

„Bob hat sie weiter gefragt, nachdem du gegangen bist. Er hat sie über Meineid und üble Nachrede aufgeklärt. Als er mit ihr fertig war, ist sie zusammengebrochen und begann zu weinen wie ein Baby. Sie hat zugegeben, dass sie sich alles nur ausgedacht hat. Es tat gut, das von ihr zu hören."

„Was ist mit Ali und der Hochzeit?"

„Die findet trotzdem statt, soweit ich weiß. Dein Bruder ist fest entschlossen, sie zu heiraten, trotz ihrer Lüge. Er liebt sie."

„Ich denke, sie passen zueinander."

„Du bist wirklich unglaublich, weißt du das?"

„Was meinst du damit?"

„Du bist so ruhig nach allem, was sie dir an den Kopf geworfen hat. Ich hätte ein Loch in die Wand geschlagen."

Grier begann, hysterisch zu lachen. „Wir sehen uns in etwa einer Stunde, okay, Dad?"

„Ich werde hier sein, Sohn. Und übrigens hat Bob bereits begonnen, die Papiere für die Anerkennung der Vaterschaft und den Antrag für das gemeinsame Sorgerecht aufzusetzen. Er ist sehr zuversichtlich, dass du bekommst, was du willst, da Jillian nun zugegeben hat, dass du ein guter Vater bist und es verdient hast, Luca so oft zu sehen, wie du willst."

„Das ist toll ... Warum dieser Umschwung?"

„Sie und Ali haben sich eine Stunde lang allein in ihrem Zimmer unterhalten, danach war sie wie ein neuer Mensch."

„Ist die Liebe nicht toll?", meinte Grier, dem vor Erleichterung schwindelig war. Er war dankbar, dass Ali weiterhin hinter Jillian stand und er fragte sich, wie lange Ali schon heimlich in sie verliebt war. Es muss unerträglich wehgetan haben, mitzuerleben, wie sie sich Grier an den Hals warf und Pläne für eine Zukunft mit einem der Brüder machte, der nicht interessiert war, während der andere, der sie wirklich liebte, nur zusehen konnte. Eines Tages, wenn die Emotionen sich gelegt hatten, würde er ein langes Gespräch mit Ali führen müssen. Er hoffte, dass sie sich wieder so nah stehen würden wie früher, bevor Liebe und Konkurrenzkampf dazwischengefunkt hatten. Im Moment war er nur erleichtert, dass die Hochzeit stattfinden würde, und dass Jillian die Liebe und soziale Stellung bekommen würde, die sie sich all die Jahre erhofft hatte.

„Ich bin fix und fertig, aber ich bin froh, dass dieser Unsinn nun ein Ende hat", stellte Santino fest.

„Du hast ja keine Ahnung."

„Komm nach Hause und bring meinen Enkel mit."

„Das werde ich, Dad."

Grier legte auf und rief Lil an, der sofort abnahm. „Du bist einfach ein Genie."

Lil lachte. „Das weiß ich, aber was genau habe ich getan?"

„Ich habe gewonnen!", schrie Grier ins Telefon. „Dank dir."

„Liebling, das hast du alles geschafft. Ich habe dir nur die richtige Richtung gezeigt."

„Ahhh", schrie Grier erneut vor Freude, womit er den armen Luca weckte. „Oh Scheiße."

„Was ist passiert?", fragte Lil.

„Ich habe Luca mit meinem Jubel aufgeweckt."

„Lass mich mit ihm reden."

Grier reichte Luca das Telefon. „Hey, Kumpel, hier ist *Tito* Lil."

„Hi", sagte Luca verschlafen. „Danke für das Geschenk."

Luca gab Grier das Handy zurück. „Er kommt", sagte er verträumt.

„Ach ja?"

Luca sagte nichts mehr und schlief erneut ein.

„Was hast du zu Luca gerade gesagt?"

„Vielleicht komme ich nächste Woche vorbei."

„Wie das?"

Lil erzählte ihm von seinem Gespräch mit Jody.

„Denkst du, sie meinen es ernst oder wollen sie dich damit nur zurück nach Chicago locken?"

„Ich würde ihnen zutrauen, dass sie das Haus nur bauen, um uns beiden zu helfen."

„Sie sind anständige Menschen."

„Scheiße!" Lils Stimme schreckte ihn auf.

„Was ist los?"

„Erdbeben!", brüllte Lil. „Ein gottverdammtes Erdbeben!"

„Lil? Lil, bist du da?" Das Telefon war tot und als Grier versuchte, zurückzurufen, landete er sofort auf der Mailbox.

34

SEBASTIAN SPRANG mit einem wütenden Fauchen von seinem Kratzbaum. Er landete auf Lils Schoß und schlug seine Krallen in den Jeansstoff, der zum Glück verhinderte, dass Lil Kratzwunden davontrug. Sie hatten beide große Angst und es war auch nicht hilfreich, dass die Bewegungsmelder die Lichter flackern ließen, während das Gebäude schwankte, der Feueralarm losging und draußen die Alarmsirenen losheulten, während die Stadt auf das leider allzu bekannte Ereignis reagierte. Lil saß wie erstarrt auf seinem Bett, wo er sich ausgeruht und sein gebrochenes Herz gepflegt hatte, nachdem er früher von der Arbeit nach Hause gekommen war. Er hatte nach dem emotionalen Abschied am Flughafen weder Lust noch Energie für die Arbeit übrig.

Er war überglücklich, dass er Grier hatte ausreden können zu fliehen, besonders, nachdem Jillian zu Sinnen gekommen war und die Wahrheit über Lucas Empfängnis gesagt hatte. Es hatte auch unglaublich gutgetan, die drei Worte zu hören, die ihm alles auf der Welt bedeuteten. Und dann dieses Erdbeben und das schreckliche Gefühl der Hilflosigkeit, während der Boden sich unter ihm bewegte. So ein Mist! Egal, wie oft er das schon erlebt hatte, er war jedes Mal starr vor Angst.

Sein Herz schlug wie wild und er versuchte, seine Atmung unter Kontrolle zu bekommen, damit er nicht ohnmächtig wurde. Sich wie eine Jungfrau in Nöten zu benehmen, wäre keine gute Idee, wenn das Haus über ihm zusammenbrach. Ein sehr unwahrscheinliches Szenario, aber dennoch möglich. Er beschloss, sich nach draußen zu wagen, und drückte Sebastian an seine Brust, dabei ignorierte er den Gedanken, dass er dessen Leine oder seine Transportbox nehmen sollte. Das hätte zu lange gedauert, aber wenigstens dachte er daran, ein Paar Schuhe anzuziehen, seine Schlüssel zu nehmen und sein Handy, bevor er zur Tür hinauseilte.

Kurz blieb er vor dem Aufzug stehen, aber dann schüttelte er den Kopf. Sich vor, während oder nach einem Erdbeben in einem Aufzug aufzuhalten, war Wahnsinn. Stattdessen nahm er die Treppe und knirschte mit den Zähnen, als er die zwölf Etagen nach unten rannte, während Sebastian protestierend jaulte. „Sei still, du dumme Katze."

Sebastian fauchte empört und wand sich, wodurch Lil seinen Griff einen Sekundenbruchteil lockerte, gerade lange genug, damit die Katze aus seinen Armen springen konnte, als sie die letzten Stufen erreichten. Er raste durch die Tür, die jemand offengelassen hatte, über die Straße zum Lafayette Park und Lil folgte ihm schreiend. Lil wäre vor Lachen gestorben, wenn diese Situation nicht so erbärmlich gewesen wäre. Stattdessen wollte er am liebsten in Tränen ausbrechen, denn

Sebastian zu verlieren, wäre zu viel gewesen. Ohne Grier zu leben, war schlimm genug, aber seinen Gefährten zu verlieren, wäre unerträglich.

„Sebastian", rief er in der Hoffnung, die Katze würde seine Stimme erkennen und zurückkehren. Nach ein paar Versuchen erkannte er, dass er unmöglich erwarten konnte, dass Sebastian zurückgetrottet kam wie ein Hund. Er ließ sich auf die Bank fallen, die er sich gestern mit Grier geteilt hatte, und überlegte, was er jetzt tun sollte. Er hatte Angst, dass seine Entscheidung, Sebastian nicht an die Leine zu nehmen, ein tragisches Ende nehmen würde. Er hätte es besser wissen müssen, denn er hatte viele Kurse belegt, um sich auf Erdbeben vorzubereiten. Tiere bekamen Panik, genau wie Menschen, und er hätte besser nachdenken müssen. Was er getan hatte, war unverantwortlich, und er hoffte, dass Sebastian auf der Suche nach Schutz nichts zustieß. Bei dem Gedanken erschauerte er und tastete nach seinem Telefon, das hoffentlich Empfang hatte.

Er war froh, die Balken auf der linken Seite zu sehen, und wählte Griers Nummer.

„Lil?"

„Liebling …"

„Was ist passiert, verdammt?"

„Es ist nichts. Nur ein weiterer wundervoller Tag in San Francisco. Es gab ein verdammtes Erdbeben, das mich zu Tode erschreckt hat. Ich glaube, Sebastian ist auf dem Weg, die Stadt zu verlassen."

„Was meinst du damit?"

„Ich habe ihn verloren."

„Wie verliert man denn eine Katze?"

„Er ist mir vom Arm gesprungen, als ich die Treppe heruntergerannt bin, und jetzt bin ich im Park und hoffe, dass er zurückkommt."

„Er wird zurückkommen."

„Woher willst du das wissen?"

„Katzen finden immer wieder nach Hause, aber du solltest besser noch eine Weile dortbleiben, damit er dich wiederfindet."

„Ich rühre mich nicht vom Fleck."

„Komm nach Hause, Lil."

„Nach Hause?"

„Ja, zu mir."

„Oh Grier …"

„Willst du nicht mit uns zusammen sein?"

„Doch, sehr sogar, aber ich habe ein Geschäft zu leiten und Verpflichtungen zu erfüllen."

„Wenn ich mich an den Kosten beteiligen würde, wärst du dann gewillt, eine Weile zu pendeln?"

„Grier, es geht nicht ums Geld. Ich habe so viele Bonusmeilen auf meiner American Express Karte, dass ich zweimal um die ganze Welt fliegen könnte. Ich habe Projekte, die ich nicht ignorieren kann."

„Das ist wirklich schade", murmelte Grier enttäuscht.

„Lass mich sehen, was ich tun kann, okay? Ich kann dir keine Versprechungen machen, aber ich werde mein Bestes geben."

„Okay." Grier klang sofort fröhlicher. „Ich suche mir am Montag eine Wohnung."

„Ach ja?"

„Mit zwei Schlafzimmern in einem haustierfreundlichen Gebäude."

„Haustierfreundlich?"

„Für Bianca und vielleicht Sebastian."

„Du bist süß und sehr optimistisch."

„Ich liebe dich."

„Hast du eine Ahnung, was es mir bedeutet, das von dir zu hören?"

„Ich meine es ernst."

„Ich weiß, Grier. Es ist nicht so, dass ich nicht mit dir zusammen sein will. Ich brauche Zeit, um alles zu regeln."

„Bitte versuch es."

„Ich gebe mein Bestes. Mach's gut, Liebling."

„Bis bald", erwiderte Grier.

Lil hielt das Telefon in der Hand und schaute sich um in der Hoffnung, dass Sebastian auftauchte, aber bisher nichts. Dieses Mal wählte er Jodys Nummer.

„Dr. Williams, nehme ich an?"

„Was gibt's, mein Freund?"

„Ich erhole mich von einem Erdbeben."

„War es schlimm?"

„Das sind sie alle. Ich hasse Erdbeben."

„Dann zieh doch endlich her. Bei uns im Mittleren Westen gibt es keine Erdbeben."

„Aber dafür jede Menge Schnee."

„Würdest du lieber unter Trümmern begraben werden oder erfrieren?"

„Meine Güte, sonst gibt es keine Optionen, Jody? Zum Beispiel einen Vulkanausbruch?"

„Dieser Weckruf sollte dir die Entscheidung abnehmen."

„Welche Entscheidung?"

„Unser verdammtes Haus zu bauen."

„Pass auf, wie du redest."

„Sieh es doch einfach als Urlaub an. Ich bin mir sicher, deine Angestellten kommen auch eine Weile ohne dich zurecht."

„Ich denke, du hast recht. Tatsächlich ist es die perfekte Lösung."

„Das sagte ich doch."

„Tut ihr das nur für mich?"

„Was?"

„Ein Haus zu bauen – Wessen Idee war das eigentlich?"

„Ich habe dir doch erzählt, dass Clark mit den Welpen nach Hause kam."

„Ihr beide seid verrückt."

„Gib dir einen Ruck, Lil. Du wärst doch lieber hier als in dieser wackeligen Stadt."

„Das ist wahr. Sag Clark, er soll mit seiner Wunschliste anfangen."

„Was meinst du damit?"

„Ich muss wissen, wie ihr euch euer Haus vorstellt, damit ich es planen kann."

„In Ordnung, aber vergiss nicht, dass wir einen knappen Zeitplan haben."

„Wir haben noch nicht einmal einen Vertrag unterschrieben, da stellst du schon Forderungen."

„Ich erinnere dich bloß daran, dass es hier eine Bausaison gibt. Man kann kein Fundament ausheben, wenn der Boden gefroren ist."

„Verdammt, du hast recht."

„Wir haben August, also dauert es noch mindestens vier Monate, bis es richtig unangenehm wird. Andererseits sind wir hier im Mittleren Westen. Morgen könnte es einen Schneesturm geben."

„Sehr zuversichtlich, wirklich, Jody. Ich freue mich schon sehr darauf."

„Hey, du bekommst den Winter, Vaterschaft und eine feste Beziehung. Was will man mehr?"

„Die perfekten Drei."

„Ganz genau. Also du kommst?"

„Habt ihr das Land, auf dem ihr bauen wollt, schon gekauft?"

„Ist erledigt."

„Das ist gut zu wissen. Jody?"

„Was, Babe?"

„Danke."

„Hey, ich freue mich, wenn du hier bist, und ich weiß, dass Grier sich auch freut."

„Ich vermisse dich auch, und ja, Grier wird hin und weg sein."

„Schwing deinen Hintern in das nächste Flugzeug. Es gibt Pläne und Genehmigungen, um die wir uns kümmern müssen."

„Ich komme, sobald ich meinen Schreibtisch ausgeräumt habe."

Lil legte auf und stand auf, dabei schaute er sich ein letztes Mal um, aber immer noch kein Zeichen von der Katze. Er ging langsam über die Straße und stellte fest, dass alles sich beruhigt hatte. Die Menschen kümmerten sich um ihre Angelegenheiten, als wäre nichts passiert. Die Anwohner steckten den Kopf in den Sand und verdrängten, dass sie ein weiteres Mal einer Katastrophe entgangen waren. Lil wusste, dass es nur eine Frage der Zeit war, aber er hoffte, dass das nächste große Erdbeben noch Jahre auf sich warten lassen würde. Er wollte nicht miterleben, wie diese wunderschöne Stadt zerstört wurde, aber alles deutete darauf hin. Aber die Kalifornier waren ewige Optimisten, wahrscheinlich aufgrund der Sonne, die ihnen immer ins Gesicht schien, anders als die Menschen im Mittleren Westen, die die Hälfte des Jahres in frostiger Dunkelheit verbringen mussten. Wäre es besser, wenn er blieb oder wenn er ging? Was, wenn es zwischen Grier und ihm nicht funktionierte? Was, wenn es die wahre Liebe war und er sie sich wegen des Wetters entgehen ließ? Wie dumm wäre das?

Er war Hals über Kopf verliebt und ja, Grier war unberechenbar, aber er war der aufregendste Mann, der ihm seit Jahren begegnet war, und ein sehr kreativer Liebhaber. Er hatte sich immer einen Sohn gewünscht und nun hatte er die Gelegenheit, eine Familie zu haben – ein Geschenk und eine Ehre. Es wäre verrückt, sich die Chance auf eine Zukunft mit diesen beiden entgehen zu lassen, weil er zu sehr an San Francisco hing. Vielleicht konnten sie den Winter hier verbringen und den Sommer in Chicago. Aber es gab eine Sache, auf die er bestehen würde.

Er wählte im Foyer seines Gebäudes Griers Nummer und war erleichtert, als er sofort abnahm. „Bist du schon zu Hause?"

„Nein, wir waren noch bei McDonald's, weil wir großen Hunger hatten. Hast du Sebastian gefunden?"

„Noch nicht, aber ich habe das Gefühl, dass er bald auftauchen wird. Dies ist einer der Tage, an denen alles gut geht."

„Davon hatten wir in letzter Zeit mehrere", erwiderte Grier.

„Eine Sache musst du mir versprechen, bevor ich eine Entscheidung treffe."

„Und die wäre?"

„Ich will, dass du wieder zur Schule gehst und Innenarchitekt wirst."

„Ich denke, das wird sich einrichten lassen."

„Ich brauche eine endgültige Antwort, Grier."

„Ich tue es."

„Egal, was dein alter Herr sagt?"

„Mein Dad hat sich benommen wie ein Heiliger, wenn man bedenkt, was er meinetwegen in den letzten Tagen durchmachen musste. Ich bin mir ziemlich sicher, dass er hinter mir stehen wird, wenn es das ist, was ich will. Außerdem ist das Illinois Institute of Art sozusagen gleich nebenan in Schaumburg, dann müsste ich nicht weit fahren. Ich könnte meine Kurse so legen, dass sie zu Lucas Stundenplan passen an den Tagen, an denen er bei mir ist."

„Ich will nur sichergehen, dass du dein Leben leben kannst."

„Ich bin mehr als bereit dazu. Ich kann es kaum erwarten."

„Dann komme ich."

„Im Ernst?"

„Ja, aber kann ich es Luca selbst sagen?"

„Ich gebe ihm das Telefon."

„*Tito* Lil?"

„Hey Kleiner, rate mal."

„Was?"

„Ich werde bei deinem *Tito* G wohnen und ich bringe Sebastian mit."

„Nicht *Tito* G – Er *itht* mein Daddy."

„Ach ja?" Lil lächelte und ihm traten Tränen in die Augen.

„*Eth* war ein *grotheth* Geheimnis, aber *jetht weith* ich *eth*."

„Dein Daddy kann gut Geheimnisse für sich behalten."

„Ich habe meinen Daddy lieb."

„Er hat dich auch lieb, Kleiner."

„Tschüss."

„Bis bald."

„Hey." Griers Stimme war rau vor Emotionen.

„Dein Sohn ist so verdammt süß."

„Er ist einfach toll, aber das bist du auch."

„Es freut mich, dass du es ihm gesagt hast."

„Ich konnte es kaum aussprechen."

„Das will ich auch meinen. Ich wurde auch ganz emotional, als er dich Daddy genannt hat."

„Wir sind solche Tunten, nicht wahr?"

Lil lachte. „Da hast du recht."

„Hey."

„Was?"

„Vergiss nicht meine Sachen."

„Welche Sachen?"

„Du weißt schon – die Tüte von Alla Prima."

„Ist das dein Ernst? Das ist das Erste, was ich einpacke."

„Gut, denn ich habe etwas Besonderes vor."

„Oh Gott. Jetzt bin ich hart, bis wir uns wiedersehen."

„Heb dir das für mich auf."

„Das werde ich. Ich muss los, Liebling. Ich habe noch so viel zu tun, bevor ich in ein Flugzeug steigen kann, aber ich rufe dich an, wenn ich genaue Pläne habe."

„Ich liebe dich", sagte Grier.

„Ich dich auch."

Lil legte auf und drückte den Knopf des Aufzugs, aber dann überlegte er es sich anders. Das Letzte, was er brauchen konnte, war, im Aufzug festzustecken und zu hoffen, dass jemand ihn retten würde. Er öffnete die Tür zum Treppenhaus und begann den langen Aufstieg in den zwölften Stock. Seine schweren Atemzüge erinnerten ihn daran, dass er mehr Ausdauertraining machen musste, wenn er mit seinem jungen Liebhaber mithalten wollte. Als er die Zwölf sah, entdeckte er Sebastian neben der Tür, der mit dem Schwanz zuckte und ihn pikiert anschaute, als wollte er sagen *Wo zum Teufel warst du bloß?*

193

„Hey Kater." Lil beugte sich herunter und nahm ihn hoch. „Was hältst du davon, dir ein paar Monate die Eier abzufrieren?"

Sebastian drückte seinen Kopf an Lils Brust, schnurrte laut und leckte ihn dann mit seiner rauen Zunge ab.

„Das denke ich auch. Ein paar Unannehmlichkeiten sind keine Ausrede dafür, ohne Liebe zu leben. Wir kommen schon klar. Nicht wahr, Kater?"

„Miau …"

MICKIE B. ASHLING ist das Alter Ego einer Frau mit vielen Facetten, die in verschiedenen Kulturen aufgewachsen ist. Sie hat in Japan gelebt, auf den Philippinen, in Spanien und im Nahen Osten. Sie spricht drei Sprachen fließend, ist eine Weltbürgerin und eine interessante Mischung aus Ost und West. Ein bisschen von diesem und etwas mehr von jenem haben ihrer literarischen Stimme einen einzigartigen Anstrich verpasst, den sie aus Lehrbüchern nie gelernt hätte.

Als Mickie ihr eigenes Talent fürs Schreiben entdeckte, kam ihr das Leben in die Quere, und ihre vier Söhne großzuziehen, hatte Priorität. Mit dem Aufkommen von E-Publishing – und dem unvermeidlichen leeren Nest – tauchten alte Träume wieder auf und sie hat diesen Schritt nie bereut.

2002 entdeckte sie die Welt von Männern, die Männer lieben, und fand ihre Inspiration in deren andauerndem Kampf um Glück und Gleichberechtigung in einer harten und intoleranten Welt. Ihre preisgekrönten Romane wurden als „schmerzhaft, tollkühn und zum Nachdenken anregend" bezeichnet. Sie gibt zu, eine Liebhaberin von Dramen zu sein, und sie lässt ihre Männer hart für ihr Happy End arbeiten.

Mickie wohnt zurzeit in einem Vorort von Chicago.

E-Mail: mickie.ashling@gmail.com
Website: mickieashling.com
Blog: mickiebashling.blogspot.com
Facebook: www.facebook.com/mickie.ashling
Twitter: @MickieAshling

MICKIE B. ASHLING

HORIZONTE

Buch 1 in der Serie – Horizonte

Der College-Footballspieler Clark Stevens, ein beliebter Wide Receiver mit Aussicht auf einen Vertrag in der NFL, hat eine Menge Probleme. Er hat eine eifersüchtige Freundin, einen engstirnigen und herrschsüchtigen Vater, eine Aufmerksamkeitsstörung, und er verspürt eine unerwartete, starke Anziehung zu dem Notarzt – dem männlichen Notarzt – der ihn wegen eines gebrochenen Arms behandelt.

Dr. Jody Williams empfängt widersprüchliche Signale. Er kann nicht ignorieren, wie sehr er sich zu Clark hingezogen fühlt, denn es ist offensichtlich, dass Clark ebenso empfindet. Für den stolzen, geouteten Arzt ist die Lösung denkbar einfach. Für Clark ist sie das nicht. Seine Welt ist alles andere als schwulenfreundlich und die Hindernisse, denen er sich gegenübersieht, ließen ihn seine Sexualität viele Jahre lang verleugnen.

Es ist der Superbowl der Katastrophen, egal, wie man es dreht und wendet. Am Ende muss Clark entscheiden, ob er an dem Leben festhält, das er kennt, oder ob er es riskiert, ein neues mit Jody zu beginnen.

www.dreamspinner-de.com

Von MICKIE B. ASHLING

HORIZONTE
Horizonte
Geschmacksache

Veröffentlicht von DREAMSPINNER PRESS
www.dreamspinner-de.com